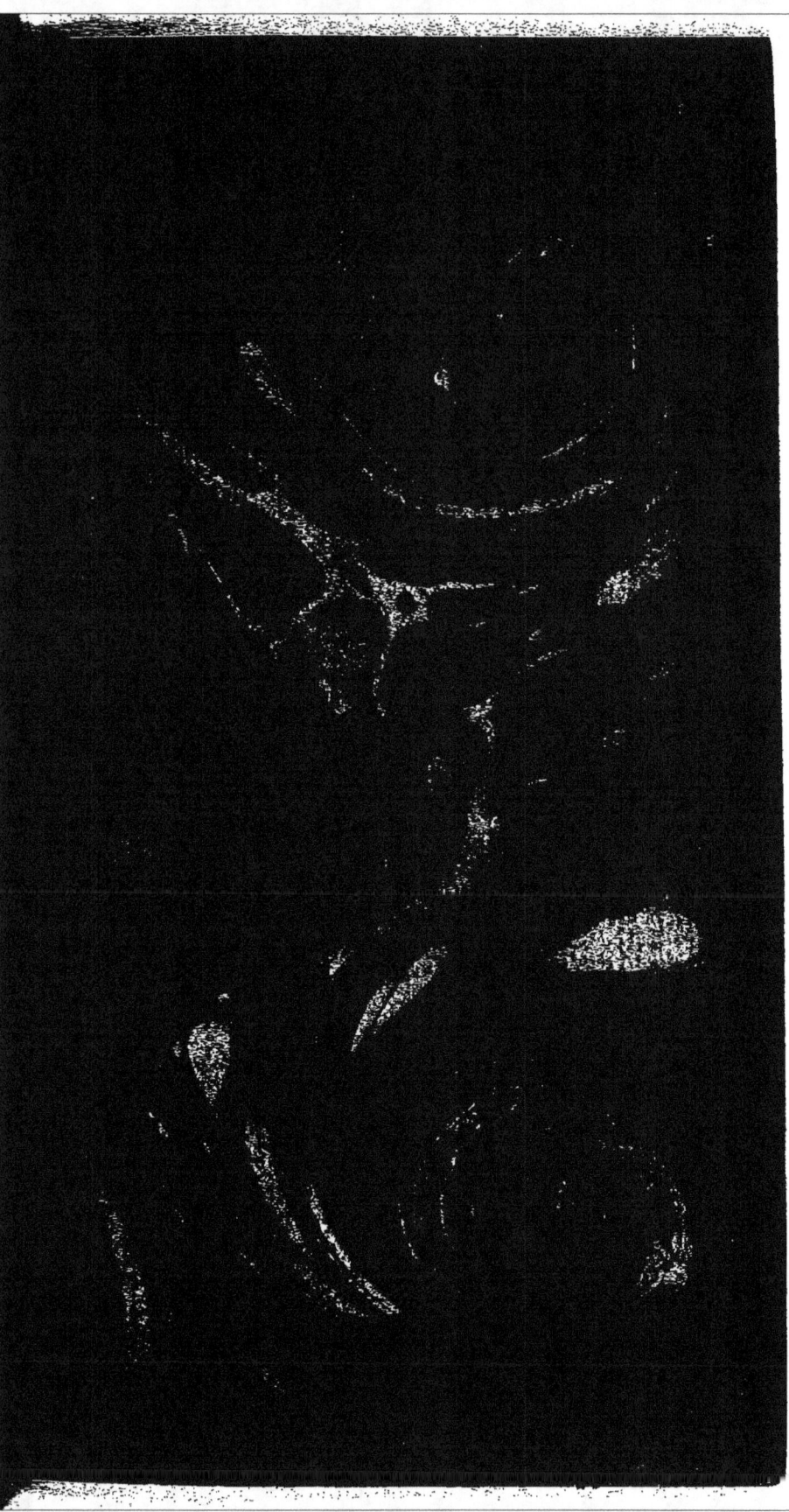

S. et Arts. 1185, A

CHOIX

DE NOUVELLES

CAUSES CÉLEBRES,

AVEC LES JUGEMENS

QUI LES ONT DÉCIDÉES.

AVERTISSEMENT

DU LIBRAIRE.

LES Collections du Journal des Causes célebres étant épuisées ; les Volumes de ce Choix les remplaceront. Au lieu de faire une réimpression dispendieuse, on a préféré de donner un extrait : ainsi, en joignant à ce Recueil les années qui ont paru depuis 1782, & qu'on trouvera au Bureau du Journal des Causes célebres, chez M. des Essarts, rue Dauphine, Hôtel de Moui, on aura l'avantage de réunir ce qu'il y a de plus intéressant dans les cent douze Volumes qui ont été publiés avant cette époque, avec la suite de cet Ouvrage périodique.

CHOIX
DE NOUVELLES
CAUSES CÉLEBRES,
AVEC LES JUGEMENS
QUI LES ONT DÉCIDÉES;

Extraites du Journal des Caufes célebres,
depuis fon origine jufques & compris
l'année 1782.

PAR M. DES ESSARTS,
Avocat, Membre de plufieurs Académies.

***

TOME HUITIEME.

A PARIS,

Chez MOUTARD, Imprimeur-Libraire de la
REINE, de MADAME, & de Madame Comteffe
d'ARTOIS, rue des Mathurins, Hôtel de Cluni.

M. DCC. LXXXV.
Avec Approbation, & Privilége du Roi.

CHOIX DE CAUSES CÉLEBRES.

SÉPARATION DE CORPS ET DE BIENS.

Dans le dernier siecle, il s'écouloit souvent plusieurs années sans que les Tribunaux fussent obligés de prononcer sur des demandes en séparation; aujourd'hui elles sont si fréquentes, qu'on en voit paroître plusieurs dans le même mois. Quelle est la cause de ce changement? Il n'y en a point d'autre que la corruption des mœurs & les funestes effets du luxe, qui brisent les liens qui unissoient autrefois les époux.

Tome VIII.   A

Une autre cause, qui détermine souvent les femmes à tenter de secouer le joug de l'autorité maritale, c'est le goût de l'indépendance. Ce désir, inconnu dans les siecles passés, est si commun dans celui-ci, qu'on voit à chaque instant les demandes en séparation se multiplier, & devenir, dans les grandes villes, une source presque intarissable de contestations. Le Défenseur du mari qui étoit attaqué dans l'affaire dont nous allons rendre compte, prétendoit que l'indépendance à laquelle aspiroit son épouse, étoit le seul motif qui l'avoit portée à tenter cette voie. Voici de quelle maniere il racontoit l'histoire des malheurs domestiques de son Client.

» Le sieur Hébert (disoit-il) jouissoit d'une fortune honnête lorsqu'il épousa la demoiselle Broutier en 1765. Une charge de Contrôleur des rentes, une maison dans l'un des quartiers les plus fréquentés de Paris, des contrats sur le Roi, portoient le capital de ses biens à une somme de 400,000 livres ou environ; & c'est dans cette position qu'il fit la recherche de la demoiselle Broutier, qui avoit en dot 50,000 livres, dont il n'y a eu que 26,000 livres de payées.

» Les conditions du mariage furent toutes à l'avantage de la dame Hébert : les bijoux, les préfens, tout ce qui, dans les premiers momens, eft deftiné pour marquer la fatisfaction de l'époux, fut prodigué par le fieur Hébert ; il fut trop empreffé, trop facile, trop complaifant ; & voilà la caufe, l'unique caufe des diffentions qui furvinrent bientôt.

» Il avoit donné une bourfe de cent louis pour les habits & les autres dépenfes du mariage, & on lui apporta, peu de temps après les noces, des mémoires de ces mêmes dépenfes, qu'il fallut payer.

» Il avoit cru époufer une femme douce, honnête, contente de ce qu'il faifoit pour lui plaire : la dame Hébert devint bientôt hautaine, difficile, ardente dans fes défirs ; le ton de fa défenfe en eft la preuve. Elle s'eft permis plus d'un tableau où la décence n'eft pas même refpectée.

» Auffi indifcrette qu'imprudente, tout ce qui n'étoit pas fon mari avoit

part à fa confidence ; lui feul en étoit
exclu.

» Le fieur Hébert cherchoit, dans une
conduite prudente & réfléchie, les
moyens de ramener ce caractere in-
dompté, lorfqu'il éprouva, dans fa
fortune, un renverfement qui mit le
comble à fes malheurs domeftiques.
Les Papiers royaux éprouverent des
réductions ; fa charge fut fupprimée ;
fa maifon fe trouva dans un état de
dégradation qui néceffita une nouvelle
conftruction. Il fallut vendre les Papiers royaux à une perte immenfe,
pour payer les ouvriers : les produits
des ventes ne furent pas fuffifans, il
fallut faire des emprunts.

» Ce fut dans ces circonftances em-
barraffantes que le fieur Hébert parla,
pour la premiere fois, d'une économie, que fa femme, fi elle eût été
fage, auroit dû elle-même lui confeil-
ler ; elle prit un autre parti, ce fut
celui de crier hautement contre fon
mari, & de refufer de fe réduire fur
aucun genre de fes dépenfes.

» Le fieur Hébert avoit prouvé aux
Magistrats les dépenfes fuperflues de la
dame Hébert, qu'il étoit contraint

de payer aux Marchands & aux ouvriers, sans qu'il lui fût permis de lui représenter que, dans l'état où se trouvoit leur fortune, elle devoit laisser aux gens plus heureux ce goût de dissipation, cette ardeur pour les fêtes & pour les plaisirs auxquels elle se livroit sans mesure.

» Ce fut au retour d'une de ces parties tumultueuses qu'arriva l'événement qui donna lieu à la demande en séparation dont il s'agit.

» Le sieur Hébert s'étoit vainement opposé à une partie de campagne ; son opposition l'avoit sans doute rendue plus agréable à son épouse ; elle la fit malgré lui ; elle la prolongea si avant dans la nuit, que le sieur Hébert & ses domestiques, fatigués d'une trop longue attente, s'étoient livrés au sommeil ; outrée de ce que les portes ne s'ouvroient pas au moment où elle faisoit entendre sa voix, elle se retira chez sa mere, rendit plainte le lendemain ; & forma sa demande en séparation.

» Le sieur Hébert, pour éviter l'éclat qui suit ordinairement ces sortes d'actions, se laissa condamner par forclufion au Châtelet de Paris , & porta l'appel de la Sentence de féparation au Parlement.

» Le Procès fut diftribué à la deuxieme Chambre des Enquêtes.

» Alors le fieur Hébert préfenta fes moyens : ils produifirent l'effet qu'il en devoit attendre ; & après que lui & fa femme eurent été interrogés féparément , & en préfence l'un de l'autre , à la Chambre , le Parlement , auquel la dame Hébert ne préfentoit aucuns moyens de féparation , mais qui voyoit une aigreur réciproque , dont le temps pouvoit être le remede , rendit , le 17 Février 1770 , un Arrêt interlocutoire , par lequel il fut ordonné » qu'avant de faire droit , la dame Hébert feroit tenue de fe retirer dans huitaine , dans un couvent , qui lui feroit indiqué par le fieur Archevêque de Paris , pour y demeurer pendant trois ans , pendant lequel temps il feroit permis au fieur Hébert de la hanter & fréquenter «.

» Voilà ce qu'obtint cette femme , *devenue criminelle aux yeux de fon* *bourreau , par la patience même &* *par le filence , les feules armes que* *la foibleffe de fon fexe puiffe oppo-*

fer aux insultes du nôtre, contre un tyran avare & un calomniateur atroce. Elle fut reléguée dans un couvent, pour réfléchir sur ses imprudences, & s'occuper des moyens de les faire oublier par son mari, qui fut autorisé, par le même Arrêt, à la voir, quand il le jugeroit à propos, pour la ramener à ses devoirs.

» Mais elle trouva les moyens d'éluder ces sages dispositions. Sa premiere rettraite avoit été indiquée à l'Abbaye de S. Antoine : le sieur Hébert ignore si elle y demeura constamment ; mais il est certain qu'on la voyoit par-tout, aux fêtes qui furent données à la Cour pour le mariage du Roi, au déceintrement du pont de Neuilly, dans les promenades, dans les spectacles, par-tout enfin où l'état dans lequel elle étoit alors, & la retraite qui lui étoit prescrite par l'Arrêt, ne lui permettoient pas de paroître.

» Cependant le sieur Hébert s'étoit présenté pour la voir ; c'en fut assez pour l'engager à s'éloigner ; elle se retira à Saint-Mandé, parce qu'elle soupçonna bien que le sieur Hébert, assuré qu'elle étoit continuellement à Paris,

A iv

ne feroit pas tenté de faire, à la campagne, des courfes qu'elle auroit foin
de rendre inutiles.

» Ce fut ainfi que fe pafferent les trois
ans de retraite prefcrits à la dame Hébert. Le fieur Hébert, qu'elle avoit mis
dans l'impoffibilité de l'approcher, ne
pouvoit pas lui avoir fourni de nouveaux fujets de plainte, & il étoit queftion de revenir au Parlement pour recevoir une décifion définitive fur les
mêmes imputations, qui n'avoient pas
paru fuffifantes, en 1770, pour déterminer la féparation «.

Tels font les faits dont le Défenfeur du fieur Hébert faifoit ufage. Nous
allons maintenant rappeler ceux fur lefquels la dame Hébert appuyoit fa demande en féparation.

» C'eft pour une femme délicate,
& pour une mere fenfible, (difoit le
Défenfeur), une cruelle néceffité que
celle de peindre, de couleurs odieu-
fes, fon mari, & fur-tout le pere
de fa fille. La Dame Hébert auroit
voulu dérober aux regards du Public
les détails de cette conteftation ; mais le
fieur Hébert ne fait pas apprécier de
tels égards.

» Il n'a pas craint de suivre le scan-
daleux exemple de ces époux, qu'il
blâme lui-même, qui donnent en spectacle leurs fureurs domestiques, & qui
déchirent le voile dont les malheurs
de leur union devroient être à jamais
enveloppés. Il a fait imprimer contre sa
femme un Mémoire calomnieux.

» Est-ce donc la faute de cette femme
infortunée, si on l'oblige d'opposer la
vérité à l'imposture ? Pour ne pas manquer à ce qu'elle croit devoir encore
à l'honneur de son mari, manquera-
t-elle à ce qu'elle doit au sien même,
qu'il a voulu détruire, à sa famille
qu'il a voulu compromettre, à sa fille
qu'il a voulu méconnoître ? Et quand
le sieur Hébert a brisé sans respect le
frein des bienséances conjugales, se
croira-t-elle plus enchaînée que lui par
ce lien qui n'a pu le retenir ?

» Il ne pourra lui faire un crime
d'une défense dont il lui a fait un
devoir. Il n'imputera qu'à lui seul la
honte d'une réfutation qu'il a pro-
voquée.

» Ce fut en 1765 (continuoit M.
de Mirbeck) que la demoiselle Brou-

A v

tier eut le malheur d'être recherchée en mariage par le sieur Hébert.

» Il nous apprend lui-même qu'il se présentoit pour cette alliance, *avec une fortune de plus de quatre cent mille livres, & une charge qui lui donnoit un rang honnête dans la Société.* Les considérations du *rang & de la fortune* sont trop souvent les seules que l'on consulte. Le sieur Hébert fut agréé, la dot de la demoiselle Broutier fixée à 51,000 livres, & les conditions de leur mariage réglées par contrat du 28 Avril.

» Ils reçurent la bénédiction nuptiale, le premier Mai suivant

» Qu'on se figure (disoit M. de Mirbeck) l'étonnement inexprimable d'une jeune personne qui s'est dérobée aux tendresses & aux bras de sa mere, pour aller recueillir, dans ceux d'un mari, les témoignages d'un sentiment plus vif, & qui n'y trouve que l'humeur, l'humiliation & le mépris; qui, *avec un rang honnête dans la Société,* est condamnée tout à coup à la plus effroyable solitude; qui, dans le sein de l'opulence, éprouve toutes les pri-

vations du besoin ; qui, passant ainsi du
bonheur à l'infortune, se voit exposée
à passer de même de la réputation à
l'infamie ; qui rencontre un tyran avare,
& un calomniateur atroce, dans le
même homme dont elle croit avoir &
l'amour & l'estime ; qui devient criminelle aux yeux de son bourreau par
la patience même & par le silence, les
seules armes que la foiblesse de son
sexe puisse opposer aux insultes du
nôtre ; enfin, qui se voit, au milieu
de la nuit, chassée avec ignominie
de la maison de son époux, & forcée
de chercher un asile dans le sein de
sa famille ! Qu'on se figure, disons-
nous, la surprise, l'effroi, l'horreur
dont ces scenes doivent pénétrer un
cœur sensible, & l'on aura quelque
idée de ce qui dut se passer dans celui de la dame Hébert.

» En effet, à peine fut-elle mariée,
qu'elle devint l'objet des outrages de
son mari, & la victime de son avarice.
Cet homme, qui parle aujourd'hui avec
tant d'ostentation de fortune & de l'é-
tat considérable qu'il faisoit partager à
la demoiselle Broutier, n'annonçoit

A vj

alors qu'un goût ignoble pour l'épargne la plus sordide.

» Un seul trait peut la peindre. Il s'é-toit conformé à l'usage, en donnant aux accords, une bourse qui avoit été employée en habits. Croira-t on qu'il vouloit, à toute force, retrouver cette bourse ? Il prétendoit avoir les habits & l'argent.

» Il se vengea de cette dépense, en retranchant à sa femme le nécessaire ; & l'on ne parle pas ici de ce luxe de mode, de ce superflu, qui est devenu, pour les femmes sur-tout, une autre espece de nécessaire ; mais des besoins physiques les plus communs, mais des plus petits objets de la plus chétive parci-monie. Le sieur Hébert faisoit alors reconstruire sa maison : il saisit ce pré-texte pour confiner sa femme dans une espece de cage étroite & mesquine, sans aucun meuble, où les deux époux couchoient sur un lit d'emprunt. Il alla plus loin encore : le calcul des dépenses que lui couteroit le bonheur d'être pere, lui fit craindre de le devenir.

» La dame Hébert, pénétrée des obli-gations de son état, dévoroit, dans le

silence, ses chagrins & ses larmes. Le
sieur Hébert traite aujourd'hui ces larmes de fiction. Il sied bien à celui qui
les faisoit couler alors, de douter maintenant de leur réalité !

» Il a oublié que lui-même en affichoit
la cause ; qu'il publioit hautement son
indigne façon de penser ; qu'il faisoit, à tout le monde, la honteuse
confidence des privations qu'il s'étoit
imposées, dans la crainte de devenir
pere.

» La famille de la dame Hébert, instruite par ses pleurs & par les propos
de son mari, fit sentir à ce dernier l'injustice de sa conduite. Ces remontrances
donnerent lieu à une réunion, que l'on
crut solide. Le retour du sieur Hébert
parut sincere. Sa femme se flatta que
sa grossesse alloit fixer le cœur de son
époux : mais celui-ci, rendu bientôt
à sa passion dominante, ne vit qu'un
sujet de désespoir dans ce qui auroit
été pour tout autre un sujet de joie.

» C'est ici le lieu de relever une infi-
délité bien révoltante. Le sieur Hébert
prétend reprocher à son épouse d'avoir
fait, *au premier venu*, la confidence

des maux qu'elle éprouvoit avec son mari, & il invoque, à ce sujet, des lettres écrites à la dame Hébert, par une de ses sœurs.

» Il est d'abord bien étonnant que ces lettres se trouvent entre ses mains. Il ne l'est pas moins qu'il veuille appliquer à des faits certains & à des époques précises, des lettres vagues & sans date.

» Mais n'est-il pas singulier encore qu'il annonce positivement *deux lettres*, tandis qu'il ne produit que les fragmens d'une seule?

» Et dans ces fragmens même on ne trouve rien de ce qu'il y suppose, rien qui ressemble à ce qu'il a imprimé. On n'y voit point ce reproche fait à la dame Hébert de placer sa confiance *dans le premier venu*; reproche qu'il a tâché de rendre plus saillant, en le faisant imprimer en lettres italiques.

» Le fragment de lettre produit ne contient que des conseils à la dame Hébert de surmonter, par sa douceur & sa patience, les désagrémens qu'elle essuie, & de se bien garder de se retirer dans un couvent, comme il paroît qu'elle en avoit formé dès-lors le projet.

» Dans la note imprimée, au contraire, la sœur de la dame Hébert met les torts du côté de cette derniere, & la taxe d'indiscrétion.

» Pourquoi donc le sieur Hébert a-t-il retiré de sa production celle de ces lettres dont il cherchoit à se prévaloir ? Pourquoi celle qu'il a jugé à propos de conserver, est-elle déchirée ? Pourquoi ce qu'on trouve dans ce lambeau dément-il celui qu'il avoit inséré dans sa Requête ?

On n'épuisera pas l'examen de cette étrange tergiversation. On se borne à observer que les deux lettres, fussent-elles existantes, fussent-elles conformes aux citations du sieur Hébert, celui-ci n'en pourroit conclure autre chose, sinon que ces lettres ont été écrites par une sœur qui craignoit de convenir des torts de son beau-frere, & de fournir par-là des armes à la douleur de sa sœur, jeune & nouvellement mariée, & qui cherchoit à prévenir l'éclat d'une plainte dont elle ne pouvoit, au fond, se dissimuler la justice,

» Il faut revenir au récit des faits, dont cette digreſſion importante nous a écartés un moment.

» La réconciliation ménagée par la famille de la dame Hébert ne fut pas de longue durée. Le ſieur Hébert n'étoit revenu vers ſon épouſe qu'avec contrainte. Il lui fit éprouver de nouveau tous les dégoûts de ſa paſſion dominante. Ce ne fut pas tout : il éclata contre elle en invectives atroces; il lui prodigua publiquement les épithetes dont tout autre auroit rougi de ſouiller ſa bouche.

» Ainſi ce mari qui fait aujourd'hui parade de ſes principes, & qui ſe prévaut de ſavoir *que l'honneur eſt ſolidaire entre le mari & la femme*, ſe permettoit de déshonorer ſans ſujet une épouſe fidele. La vertu de la dame Hébert étoit flétrie par lui, ſans en être ſoupçonnée.

» A cette diffammation publique, le ſieur Hébert joignoit des procédés qui empoiſonnoient la vie de ſa femme.

» Il la menaçoit de la faire enfermer, & le ſeul nom de la priſon qu'il lui deſtinoit, étoit la plus grave injure.

» Il rompoit avec elle tout commerce, même celui de la table.

» Il la laiſſoit ſeule. Il la laiſſoit manquer de tout.

» La dame Hébert, accablée de ces ſcenes affligeantes, déſeſpérée du préſent, effrayée de l'avenir, rendit une premiere plainte au Commiſſaire Chenon, le 20 Juin 1766.

» Elle fut bientôt forcée de conſigner, dans une ſeconde, des faits nouveaux & plus graves encore. Le ſieur Hébert couronna ſes excès par l'abandon total, diſons mieux, par l'expulſion violente de ſa femme.

» Il la chaſſa de ſa maiſon, au milieu de la nuit, ſans habit, ſans linge, ſans argent.

» La conduite du ſieur Hébert paroiſſoit l'effet d'une habitude décidée, & d'un penchant irrévocable. Sa femme ne pouvoit eſpérer ni de le changer, ni de l'adoucir.

» Quelles ſont en effet (diſoit le Défenſeur de la dame Hébert), contre les emportemens d'un caractere féroce, les armes d'un ſexe timide ? Il ne peut leur oppoſer que ſa douceur & ſes lar-

mes ; mais , quand une fois cette douceur a été vaine , quand le fpectacle
de fes larmes attendriffantes n'a rien
produit , toutes fes reffources font
épuifées.

„ Mais fes droits ne le font pas.
C'eft alors feulement que fa délicateffe
confent à les rappeler , & que la Juftice
s'empreffe à les confacrer «.

La dame Hébert rend une feconde
plainte devant le même Commiffaire ,
le 29 Septembre 1766. Le 24 Novembre fuivant , elle forme fa demande en
féparation.

Elle s'étoit réfugiée , dans l'intervalle ,
chez fa mere.

Il fallut une Ordonnance de M. le
Lieutenant-Civil , pour lui faire remettre une partie de fes habits & de fon
linge.

Cependant , au milieu de toutes ces
angoiffes , la groffeffe de la dame Hébert s'avançoit. Le 13 Janvier 1767 ,
elle a mis au monde une fille. Le certificat de fon accouchement a été notifié le même jour au fieur Hébert ,
avec fommation de reconnoître fon
enfant.

» Il semble que cet événement auroit dû produire l'effet le plus touchant
sur le cœur du sieur Hébert. Sa femme
avoit bien des reproches à lui faire ;
mais la mere de sa fille lui auroit tout
pardonné. Pourquoi donc ce moment
n'a-t-il pas été l'époque de leur bonheur mutuel ? Comment s'est-il fait
que le gage de leur union, né dans
cet instant de discorde, ne les ait pas
rapprochés ? Et d'où vient que ce nom
de pere, ce titre d'orgueil & de joie
pour les hommes, n'a pu ramener le
sieur Hébert aux pieds de la femme
qui lui donnoit ce nom sacré « ?

Il est des questions dont on n'ose
deviner la réponse. Cette réponse, cependant le sieur Hébert l'a faite par son
silence. Sa fille a été baptisée, sans
qu'il ait seulement demandé à la voir.

Enfin, puisqu'il n'y avoit plus de
paix à espérer, il a fallu se déterminer à la guerre triste & cruelle de la
procédure.

Si l'on veut en croire le sieur Hébert, il a donné, dans cette occasion,
une marque de circonspection & de
prud'hommie. Il insinue que, pour mé-

nager l'*honneur* de fa femme & le fien,
& pour empêcher le Public malin de
rire aux dépens des deux époux, il
ne voulut pas que cette affaire eût
d'éclat.

La dame Hébert ne convient pas de
ce principe fingulier, par lequel fon
mari veut rendre leur honneur commun. Leurs rôles, dans cette affaire,
étoient fort diftincts.

Elle conçoit encore moins que les
précautions prétendues du fieur Hébert
aient eu pour but d'*empêcher le Public*
malin de rire aux dépens des deux
époux.

L'affaire étoit trop férieufe, les fé-
vices & la diffamation dont elle fe
plaignoit étoient trop graves, pour
qu'il y eût de quoi rire dans la Caufe
de cette femme infortunée; & ce n'é-
toit pas du ridicule qu'il convenoit de
jeter fur celle de fon mari.

Selon le fieur Hébert, au refte, *il*
n'y eut point de plaidoiries, & ce
fut de fa part une affaire (difoit le
Défenfeur de la dame Hébert) de
défintéreffement & de modération;
" comme fi la modération n'étoit pas

roujours du côté de la Partie offenſée, lorſqu'elle veut bien s'abſtenir de donner à ſes plaintes un éclat fâcheux pour celui qui en eſt l'objet ! comme ſi la dame Hébert n'avoit pas été véritablement, dans ce Procès, la Partie ſouffrante ! comme ſi elle avoit pu craindre un moment l'impreſſion que feroient dans le Public les impoſtures de ſon mari ! comme ſi enfin le ſcandale de l'Audience n'eut pas dû conſiſter, d'une part, dans l'affreux tableau que la vérité avoit à tracer des excès du ſieur Hébert, & de l'autre, dans les efforts que le menſonge auroit faits pour ternir les couleurs de ce tableau trop fidele !

» Le ſieur Hébert n'eſt pas aſſez adroit ; il donne un trait de ſa politique pour un trait d'honnêteté,

» Nous ne ſerons pas aſſez aveugles pour nous y méprendre. Il étoit trop intéreſſé à écarter l'Audience. Il craignoit trop l'horreur que le récit de ſes vexations auroit excitée dans le Public ; & d'ailleurs, il ſe promettoit bien de ſe dédommager, par la licence de ſes écritures, de la réſerve apparente qu'il s'impoſoit «.

Quoi qu'il en ſoit, la dame Hébert

avoit configné, dans fes plaintes, des faits précis, graves & perfonnels.

Ces faits pouvoient fe réduire à fix chefs, dont un feul auroit fuffi pour opérer la féparation.

Elle demandoit à prouver l'emportement, l'avarice, le mépris fuivi, la haine caractérifée, la diffamation publique, & l'abandon, auxquels elle avoit été livrée par fon mari.

La preuve fut admife fans difficulté.

Dix-huit témoins irréprochables en dépoférent unanimement.

Dix-huit témoins attefterent à la Juftice tous les excès du fieur Hébert.

L'enquête contient l'hiftoire la plus fcandaleufe des outrages fucceffifs qu'il a faits à fon époufe, le refus des befoins de la vie, l'injurieux oubli, les menaces affreufes, les calomnies effrénées, enfin l'expulfion nocturne, qui a été le digne dénouement de ces fcenes atroces.

Le fieur Hébert a propofé des reproches contre ces témoins, mais fi foibles, fi vagues, fi peu concluans, qu'ils ont donné un degré d'authenticité de plus aux dépofitions.

Il a rendu à la vérité de ces mêmes

dépofitions un nouvel hommage. Bien convaincu de la réalité de fes torts, il n'a pas même effayé de faire procéder à une enquête contraire.

On eût dit que dès-lors il s'étoit fait juftice à lui-même, en fe condamnant au filence & à l'inaction.

Sommé de produire, par quatre actes différens dans l'efpace de près de dix-huit mois, il s'eft laiffé condamner par forclufion. Ce Jugement définitif, que l'humanité, l'honnêteté & l'équité ont infpiré aux premiers Juges, a féparé les deux époux, condamné le mari à la reftitution de la dot, chargé la mere de l'éducation de fa fille, & a pourvu à ce que le pere en payât les frais, &c.

Le fieur Hébert a interjeté appel. Le Procès a été porté aux Enquêtes.

Un premier Arrêt provifoire, du 16 Février 1768, a été rendu en faveur de la dame Hébert. Les chicanes de fon mari en ont fufpendu l'exécution; elles ont été profcrites par un fecond Arrêt du 6 Avril 1769.

La dame Hébert pourfuivoit toujours le Jugement du fonds.

Le fieur Hébert avoit eu foin de

prendre les pieces de la procédure en communication. Il affectoit de les retenir. Les fommations & les contraintes multipliées n'ont pas accéléré la fignification de ces griefs, qui n'ont parû que le 30 Juin 1769.

On n'entrera point dans le détail de ces griefs futiles. Le fieur Hébert n'entreprend pas même de s'y excufer de la diffamation publique qu'il s'eft permife.

La dame Hébert a prouvé que fon mari lui avoit fait une injure atroce & irréparable, en l'accufant, en pleine rue, d'une proftitution qui avoit caufé fa groffeffe, & qui avoit mis dans fa famille, difoit-il, un *raviffeur* & un *voleur*. C'étoient fes expreffions choifies, au fujet de l'enfant dont elle étoit enceinte. Elle a prouvé que le filence continu, obftiné du fieur Hébert fur ce point capital, étoit équivalent à un aveu formel.

Elle a démontré l'avarice du fieur Hébert, par la procédure même. En effet, l'impreffion de ce vice odieux fe faifoit fentir fur-tout dans les conclufions prifes par le fieur Hébert. Obligé de convenir que la féparation étoit infaillible,

faillible, il capituloit affez légérement
à cet égard. Son époufe ne lui étoit pas
affez chere, pour qu'il voulût la retenir; mais il n'en étoit pas de même
fur l'article de la dot, & fur les alimens
de fa fille. Mari intéreffé, pere barbare,
il étoit content, pourvu qu'il gagnât
deux grands points, celui de ne point
reftituer la dot, & d'affoiblir la penfion de fa fille.

On fe difpenfe de retracer le refte
de la procédure, dans le même détail.
Il fuffit de dire que le fieur Hébert a
ramaffé toutes fes forces dans de nouvelles productions, pour atténuer les
plaintes de fa femme; mais ces argumens qu'il avoit été tant de temps
à découvrir & à imaginer, la dame
Hébert n'a eu aucune peine à les détruire.

Enfin, le Procès alloit être jugé.

Le Parlement penfa que tous les
moyens de conciliation n'étoient peut-
être pas encore épuifés; qu'il feroit
poffible de rapprocher, avec le temps,
les deux époux; de faire connoître au
mari fes torts, & de l'engager à les
réparer.

Tome VIII.   B

Ce fut dans cette intention que cette Cour rendit son Arrêt du 17 Février 1770.

Cet Arrêt, avant de faire droit, ordonne que la dame Hébert se retirera, avec sa fille, dans tel couvent que M. l'Archevêque de Paris indiquera, pour y demeurer pendant trois ans, *pendant lequel temps le sieur Hébert pourra la hanter & fréquenter;*

Dans la huitaine de la signification de l'Arrêt, la dame Hébert s'est retirée à l'Abbaye Saint-Antoine, sur les indications de M. l'Archevêque. Elle y a demeuré jusqu'en l'année 1771.

Pour pouvoir donner à sa fille une éducation convenable, elle a obtenu la permission de se retirer au monastère de Conflans. Elle a notifié cette permission au sieur Hébert, par acte du 9 Novembre 1771.

C'est dans cette retraite qu'elle a passé au delà du temps fixé par l'Arrêt de 1770.

Le délai de trois ans étant plus qu'expiré, la dame Hébert s'est mise en état d'assurer l'état de sa fille par un Arrêt définitif : elle avoit exactement rempli les conditions qui lui étoient impofées par l'Arrêt de 1770. Elle s'en eft procuré la preuve par deux certificats, l'un de l'Abbeffe de Saint-Antoine, l'autre de la Supérieure du monaftere de Conflans.

Ces deux pieces atteftoient deux faits bien effentiels: 1°. La conduite de la dame Hébert, fa foumiffion aux ordres de la Cour, fon exactitude, en un mot. 2°. L'efpece de mépris que le fieur Hébert avoit fait de la faculté que l'Arrêt lui laiffoit de fréquenter fa femme.

Il ne s'étoit pas même préfenté pour la voir.

La dame Hébert a expofé ces faits dans une Requête, & a pourfuivi le Jugement de l'inftance.

Sa défenfe étoit trop légitime pour qu'elle ne fût pas accueillie ; auffi a-t-elle obtenu la confirmation de la Sentence du Châtelet, à charge cependant qu'elle ne pourra vivre & demeurer ailleurs que chez pere & mere, ou dans un couvent, jufqu'à ce qu'elle ait atteint l'âge de trente ans.

B ij

Le fieur Hébert, ne voyant plus de moyens pour s'oppofer à la féparation que fon époufe avoit demandée, a eu recours à la voie de la caffation ; mais, après avoir obtenu un Arrêt de foit communiqué, il ne fut pas difficile à la dame Hébert de repouffer ce dernier effort. M. de Mirbeck, fon Défenfeur au Confeil, après avoir détruit les moyens de forme fur lefquels le fieur Hébert appuyoit fa Requête en caffa-tion, terminoit fon Mémoire par ce tableau frappant de la fituation de la dame Hébert.

» Les larmes de la mere (difoit-il), & l'innocence de la fille, voilà le ta-bleau que préfente d'un côté cette af-faire ; de l'autre, elle offre l'inhuma-nité du mari & la barbarie du pere. Que le fieur Hébert fe juge fur ce pa-rallèle terrible ! qu'il rentre un moment en lui-même ! qu'il cherche fon cœur, & qu'à l'afpect des nœuds qu'il a brifés, des bienféances qu'il a profanées, des vertus qu'il a outragées, des droits qu'il a méconnus, de la Nature enfin qu'il a repouffée, frappé d'un jufte re-pentir, il ceffe d'inquiéter l'exiftence de fa fille, & de troubler le repos de fon époufe ".

Par Arrêt du Confeil d'Etat, du 20 Octobre 1775 , le fieur Hébert a été débouté de fa demande en caffation , & par une fuite néceffaire , la féparation ordonnée a été confirmée.

B iij

ACCUSATION DE PARRICIDE.

UN fils & sa femme ont été accusés de parricide. Un journalier, qui
les accompagnoit, a été arrêté comme
complice de ce crime. Les premiers
Juges avoient condamné les accusés à
la question ordinaire & extraordinaire.
Ceux-ci ont interjeté appel de cette
Sentence au Parlement de Paris ; &
voici de quelle maniere leur Défenseur (a) présentoit cette affaire, également importante par son objet & par
la bizarrerie des événemens qui ont
traîné trois Citoyens dans des cachots.

» Tandis que, dans la Capitale, un
monstre (b), teint du sang de son pere,
expioit son crime en public, d'autres
enfans, à Mont-Brison, étoient pour-
suivis pour un attentat aussi horrible.
Si l'indignation publique eut besoin,
pour être soulagée, de voir un monstre
expirer dans les flammes, aujourd'hui

(a) M. Dodin.
(b) Le nommé Chabert.

la pitié s'armera pour les malheureux enfans que nous allons défendre.

» Leur pere est mort cependant, après avoir fui devant eux ; il est mort, après avoir appelé à son secours. Disons plus : son fils infortuné, à qui les circonstances faisoient une nécessité de suivre son pere, avoit un bâton à la main : sa jeune épouse se traînoit après lui. Enfin, un journalier, que ces malheureux époux occupoient dans leurs possessions, les accompagnoit aussi : docile à la voix de ceux pour qui il travailloit, il avoit volé à leur secours.... Le pere s'arrête, chancele, tombe ; on approche, il avoit rendu la vie.

» Quel affreux préjugé contre ses enfans ! Dangereux caprices du sort, jeux incompréhensibles du hasard, combien vous avez mis l'innocence en péril !

» Malheureux enfans, à quel sort étiez-vous donc réservés ! Si le parricide est le plus exécrable de tous les forfaits, le plus grand des malheurs est d'en être accusé injustement «.

Après avoir mis le tableau de cette affaire sous les yeux de nos Lecteurs, nous allons rendre compte de ses circonftances : nous les puiferons dans le Mémoire de M. Dodin.

Chaffagneux pere , dont la mort a caufé tant d'alarmes dans deux familles & dans fa Province , étoit originaire de Mont-Brifon en Forez ; il s'y maria en 1738. Plufieurs enfans font nés de ce mariage ; mais deux garçons ont vécu : les autres font morts.

L'aîné s'appelle *Julien* , & le cadet *Claude*. Ce dernier a été diftingué , dans la fuite , de fon frere , par le fur-nom de *Laverney*.

En 1771 , Chaffagneux maria fon fils aîné , & lui donna 15,000 livres pour former fon établiffement. Ce jeune homme traita d'une charge de Procu-reur , & prit un domicile différent de celui de fes pere & mere.

L'intelligence régna quelque temps entre les nouveaux époux & leur pere ; mais elle fut fuivie d'une divifion qui éclata tout à coup , & mit , dans le cœur du pere , des défirs exceffifs de fe venger. Son fecond fils entroit dans fa vingt-quatrieme année. Le pere lui propofa de s'établir , & lui promit , s'il y confentoit , de fe dépouiller dès à préfent de tout en fa faveur. Ce n'étoit pas l'amour de la bienfaisance qui l'excitoit à cette libéralité ; le motif unique de sa générosité apparente, étoit de faire reffentir à son fils aîné des effets frappans de la colere qui l'animoit contre lui. Auffi, dès qu'il eut conçu ce deffein, n'eut-il plus de repos qu'il ne l'eût exécuté. Sans ceffe il prioit fes amis de lui trouver un parti convenable pour son second fils ; & ce fut dans les premiers jours de Juin 1772, que celui-ci célébra fon mariage avec la demoi-felle Poyet.

Elle eft fille d'un homme de mérite, qui vivoit autrefois dans cette Capitale, & que l'amour de fon pays a fixé à Mont-Brifon depuis long-temps ; il exerce dans cette ville des talens précieux à l'humanité. Sa fille infortunée eft recommandable par toutes les vertus de fon fexe ; &, malgré les malheurs que la mort de fon beau-pere lui a fait éprouver, malgré l'horreur des prifons où la retient une accufation affreufe, elle conferve, dans ce féjour du crime, un air d'innocence & de candeur qui la font refpecter même au milieu de fes fers.

Le pere de Laverney tint fa parole ;

B v

il lui donna tout, jufqu'à fes meubles, & ne lui impofa d'autre charge que d'avoir foin de fa femme & de lui.

Quoique ceux qui avoient eu part à ce mariage ignoraffent les motifs qui avoient dicté les libéralités du pere, ils craignirent des troubles capables de faire défirer aux Parties leur féparation.

Pour les prévenir, on ftipula que, dans ce cas, le pere pourroit reprendre l'ufufruit des bâtimens, prés, terres & vignes qu'il avoit à Saint-Romain-le-Puy, ainfi que la jouiffance de la moitié des meubles de fa maifon de Mont-Brifon.

D'abord on exécuta les premieres conventions. Les pere & mere & les jeunes époux vécurent enfemble ; mais que les dons du premier étoient funeftes ! Comme ils n'étoient que des effets de fa vengeance, tous les jours il répétoit à fes enfans que fon deffein n'avoit pas été de leur donner, & qu'il n'avoit voulu que ruiner & punir fon fils aîné, qu'il haïffoit exceffivement.

A ce premier malheur qu'éprouva la dame Laverney, fe joignit celui de la haine que lui voua fon beau-frere ; elle en reffentit fans ceffe des effets funeftes ;

& sa maison étant devenue le théâtre
des guerres que les parens de son mari
se livroient perpétuellement sous ses
yeux, tous les jours elle voyoit rallu-
mer, au feu de la discorde, le flam-
beau qui venoit d'éclairer son hymen.....
Ah ! quels aveux vont nous être arra-
chés, disoit le Défenseur des Accusés !
Un pere coupable n'est plus ; qu'il seroit doux d'épargner à sa mémoire des
détails capables de la faire haïr ! Mais
ces détails sont trop nécessaires à la
défense de ses malheureux enfans.

Ainsi ce pere, en se dépouillant de
tout, avoit cru qu'il assouviroit la haine
cruelle qu'il portoit à son fils aîné. . . .
Mais sa vengeance avoit été trop foible, & bientôt il fallut qu'elle changeât
d'objet.

Il conçut les plus vifs regrets de
s'être ainsi mis dans l'entiere dépendance de l'un de ses enfans, uniquè-
ment pour se venger de l'autre. Il ré-
solut de s'y soustraire ; & dès cet instant il ne laissa plus à son fils & à sa
bru aucun moment de repos. Trop
fatigué de sa propre inquiétude, il leur
en faisoit supporter tous les effets. Il
étoit d'autant plus animé, qu'il ne

B vj

pouvoit prendre aucun parti capable de le foulager. Il craignoit également de refter dans la maifon de fon fils ou d'en fortir ; & , de fa perplexité , naiffoient à chaque inftant des troubles qui défoloient fes malheureux enfans.

On a dit que ce pere , en mariant fon fecond fils, s'étoit réfervé la jouiffance , en cas d'incompatibilité avec lui , de fon domaine de Saint-Romain, & celle de la moitié des meubles de fa maifon de Mont-Brifon.

Il avoit vu que Laverney venoit de faire des dépenfes dans ce domaine ; il penfa qu'en le menaçant de le lui retirer , il lui feroit reffentir des effets de fa haine ; il l'affigna à cet effet le 25 Janvier 1775.

Le fils , croyant que la féparation qui lui étoit annoncée alloit finir fes malheurs domeftiques, chargea un Procureur de confentir pour lui à la demande de fon pere.

Ainfi défarmé , le pere abandonna fa demande ; il déclara à Laverney qu'il ne vouloit plus le quitter , ou qu'il fe fépareroit de lui fur d'autres arrangemens que ceux qui avoient été arrêtés. Son fils lui répondit qu'il étoit maître

de les dicter , & lui promit de les accepter aveuglément. Il fit plus ; il alla
trouver un Avocat distingué (a) , qu'il
pria de se rendre médiateur entre son
pere & lui , & de tracer un plan d'arrangemens nouveaux. Dès le lendemain , ils lui furent apportés ; & Laverney , pour donner au médiateur qu'il
avoit choisi , des témoignages de son
amour pour la paix , & à son pere une
preuve assurée de son respect , prit les
deux actes , les signa sans les lire , en
remit un à son pere , & le supplia d'apporter à son exécution la même exactitude qu'il y mettroit de son côté ; il
avoit même prié le Rédacteur de se
concilier avec son pere , pour savoir ce
qui lui conviendroit le mieux. Pouvoit-
il faire davantage ? Mais ce n'étoit pas
encore assez pour contenter son pere ,
qui n'étoit pas jaloux de conciliation ,
& qui vouloit la restitution de tout son
bien.

Ces derniers arrangemens ne furent
pas encore suivis , & le pere ne sortit
pas. Il consulta cependant des gens de
Loi , pour savoir de quelle maniere on

_____

(a) M. Barrieu.

pouvoit faire révoquer une donation. Il proposa la question en général, ne dit point que celle dont il s'agissoit étoit contenue dans un contrat de mariage. On lui répondit qu'il n'y avoit que l'ingratitude envers le bienfaiteur qui pût armer la sévérité des Loix.

Jusque-là ce pere n'avoit eu, pour se montrer cruel, qu'à suivre les impressions de son ame : alors il le fut encore par art & par étude, & crut qu'il pourroit enfin épuiser la constance de ses malheureux enfans.

On voit que son objet unique étoit d'acquérir des preuves d'ingratitude contre eux, afin de se ménager des moyens de faire révoquer sa donation.

Il vivoit encore avec eux dans leur maison, & tous les jours il ajoutoit de nouveaux excès à ceux qui auroient été bien capables de le faire arriver à son but, si ces jeunes gens n'avoient opposé sans cesse l'excès de leur patience à l'excès de sa férocité.

Parmi les moyens dont il se servoit, il crut qu'en ruinant la maison de son fils, ce fils y seroit sensible, & s'abandonneroit à quelques effets extérieurs d'un juste ressentiment. Le linge, l'ar=

genterie & autres effets de prix difpa-
roiffoient fucceffivement ; & ce dépouil-
lement fut porté au point que, pour
fauver les débris qui lui reftoient, Laverney fut obligé de requérir la Juftice, à l'effet d'appofer des fcellés dans
fa maifon.

Cette démarche parut à Chaffagneux pere un outrage fanglant. Elle
augmenta fa haine pour fon fils, & il
jura que, par quelque voie que ce fût,
il arriveroit bientôt à fon but.

Voici le ftratagême qu'il imagina.
Un jour qu'il étoit refté feul dans fa
chambre, il fort de fon lit, fe déchire
le vifage, & teint du fang que lui-
même avoit fait couler, il ouvre fa fenêtre, appelle à fon fecours, & crie
qu'on lui fauve la vie. . . . On fe preffe,
on entre, on l'interroge : » Mon fils,
» dit-il, & ma fille ont ofé porter leurs
» mains fur moi; fans ma réfiftance,
» ils m'étrangloient ; ma force m'a dé-
» barraffé d'eux.; j'ai appelé, ils ont
» pris la fuite «. . . . On le traita de
fou, de vifionnaire; fon fils étoit ab-
fent depuis plus de deux heures, & la
dame Laverney n'avoit pas quitté fa
belle-mere.

Cette tentative n'eſt pas la ſeule qu'il ait faite, pour tâcher de réuſſir dans l'abominable projet qu'il avoit conçu; il en fit pluſieurs autres de cette eſpece; mais, honteux, déſeſpéré de voir qu'aucune ne lui réuſſiſſoit, il a recours à une autre voie.

Ne pouvant cacher ſes deſſeins funeſtes, il dit à ſon fils : » Malheureux, » ta vie me peſe, elle m'eſt inſuppor- » table; tu as fait mettre les ſcellés; » mais d'aujourd'hui en huit jours, le » bon Dieu te punira «.... Son fils le prie de calmer ce reſſentiment.... » C'en eſt fait, répond le pere, rends- » moi mon bien & fuis, ou dans huit » jours je me ſerai défait de ta femme » & de toi; j'aurai répandu ton ſang » & le ſien «.

Après avoir rapporté ces menaces effrayantes, le Défenſeur s'écrie : — Mais quel effroi nous ſaiſit tout à coup ! Quelle indignation s'empare de nous, & d'où vient ce frémiſſement que nous éprouvons en ce moment ! C'en eſt fait; un aveu terrible nous échappe, & il n'eſt plus poſſible de le retenir. Ce pere dénaturé n'avoit pas menacé en vain ſes enfans; il s'élance en effet dans la carriere des grands crimes qu'il avoit annoncés , & voici le premier qu'il ose consommer.

Il n'étoit point sorti de la maison de ses enfans le 2 Février 1775 ; il étoit neuf heures du soir , le souper étoit servi , & la dame Chassagneux s'étoit assoupie auprès de son feu. Les sieur & dame Laverney descendent ensemble à leur cave ; leur pere barbare met leur absence à profit : il développe un paquet d'arsenic , le jette dans la soupe de ses enfans ; ils rentrent : » N'éveillez » pas , dit-il , votre mere , elle repose ; » j'aurois besoin d'en faire autant , hâ- » tez-vous de terminer votre souper «. Ses enfans se mettent à table , & le pere reste auprès d'eux pour jouir du spectacle de son forfait. Ils mangent ; aussi-tôt un feu terrible les dévore ; leurs entrailles se déchirent , & la mort exerce ses ravages dans leurs flancs. Les cris que la douleur arrache à ces malheureux , éveillent leur mere. Quel affreux réveil ! Elle se presse autour de ses enfans , les interroge mille fois sur les causes de ces déchiremens qu'elle ne peut concevoir. Le barbare auteur de leurs maux répond froidement à sa

femme, que ses enfans sont empoisonnés. La mere vole chez un Chirurgien, & l'amene sur le champ. Le Chirurgien se hâte de les secourir; il se fait apporter les restes du fatal aliment qu'ils ont pris, & voit encore l'arsenic qui y est mêlé. Cependant les convulsions augmentant, & les défaillances étant plus fréquentes, il dit qu'il est temps de faire venir un Prêtre. La mere va chercher celui qui est le plus près de sa maison; elle rencontre M. de Bigny, Chanoine, qui l'accompagne & confesse les malades. Le Chirurgien dit qu'il faut qu'il les saigne encore, & qu'il a besoin que quelqu'un l'assiste : le monstre approche; le Confesseur le repousse avec horreur, & donne lui-même au Chirurgien les secours qu'il avoit demandés. Le Chirurgien passe la nuit auprès des infortunées victimes de la barbarie de leur pere. Aussi-tôt que les malades peuvent parler, ils le prient de garder le plus profond silence sur ce qu'il fait, sur ce qu'il a vu; ils le prient de leur épargner l'horreur de voir leur pere expirer sur un échafaud....
» Déplorables enfans, s'écrioit M. Dodin, votre vertu est soupçonnée au-

jourd'hui : c'est pour savoir si vous n'êtes point des patricides exécrables, que, depuis près de deux années, vous gémissez dans les fers. Ah ! si vous eussiez été moins vertueux, si votre piété n'eût pas été excessive, il n'étoit pas besoin que vous vous portassiez au plus grand des forfaits, pour vous délivrer de votre pere ; il vous suffisoit de ne pas le défendre alors ; il vous suffisoit de l'abandonner à la vengeance que la Justice vous eût infailliblement procurée «.

Telle fut l'horrible révolution qui contraignit ce pere à sortir de la maison de son fils. Mais quand prit-il enfin ce parti ? ce fut le lendemain même de son forfait, & lorsqu'il entendit le Chirurgien assurer qu'il n'y avoit plus aucun danger. Le barbare sortit le matin à quatre heures : sa déplorable femme refusa de le suivre ; & ce fut chez son fils aîné qu'il se retira.

Huit jours se passerent, pendant lesquels ces malheureux enfans s'occuperent du soin de rétablir leur santé. Leur respectable mere mettoit tout en usage pour les consoler. Ils ne voyoient plus leur pere, n'entendoient plus parler

de lui , & faifoient tous leurs efforts
pour oublier le crime auquel ils venoient d'échapper.

Mais le calme dont ils jouiffoient ne
fut pas long. Un homme s'offre aux
regards de Laverney. Cet inconnu,
couvert de lambeaux, pouvant à peine
fe foutenir, & ayant la pâleur effrayante
de la mort fur le vifage, lui déclare
qu'il eft important qu'il ait un entretien fecret avec lui. Laverney le fait
entrer dans une piece féparée : » Votre
» pere, lui dit cet inconnu, a voulu
» tenter ma pauvreté ; je n'ai qu'à le
» délivrer de vous, & il me donne la
» moitié de fon bien : il m'a offert de
» choifir entre trois moyens de vous
» affaffiner .... S'il m'eût été permis
» de punir une pareille propofition, le
» fer qu'il remettoit dans mes mains
» eût fervi contre lui-même : au fur-
» plus, votre pere fera trop facile à
» confondre ; je n'ai, dit-il, qu'à dicter
» fa promeffe, & il la fignera «. Laverney croyant trop aifément une pareille déclaration, ne put retenir fes
larmes : » O vous, lui dit-il, qui vous
» montrez fi généreux envers moi,
» vous pouvez, dès cet inftant, ac-

» quérir des droits nouveaux à ma re-
» connoissance : que le crime de mon
» pere soit enseveli dans un silence pro-
» fond ; oubliez, s'il est possible, la
» proposition qui vous a été faite, le
» reste me concernera «.

Il se rend aussi-tôt chez le Procureur
du Roi, se consulte avec lui comme
avec un pere ; non qu'il veuille lui
dénoncer le crime du sien ; mais il
sentoit bien qu'il finiroit par devenir sa
victime ; il craignoit plus encore pour
les jours de sa femme que pour les
siens, & prioit cet Officier expérimenté
de lui enseigner la maniere de prévenir
les maux qui le menaçoient. Le Procureur du Roi lui dit : » Que votre
» pere ne vous voye jamais sans té-
» moin, & déclarez-moi la premiere
» injure que vous recevrez de lui ; que
» vos témoins me l'amenent, je n'é-
» claterai pas aujourd'hui ; il faut épar-
» gner à l'humanité un spectacle qui
» l'affligeroit trop : vos maux finiront,
» conduisez-vous avec sagesse «.

Après avoir rendu compte des faits
qui ont précédé l'événement horrible
qui a donné lieu à l'accusation de parricide, formée contre les trois infortu-

nés Cliens de M. Dodin, c'est ici le moment de mettre sous les yeux de nos Lecteurs le tableau effrayant de la mort de Chassagneux pere, & des suites affreuses qu'elle a eues. On se rappelle que ce pere barbare avoit quitté ses enfans, après les avoir empoisonnés, & que Laverney avoit reçu ordre du Procureur du Roi de le conduire devant lui à la premiere injure.

Le 14 Juin 1775 (c'est le jour fatal qui a accumulé une foule de malheurs sur la tête de trois Citoyens); les sieur & dame Laverney se disposoient à sortir, pour se rendre dans un jardin qu'ils ont à la porte de Mont-Brison (il étoit alors dix heures ou dix heures & demie du matin). Laverney appercevant son pere, dit à sa femme : » Mon pere » vient, rentrons, laissons-le passer «.

La dame Laverney ne rentra pas cependant; mais, appercevant sur sa porte une femme de sa connoissance, elle alla vers elle, pour la prier de l'accompagner à son jardin. Cette femme lui répondit qu'elle étoit *bien fâchée de ne pouvoir pas lui faire ce plaisir.* Chassagneux pere passa deux ou trois fois devant la porte de son fils; il proféra quelques mots qui ne furent pas entendus, continua fa route, & entra chez un Aubergifte.

La dame Laverney revint. Les deux époux, ne voyant plus leur pere, fe mirent en marche ; ils n'avoient fait que quelques pas, lorfqu'un ami les rencontra, & les pria de lui rendre un fervice : cet ami étoit le fieur Conftant, employé aux cafernes, qui cherchoit un poids appelé *romaine*. Ils retournerent à leur maifon, donnerent au fieur Conftant ce qu'il défiroit, & retirerent cet avantage de la rencontre, qu'ils marcherent enfuite, de compagnie, du côté de leur jardin. Ils étoient déjà fortis de la ville, quand la dame Laverney vit, en fe retournant, que fon beau-pere venoit derriere elle. Elle dit à fon mari avec une forte d'exclamation : » Ah ! mon ami, voici ton pere « ! Elle ne pouvoit le voir fans effroi, & malheureufement cet effroi n'étoit que trop fondé.

Laverney pria fon ami de l'accompagner à fon jardin, en lui difant qu'il lui feroit plaifir, s'il le pouvoit ; que depuis que fon pere l'avoit quitté, il n'étoit forte de mauvais traitemens qu'il ne lui fît, ainsi qu'à sa femme, & qu'il serviroit à le contenir..... Malheureusement le sieur Constant ne le put pas, il avoit affaire aux casernes. Ce fut là qu'il se sépara de Laverney, & qu'il passa près de son pere, qui lui dit : » Vous faites bien de quitter cette » canaille «.

Les enfans continuerent leur route ; ils étoient près des Capucins ; c'étoit de l'autre côté du couvent de ces Religieux que leur jardin étoit situé ; leur pere les devança ; ils le saluerent au passage : le salut ne leur fut pas rendu ; au contraire, leur pere les invectiva ; & comme ils étoient tous devant les Capucins, Laverney lui dit que, s'il continuoit ses invectives, lui & sa femme alloient entrer dans cette maison. . . . .

Le pere hâta sa marche ; les enfans retarderent la leur ; enfin, sans cesse exposés à de nouvelles injures, ils arriverent à la porte de leur jardin, où un journalier & une domestique travailloient.

Le pere, les voyant prêts à entrer, revient sur ses pas, en disant *que leur existence le fatigue, & qu'il ne trouvera*

vera

vera le repos que quand il se sera défait d'eux. Sa belle-fille le prie de revenir à des sentimens plus doux ; elle
lui représente qu'il est bien cruel à lui
de combler ainsi ses jours d'amertume
& de souffrances. La patience m'é-
chappe, lui répond il ; & voyant des
pierres à dix pas de lui, il en saisit une
qu'il lance à sa belle-fille, & l'atteint
au côté. La dame Laverney se tourne,
ouvre promptement, veut entrer ; au
même instant elle est frappée, entre les
épaules, par une seconde pierre, qui
la renverse sur la porte, & lui fait
éprouver une douleur si violente,
qu'elle perd la respiration. Laverney
reste sans mouvement, demande à son
pere, s'il veut assassiner sa femme.
Revenue de cet état violent, elle jette
des cris perçans. Laverney, effrayé sur
le sort de son épouse, appelle à son secours ; le pere continue ; le fils veut
détourner sur lui une fureur si dangereuse, & le pere fait pleuvoir une grêle
de pierres sur le corps de son fils.

La dame Laverney ne cessoit d'appeler le journalier qui étoit à l'extrémité
de son jardin ; le journalier l'entend,
accourt, arrive.... » Ah ! Mure, s'é-

Tome VIII. C

» crie Laverney, vous voyez que mon
» pere veut nous aſſaſſiner, vous en
» ſerez témoin «.

Le pere, intimidé par la préſence du
journalier, prend la fuite ſur le chemin
de Curraiſe. Il eſt important d'obſerver
que ce chemin, large de dix ou douze
pieds, eſt entre deux murs hauts de
quatre pieds & demi, qui ſervent de
clôture à des vignes.

L'état affreux de la dame Laverney
lui arrachoit des ſanglots que ſon mari
ne pouvoit entendre ſans la plus grande
émotion. Il dit à Mure : » Suivons-le,
» il y aura d'autres témoins dans les
» vignes; pour le coup, je ne puis plus
» y tenir, & nous le menerons au Pro-
» cureur du Roi «.

La réſolution de ce fils ne doit point
étonner; elle étoit la ſuite de l'ordre
qu'il avoit reçu des Officiers de la Juſtice de Mont-Briſon.

Derriere le mur, ſur la droite, étoient
des Vignerons : leur attention fut excitée par le bruit de la pourſuite, &
quelques-uns approcherent du mur,
pour ſavoir ce que c'étoit; ils virent
d'abord Chaſſagneux pere, à trente
pas devant Mure; que Laverney ſui-

voit ; & aſſez loin derriere eux ſe traînoit hors d'haleine la dame Laverney,
pleurant & répétant ces mots : .....
*Un pere, un pere aſſaſſiner ſes en-
fans !*

De ſon côté, le pere crioit en fuyant :
*A moi, mes amis, à mon ſecours ; on
m'aſſaſſine !*

Le pere, ſon fils & Mure arriverent ſucceſſivement près de la loge du
nommé Geni : deux Vignerons y travailloient ; le mur étoit interrompu
dans cet endroit.

Chaſſagneux s'arrêta devant ces Vignerons ; Mure le prit par le collet de
ſon habit, en diſant : *Il faut qu'il ſoit
mené au Procureur du Roi ; c'eſt un
mauvais pere qui vouloit aſſaſſiner
ſes enfans.* Alors Olagnier (c'étoit
l'un des deux Vignerons, l'autre étoit
ſon fils) dit à Mure de prendre
patience, & demanda à Chaſſagneux
ce que tout cela vouloit dire. Chaſſagneux répondit *que ſes enfans prétendoient l'empêcher d'entrer dans ſon
bien :* à quoi Mure répliqua, *que ſi
le bien lui appartenoit, il devoit prendre les voies de la Juſtice pour ſe le
faire rendre, ſans aſſaſſiner ainſi ſes*

C ij

enfans ; & il ajouta : *Si j'avois été là quand vous avez eu la cruauté d'a-bîmer votre belle-fille , je vous en aurois empêché.*

Pendant ces difcours, la dame La-verney arriva : elle reprocha à fon beau-pere fa cruauté ; elle lui dit *qu'il étoit un barbare , un pere dénaturé.....* Il veut fe jeter fur elle ; Laverney s'é-lance pour la garantir ; & Olagnier, qui ne vouloit pas que le pere & le fils fuffent en préfence l'un de l'autre, fe place entre eux. Il reprocha auffi à ce pere fa férocité, en fe fervant d'expreffions qui l'irriterent encore dà-vantage , & qui le mirent hors de lui-même.

La préfence & les difcours d'Ola-gnier firent abandonner le projet que Mure avoit formé de conduire le cou-pable au Procureur du Roi ; cependant ce pere ne ceffoit d'injurier fes enfans. Ces derniers prirent alors la réfolution de revenir à leur jardin , & dirent à Mure de les accompagner.

Olagnier témoigna une derniere fois fon indignation à Chaffagneux pere ; & le quittant pour retourner à la loge, il ordonna à fon fils de le fuivre ; fon fils le fuivoit lentement en regardant derriere lui. Ainfi chacun l'abandonne en lui repréfentant fes torts : fa fureur étoit au comble, il ne pouvoit la faire éclater : tout à coup il chancelle, ouvre les bras, tombe, & fa tête porte fur une pierre *de la fondation du mur.* — *Mon pere, mon pere,* s'écrie le jeune Olagnier, *le gros tombe.* — Olagnier fe retourne, voit Chaffagneux étendu, demande comment il eft tombé. — *De lui-même, lui répond fon fils; c'eft fûrement qu'il eft ivre.* — Et d'un & l'autre vont à lui pour le fecourir; mais il n'étoit plus temps.

Il eft effentiel d'obferver que Chaffagneux pere étoit refté feul; qu'il s'étoit révolté contre les repréfentations que chacun lui avoit faites, & que fa fureur n'avoit pu éclater. Les bleffures qu'il avoit faites à fa belle-fille lui firent craindre les fuites de fa cruauté. Toutes ces circonftances réunies produifirent en lui une révolution intérieure, qui caufa peut-être fa chute & fa mort.

Le fils d'Olagnier fut témoin de l'une & de l'autre; & fon pere, qui n'avoit quitté Chaſſagneux que depuis un ſeul inſtant, étoit revenu ſ̶u̶r̶ ̶ſ̶e̶s̶ pas, quand un Vigneron parut. Ce̶toit le nommé Beuvard. Il dit, en approchant : — *Qu'eſt-ce donc, on vient de crier à l'aſſaſſin ?* — On l'informe de tout, il voit Chaſſagneux étendu. — *Comment ! eſt-ce que ſes enfans l'ont tué ?* — *Non,* lui répond Olagnier, *car ils ne l'ont pas touché.* — *Ce̶pendant,* obſerve Beuvard, *il paroît qu'il eſt mort;* & Olagnier dit : — *Je parie qu'il le fait exprès, car il eſt malin.*

Pendant ces diſcours on vit un léger mouvement à la jambe de Chaſſagneux. Olagnier dit : *il n'eſt pas mort, allons le ſecourir. M. Chaſſagneux,* lui crie Beuvard. — Chaſſagneux veut parler, & ſa voix expire dans ſa bouche. *Relevons-le,* dit Olagnier. — *Je n'y touche pas,* lui répond Beuvard. Mure s'étoit approché. Olagnier lui adreſſe la parole : *Eh bien ! aide-moi, toi qui en es peut-être la cauſe.* — *Moi, la cauſe ?* répond Mure; *prenez garde à ce que vous dites......*

Laverney & ſa femme avoient été auſſi témoins de la chute de leur pere;

ils retournoient du côté de leur jardin, quand elle arriva; mais, comme ils vouloient que le journalier ne restât pas, & que celui-ci marchoit derriere eux sur le sentier, ils se retournoient pour voir s'il venoit en effet : ce fut dans cet instant que leur pere tomba. Mure approche, & dit à Chassagneux étendu : *Il faut que vous soyez bien méchant !* Il ne le croyoit donc pas mort ? il pensoit seulement que sa chute avoit été volontaire, & qu'il ne vouloit qu'inquiéter ses enfans. La réflexion avoit permis une phrase entiere à Mure, la Nature ne permet à Laverney que d'articuler des mots sans suite. *Ah, mon Dieu !* s'écrie-t-il ; *voilà.... voilà.... il vient....* Il voit que le sang sortoit par le nez de son pere, il regarde sans parler : puis interrompant son silence, il dit: *Hélas ! il s'est jeté pour nous mettre dans l'embarras.* Sa femme approche aussi : elle est de même effrayée du sang de son beau-pere, & la réflexion lui rappelle ses malheurs. *Ah ! mon mari, où sommes-nous ?* dit-elle : *quel malheur ! ce misérable s'est jeté sur cette pierre pour se tuer, & qu'on dise que c'est par nous qu'il est mort:*

Ah ! mon mari , que ferons - nous ?
Eperdue , elle veut marcher & ne peut
plus se soutenir ; elle tombe, on la releve ; elle remplit l'air des cris de son
désespoir : plus elle y réfléchit , &
plus elle voit combien cette mort peut
entraîner de périls après elle ; elle s'é-
gare , elle fuit , revient, manifeste son
désespoir par des cris toujours plus
aigus : enfin elle abandonne un spectacle qui la met hors d'elle-même. Son
mari , partagé entre deux sentimens ,
ne sait auquel il doit obéir ; il voudroit secourir son pere ; mais l'état où
il voit sa femme l'inquiete : il reste im-
mobile entre elle & lui ; enfin l'intérêt
le plus tendre l'emporte , & il se rend
auprès de sa femme.

Un Religieux passoit dans cet endroit ;
c'étoit un Capucin qui avoit entendu
les premiers cris de la dame Laverney
& de son mari , lors de la scene arrivée à la porte du jardin ; elle l'arrête : *Ah ! mon pere, secourez-le , lui
dit-elle , vous trouverez son visage en-
sanglanté.....* Mure avoit rejoint son
maître ; l'un & l'autre arrivent au lieu
où la dame Laverney & le Religieux
étoient arrêtés ; Laverney prie celui-ci

de voir ce qu'il pouvoit faire pour son pere, & le Religieux se fait conduire par Mure.

Cependant Laverney & sa femme étoient près de leur jardin. Les sanglots de celle-ci furent entendus de cette domestique qui y travailloit avec Mure. Cette fille sort précipitamment, & entend la dame Laverney qui disoit à son mari : — *Ah, Dieu ! qu'est-ce que le monde va dire ?* & son mari répondoit : — *Eh ! que pourra-t-il dire ? nous n'en sommes pas la cause.* Laverney dit à cette fille de soutenir sa femme ; il entre dans son jardin, y jette un échalas qu'il tenoit, & qu'il avoit apporté de sa maison : la jeune femme s'assied sur la terre, donne un cours plus libre à ses larmes : son mari la releve, & la tenant sous son bras, il la ramene à Mont Brison.

De son côté, Mure laissa le Religieux auprès du cadavre, vint à la suite de ses maîtres, & les joignit aux casernes. Ce fut là que Beuvard, passant auprès d'eux, leur dit : *Vos pleurs ne lui rendront pas la vie.* — *Ne manquez pas*, lui dit Laverney, *de bien déclarer que vous avez vu que*

C v

nous n'en sommes pas la cause. Beuvard lui répondit *qu'il n'avoit pas
été témoin de la mort, & qu'il n'é-
toit arrivé qu'après,* ce qui étoit vrai.
Ces infortunés entrerent dans Mont-
Brifon, ayant l'effroi, le défefpoir &
la mort peints fur le vifage.

Beuvard, qui les avoit devancés,
apporta dans Mont-Brifon la nouvelle
de ce funefte événement; mais, s'il
ne pouvoit pas dire que les enfans fuffent coupables, il ne pouvoit pas affurer auffi qu'ils fuffent innocens; & ce
fut pour eux le commencement de
leurs malheurs. Les premiers bruits de
cette mort portant avec eux le caractere du doute, mirent les efprits dans
une funefte incertitude, & donnerent
lieu aux impreffions les plus finiftres.

Une feconde conjoncture aggrava les
foupçons que Beuvard venoit de donner. La dame Laverney, frappée par
fon beau-pere, avoit appelé du fecours, & fon mari avoit joint fes cris
aux frens. Chaffagneux fuyant répéta
les mêmes cris, ainfi qu'on l'a dit,
lorfqu'il apperçut des Vignerons derriere les murs du chemin dans lequel
il couroit. Il y eut d'autres Vignerons

qui entendirent feulement & ne virent rien, parce qu'ils étoient trop éloignés. Quand la dame Laverney revint, fes fanglots frapperent également les oreilles de ces Vignerons, qui accoururent pour voir enfin ce que c'étoit. Ils entendirent que la dame Laverney répétoit fans ceffe ces mots : *Qu'eft-ce que le monde va dire ?* La curiofité en excita un, qui courut du côté de la loge ; un fecond l'imita, il en entraîna un troifieme, & ainfi tous fe rendirent au lieu où giffoit le cadavre ; en forte qu'en peu de temps il fe forma autour de lui un cercle très-nombreux.

La fenfibilité eft un attribut qui fut donné à tous les hommes. Cette faculté agit différemment fur chaque individu ; mais il n'eft point de cœur qui en foit entiérement incapable.

Dès que les Vignerons virent ce pere étendu par terre, fa vieilleffe, le fang qui couvroit fon vifage, la circonftance qu'il avoit fui devant fes enfans, fes cris répétés : *A moi, mes amis, mes enfans m'affaffinent,* émurent les cœurs, & les larmes coulerent de tous les yeux. Ce n'étoit plus cet homme

C vj

connu dans Mont-Brifon pour un pere
dénaturé, pour un pere barbare; c'é-
toit un pere environné de tout ce que
ce titre a de facré, & qui venoit d'expirer après avoir été pourfuivi par fes
enfans. Le peuple accouroit en foule
autour de lui, pour jouir de ce fpectacle effrayant. Les deux Olagnier
étoient fans ceffe interrogés, & ils gar-
doient le filence le plus profond.

D'abord la vérité ne fut point altérée
en fortant de la bouche d'Olagnier
pere; fes premiers difcours étoient fideles; il difoit, fans effort, ce qui s'é-
toit paffé fous fes yeux. Mais bientôt
il voulut tirer une forte de vanité de
l'empreffement que tout le monde marquoit de l'entendre. Il s'égara dans fes
propres récits, & confulta plus fon imagination que fa mémoire.

On croira aifément que, le nombre
des fpectateurs croiffant de moment
en moment, quelques-uns des témoins
dont on a parlé, voulurent jouir auffi
de la gloire bizarre d'avoir vu, & furent également jaloux d'acquérir l'honneur ridicule d'être à leur tour interrogés. Les récits de ces derniers étoient
bien plus intéreffans que ceux des Ola-

gnier : » Hélas ! difoit l'un d'eux , j'ai
» vu ce vieillard m'adreffer la parole en
» fuyant : *Secourez-moi , mon ami*, me
» difoit-il , *mes enfans veulent m'af-*
» *faffiner* : il ajoutoit ; --- ce qu'il y
» avoit de plus cruel pour moi, je ne
» pouvois pas arrêter la fureur qui le
» pourfuivoit, un mur me féparoit du
» pere & des enfans ; je l'ai bien fran-
» chi , mais avec peine , & quand je
» fuis arrivé , les fcélérats avoient fait
» le coup «.
» Je ne pouvois pas croire, difoit un
» autre , tout ce que je voyois. Ces
» cruels enfans renverfoient leur pere à
» coups de bâtons , & l'étrangloient «.
» Pour moi, difoit un troifieme, j'ai
» entendu diftinctement ce pere qui di-
» foit à fes enfans d'une voix étouffée :
» *Barbares , laiffez-moi la vie !* après
» quoi , continuoit-il , il pouffa un cri
» très-aigu ; je n'ai plus entendu rien ;
» je fuis arrivé , ce pauvre pere étoit
» mort «. » Nous nous empreffons d'obferver ici (difoit M. Dodin) que tous
n'oferent pas dépofer les mêmes chofes
devant les Juges : la réflexion & les
périls d'un faux témoignage les ont fait
revenir à la vérité ; mais il fuffit d'un

seul qui les entendit , & qui répéta ces
cruels difcours dans Mont-Brifon , pour
perfuader que les enfans de Chaffagneux
avoient été des parricides ; & ce bruit
déteftable fe propageant dans toute la
ville , préoccupa bientôt tous les efprits. En moins de dix minutes , il
perça les murs des maifons les plus re-
tirées , & la fermentation devint tout
à coup générale. Il y eut un concours
prodigieux de perfonnes qui allerent
fur ce champ de mort ; & , comme
ceux qui racontoient les circonftances
de ce malheur , chargeoient toujours
leurs récits de plus en plus , chacun revenoit avec la funefte perfuafion que les
enfans étoient coupables. Mais c'étoit
en rentrant dans la ville que l'intérêt
augmentoit bien davantage. On avoit
vu , dans la campagne , tout ce qu'on
avoit pu y voir ; il falloit jouir maintenant d'un fpeétacle nouveau ; il falloit
voir auffi ces enfans barbares , qui venoient de rougir leurs mains du fang
de celui qui leur avoit donné la vie «.

M^e. Ardaillon parvint , malgré la
foule , à s'introduire chez les fieur &
dame Laverney : ne pouvant les in-
terroger dans la piece où ils étoient,

à cause de l'affluence, il les fit passer dans une autre, où il s'enferma avec eux. » Seroit-il donc vrai, leur dit-il, » que vous auriez donné la mort à votre » pere ? Malheureux enfans ! dites, » dites-moi la vérité ; je ne suis ni » votre Accusateur, ni votre Juge, ni » votre Bourreau. --- Eh quoi, ré- » pond Laverney, est-ce que le Public » a de moi une pareille idée ? --- Oui, » le Public le croit, & cependant il » peut n'être point blâmable. Je vous » crois innocens, si je ne considere » que les intentions que vous avez pu » avoir, & cependant vous pouvez être » coupables par le fait seulement : peut- » être avez-vous apporté trop de résis- » tance ; peut-être aurez-vous cru ne » parer qu'un coup, & vous en aurez » porté dont vous ne vous serez pas » apperçus «.... Laverney l'interrom- pit... » Que vous me faites souffrir » avec de pareilles observations ! Loin » qu'il y ait eu lieu de donner ou de » parer des coups, il n'y a pas eu seule- » ment une menace entre nous, & » toujours trois témoins nous ont assis- » tés durant la dispute, où mon pere » seul avoit tous les torts : je lui ai

» reproché fa cruauté horrible ; mais
» n'en avois-je pas fujet ? Il avoit écrafé
» ma femme , & je l'avois vu qui vou-
» loit la faire périr à mes yeux... Mal-
» heureux enfans , s'écria Mᵉ. Ardail-
» lon , que vous êtes à plaindre ! Fuyez,
» la clameur publique vous pourfuit. Le
» Procureur du Roi ne va pas manquer
» de vous arrêter fur cette clameur, &
» fi je l'étois, moi-même je vous ar-
» rêterois «.... Le fentiment intime de
fon innocence ne permit pas à Laverney
d'écouter ce confeil. Il dit : — » Nous
» ne fuirons point ; qu'on nous donne
» des fers, & nous les recevrons. Nous
» fommes innocens, & perfonne n'a
» intérêt à nous facrifier ; nous ne de-
» vons pas appréhender les témoins qui
» n'ont rien vu, & notre efpoir fera
» fondé au contraire fur ceux qui ont
» vu «.

Mᵉ. Ardaillon fe fentit foulagé en
les entendant parler ; il fut charmé d'apprendre qu'ils avoient des témoins, &
la foule fe diffipant peu à peu, il les
emmena dîner chez lui. Ils y refterent
près de cinq heures, pendant lefquelles
perfonne ne les troubla. La dame Laverney s'abfenta un moment ; elle re-

vint chez M^e. Ardaillon, & il n'y avoit pas cinq minutes qu'elle y étoit avec son mari, quand on vint exécuter l'ordre de les arrêter.

Ces malheureux époux ne furent point ébranlés ; ils dirent à M^e. Ardaillon : — » Nous recevons des fers ; » c'est un malheur que nous regardons » comme nécessaire. S'il importe à nos » Concitoyens de savoir si nous ne som- » mes point coupables, il nous inté- » resse également de faire connoître » que nous sommes innocens «. On les emmena, & bientôt les portes fa- tales s'ouvrirent & se fermerent sur eux.

Quant à Mure, ce malheureux jour- nalier ne pensoit pas qu'on dût l'in- quiéter. Il avoit repris l'exercice de ses travaux ; on crut qu'il falloit le com- prendre parmi les Accusés, & il fut également arrêté. Tous trois furent en- fermés dans des chambres séparées de la prison, en sorte qu'ils ne purent se concerter, & que chacun étant inter- rogé, raconta toutes les circonstances de ce funeste événement comme on vient de le décrire, ou plutôt comme elles se sont passées, & sans y faire le plus léger changement.

Ce ne fut que vers fept heures du
foir, que les Juges fe tranfporterent fur
les lieux, à l'effet de reconnoître le cadavre. On l'avoit tourné fur le dos ;
ainfi, pendant tout ce temps, il avoit
été expofé à l'ardeur du foleil, dans le
jour peut-être le plus chaud de l'année,
au milieu du mois de Juin. Ce fut une
très-grande faute, dont les auteurs ne
fentirent pas alors toutes les conféquen-
ces, puifque cette pofition auroit pu
lui donner la mort, quand bien même
la chute n'auroit pas été mortelle.

Lorfque les Juges eurent fait les
premieres opérations qui dépendoient
de leur miniftere, ils reçurent les dé-
clarations de tous ceux qui étoient préfens, & qui fe bornerent à affurer que
le cadavre étoit celui de Jean Chaffagneux, Bourgeois de Mont-Brifon. Ils
appelerent deux Chirurgiens, & leur
ordonnerent d'en faire l'ouverture fans
déplacer. Ceux-ci ne jugerent pas à propos de faire cette ouverture, & fe con-
tenterent d'une infpection purement in-
tuitive.

Cette omiffion, & le retard qui avoit
été apporté à la reconnoiffance du cadavre, cauferent les erreurs funeftes

dans lefquelles tomberent les Chirurgiens ; car puifqu'ils fe bornerent à
conftater les altérations extérieures qu'ils
ont apperçues , il eft conftant que la
chûte , telle qu'elle eft arrivée , devoit
en avoir produit , indépendamment de
ce que la chaleur putréfiante augmentant toujours après la mort , devoit auffi
avoir caufé ces lividités qu'on voit aux
parties mufculeufes.

Quoi qu'il en foit, les Chirurgiens
obferverent d'abord que les os carrés
du nez avoient été fracturés , & ils dirent qu'ils l'avoient été par un corps
contondant , mais fans en défigner l'ef-
pèce. Cette expreffion vague , qui , dans
les Tribunaux , s'applique ordinairement à un corps orbe mû activement ,
ne fuffifoit pas ici , puifqu'il eft conftant qu'une pierre eft un véritable corps
contondant. Ainfi , cette premiere décifion étoit infuffifante. Si les Chirur-
giéns , en s'expliquant davantage ,
avoient décidé que c'étoit un bâton ,
ou s'ils euffent dit que c'étoit une pierre
qui avoit caufé les bleffures qu'ils ap-
percevoient , les Juges n'auroient pas
manqué de prendre , dans l'un comme
dans l'autre cas , des précautions qu'ils

n'ont point prifes ; & , on le répete , la décifion à cet égard de ces Chirurgiens ne fut pas, à beaucoup près, fuffifamment détaillée.

Les Juges étant encore fur les lieux, & le rapport des Chirurgiens faifant préfumer qu'un bâton pouvoit être l'inftrument qui avoit donné la mort, un Notaire (Mᵉ. Defarnaud) obferva aux Juges qu'il feroit à propos de fe faire repréfenter le bâton. Olagnier pere , qui étoit préfent , dit : — » N'en cher- » chez point, car ce n'eft pas ce qui a » fervi «. Peut-être les Juges auroient dû , pour plus d'exactitude , avertir les Chirurgiens d'éclairer davantage cette partie de leur procès-verbal , en leur obfervant qu'un témoin *de vifu* affuroit qu'il n'avoit pas été donné de coups de bâton.

Les Chirurgiens voulurent auffi vérifier les bruits d'étranglement qu'on avoit répandus. Ils virent que la langue du mort étoit engorgée. Cette circonftance leur fit préfumer qu'il y avoit eu compreffion fur le col , & par conféquent *étranglement*.

Enfin , les Chirurgiens déclarerent qu'ils avoient fait déshabiller le cadavre, & qu'ils lui avoient trouvé des échymofes fur les reins (a).

Tout le temps qui s'eft écoulé depuis le jour de cette mort, a fervi à l'inftruction du Procès ; les Accufés ont fubi plufieurs interrogatoires, les informations ont duré plus d'un an ; on a publié des monitoires, & plufieurs témoins font venus à révélation.

Enfin, le 9 Août 1776, les Juges de Mont-Brifon, au nombre de neuf, ont condamné Laverney & Mure, *à être appliqués provifoirement à la queftion ordinaire & extraordinaire.*

» Si les conclufions du Miniftere public avoient été fuivies, difoit M. Dodin, le malheureux Laverney & le journalier auroient été condamnés à être rompus vifs & brûlés, & la dame Laverney à périr également par le dernier fupplice. Cependant ce n'eft ni dans les informations, ni dans les interrogatoires des Accufés, que l'Officier qui vit le Procès en l'abfence du Procureur du Roi, puifa les motifs de

_____

(a) M. Louis a détruit, dans une confultation imprimée, le rapport des Chirurgiens de Mont-Brifon.

fes conclufions. Les fieur & dame Laverney ont tenu les notes les plus fidelles
de ce qu'ils ont répondu lorfqu'ils ont
été interrogés, & de ce que les con-
frontations leur ont appris des dépofitions des témoins; & l'on peut déclarer
ici que rien ne les charge dans ce fanglant Procès. Sur quoi donc l'Avocat
du Roi s'étoit-il déterminé à prendre
un parti auffi rigoureux? Etoit-ce fur le
rapport des Chirurgiens? non, fans
doute; car, d'un côté, la première
partie de ce rapport prouve l'innocence
des Accufés; & dans la feconde, ils
n'ont parlé que de préfomptions. Des
préfomptions dans une matiere auffi
grave! dans une queftion de parricide!
Ah! fans doute, ce que les Chirurgiens
ont préfumé n'eût jamais dû fuffire pour
motiver ces fanglantes conclufions; pour
demander qu'un fils fût envoyé à la
roue, & jeté enfuite dans les flammes,
& qu'une belle-fille pérît attachée à la
potence. A la vérité, elles n'ont pas été
fuivies, ces conclufions; mais n'eft-il
pas évident qu'elles ont pu influer fur
les efprits des Juges, & autorifer, en
quelque forte, cette Sentence que l'on
vient d'annoncer, cette Sentence fi ri-

goureuse, si manifestement injuste, &
si capable enfin de répandre, parmi tous
les hommes, le découragement, la
tristesse & l'effroi « ?

Tel est le récit des faits & de l'instruction de la procédure criminelle des
premiers Juges. Les Accusés se sont
empressés d'interjeter appel au Parlement, de la Sentence rendue contre
eux. M. Dodin, leur Défenseur, après
avoir rappelé les faits dans son Mémoire, présentoit ainsi les moyens sur
lesquels il appuyoit leur innocence.

» Voilà l'événement (disoit-il) le
plus funeste qui soit peut-être jamais
arrivé. La fatalité de la mort qui a été
racontée, est marquée par des circonstances si effrayantes, qu'on ne peut y
réfléchir sans la plus grande émotion.
» Qu'un pere ait méconnu la Nature
jusqu'à se rendre criminel envers ses
propres enfans ; qu'il ait étouffé cette
voix qui devoit crier sans cesse au fond
de son cœur pour lui reprocher ses attentats, c'est ce qui malheureusement
n'est pas sans exemple.

» Qu'après avoir trouvé son salut dans
leur piété, il y ait été assez peu sensible pour s'abandonner contre eux à des

excès nouveaux, & que cependant ils
foient demeurés toujours auffi refpec-
tueux envers lui, c'eft un effort de conftance & d'amour qu'on ne peut affez
admirer ; & il faut en faire un hommage religieux à la Nature.

» Mais qu'après tant de témoignages
de piété, ce pere ne fe foit livré à un
nouvel outrage que pour précipiter
fon fils & fa belle-fille dans l'abîme ;
qu'après avoir contraint le premier à
le pourfuivre ; qu'après l'avoir forcé,
ainfi que fa femme, d'appeler des fecours contre fa barbarie, il lui foit
venu dans l'efprit d'appeler pour lui
de pareils fecours, dont il favoit qu'il
n'avoit pas befoin, & que ce foit in-
continent après fa fuite & ces cris funeftes qu'il ait perdu fubitement la vie ;
c'eft-là ce qui doit non feulement frapper les efprits, mais les foulever, les
égarer & les confondre.

» On a vu ces enfans intimidés ne
pas ofer fortir de la ville fans avoir quelqu'un avec eux ; on les a vu porter leur
attention jufqu'à vouloir s'affocier deux
perfonnes ; on les a vu tenir une marche craintive, & calculer attentivement
toutes les précautions qu'ils avoient à
prendre,

prendre , pour éviter le fantôme d'un
péril que leur imagination avoit créé ;
car enfin , jufque-là leur pere ne les
avoit maltraités que dans les ténebres....
Cependant, leur prévoyance eft trompée , leur prudence eft confondue , ils
rencontrent précifément ce qu'ils avoient
voulu éviter ; ainfi on peut dire que
c'eft-là un de ces événemens fans exemple , & qui tiennent entiérement du
prodige.

» Mais confondra-t-on les apparences
avec la réalité ? Les enfans porteront-ils
la peine qui n'eût été due qu'à leur
pere ? Seront-ils deftinés à expier même
les crimes commis envers eux ; & la
Juftice les immolera-t-elle, foit comme
ayant donné la mort à leur pere , foit
comme ne l'ayant pas empêchée , foit
enfin comme étant hors d'état d'en
indiquer les véritables caufes ?

» Sans doute il faut venger la Nature ,
fi le parricide exifte : fi le fang d'un
pere a été répandu par la main de fes
enfans , fans qu'il y ait eu de leur part,
ni erreur , ni aucune de ces autres caufes qui auroient pu peut-être les rendre
excufables , le fupplice de la roue & du
feu n'a rien de trop cruel pour expier

Tome VIII.   D

un forfait auffi déteftable. Mais
n'exifte pas de parricide, fi la caufe de
la mort a été naturelle, ou fi elle a été
l'effet, foit d'une jufte terreur, foit
d'une colere exceffive & fans motifs....
à Dieu ne plaife qu'alors nous formions
aucun doute fur le parti que la Juftice
devra prendre, & que nous faffions tant
d'injure à fes auguftes Miniftres, dont
la gloire principale confifte toujours à
faire triompher l'innocence.

» Voyons donc à déterminer ici le
parti auquel ils s'attacheront, & fixons
irrévocablement la queftion de favoir
en ce moment s'il y a un crime à punir, ou fi l'innocence doit triompher «?

M. Dodin, après ces réflexions générales, annonce le plan qu'il fuivra
dans le développement de fes moyens.

» Dans la premiere (dit-il), on dé-
montrera que la mort, dont la Juftice
pourfuivroit ici la vengeance, ne pourroit pas être confidérée comme un affaffinat, & que toutes fortes de confidérations morales excluent l'idée même
d'un homicide.

» On prouvera, dans la feconde,
que, non feulement il n'y a point de
preuve au Procès que les Accufés foient

coupables de ce prétendu meurtre, mais que toutes les preuves au contraire que l'on s'eft procurées, établiffent qu'ils font innocens.

» On finira par détruire ces vains indices auxquels le hafard a donné naiffance, & que l'erreur & la prévention ont accueillis «.

Premiere Partie.

Qu'eft-ce qu'un *homicide !* C'eft en général une action qui occafionne la mort d'un homme, de quelque maniere & pour quelque caufe que ce foit.

Qu'eft ce qu'un *meurtre*, ou un *affaffinat !* C'eft un homicide commis de guet-à-pens, & de deffein prémédité, foit à force ouverte, foit par embûches & par trahifon (a).

L'affaffinat ou le meurtre eft donc toujours un crime, puifqu'il eft l'effet

(a) Cette diftinction eft établie par Dumoulin, dans fon ftyle du Parlement au chapitre 31, *de altâ, mediâ & baffâ jurifdictione. Differentia eft*, dit-il, *inter meurtrum & occifionem : meurtrum dicunt effe quando homicidium factum eft fcienter & penfatis infidiis : occifionem verò, quando factum eft homicidium fine propofito, fed in rixâ.*

D ij

d'une volonté déterminée ; au lieu que
l'homicide en général peut être excu-
fable. On peut avoir le malheur de
faire mourir un homme par un accident imprévu ; il peut arriver que l'on
donne la mort à son ennemi en défen-
dant fes jours dans une attaque impré-
vue , fans cependant être coupable,
parce que la défenfe eft de droit naturel & appartient à tout le monde.

» D'abord (difoit M. Dodin), on
ne pourroit pas regarder les Accufés
comme coupables individuellement de
meurtre, parce que d'une part il feroit
impoffible que trois perfonnes euffent
porté à la fois le coup mortel ; & que
de l'autre, où il n'y a point de complot, il ne fauroit y avoir de compli-
cité ; & il ne peut y avoir de complot,
lorfqu'il n'y a point de meurtre ou d'affaffinat proprement dit.

» Si l'on vouloit imputer le prétendu
meurtre à l'un des Accufés feulement,
en confidérant même les deux autres
comme innocens, à qui l'outrage du
choix feroit-il donc réfervé ?

» D'abord il y a impoffibilité, tout
à la fois morale & phyfique, que le
journalier, par exemple, foit coupable,

» Il y a impossibilité morale, parce que, n'ayant pas été l'objet de l'emportement du pere, on ne voit point de raison qui puisse faire preuve qu'il ait porté des coups capables de lui donner la mort ; & il y a impossibilité physique, parce qu'il n'avoit point d'armes, de quelque espece que ce fût, ainsi que les témoins en ont déposé.

» La dame Laverney ne peut également être envisagée comme coupable ; elle venoit, il est vrai, d'être exposée à des violences extrêmes de la part de son beau-pere, & de voir sa vie en danger ; mais ces excès étoient cessés, elle n'avoit plus rien à craindre, & si, dans le moment où son beau-pere le frappoit, elle eût pu concevoir des désirs de vengeance, ces désirs se seroient éteints dans une course de quatre cent cinquante pas : autrement, il faudroit lui supposer une férocité inconciliable avec son caractere, il faudroit lui prêter une cruauté dont les plus grands scélérats seuls sont capables ; & l'on ne peut avoir cette idée d'une femme de 24 ans, qui avoit reçu la meilleure éducation, & dont la patience

D iij

& la douceur avoient réſiſté pendant trois ans aux épreuves les plus cruelles.

» En quel état d'ailleurs étoit-elle au moment de la courſe ? Il eſt conſtant qu'il lui reſtoit à peine la force de ſe ſoutenir, & que, ſi elle s'eſt traînée juſqu'au lieu où ſon beau-pere a perdu la vie, c'eſt ſa tendreſſe exceſſive pour ſon mari qui a ranimé ſes forces. Elle connoiſſoit la fureur de ſon pere ; elle ſavoit combien il étoit violent, emporté, & ne vouloit pas que ſon mari s'expoſât à ſes fureurs. Voilà la ſeule cauſe de ſa démarche.

» Il n'y auroit donc que le fils qu'on pourroit ſoupçonner d'être coupable ; car il avoit un ſujet réel de mécontentement, & d'ailleurs il portoit une eſpece de canne. A quel fils, ô Ciel ! à quel fils on feroit cette injure !

» S'il eſt accablant en général d'avoir à défendre un fils accuſé de parricide, au moins a-t-on de grands avantages, quand celui à qui on impute un attentat auſſi horrible, eſt un homme vertueux, & dont la piétié envers les auteurs de ſes jours ne fut jamais altérée.

» Tel fut le jeune & malheureux Laverney. Son respect, sa piété pour son pere ne se démentirent jamais, malgré les maux de toute espece dont il se vit sans cesse accablé par lui. Mais, il faut le dire, ces maux, que n'ignoroient pas ses concitoyens, ont servi aussi à les égarer sur son compte. En avouant que ce jeune homme n'avoit vécu jusqu'ici que pour l'honneur, ils ont cru que tant de cruauté, de la part du pere, avoit enfin lassé la constance du fils. Mais doit-il donc être la victime de cette erreur ? Et, si l'opinion qui s'est formée contre lui fut un préjugé injuste, ne peut-il pas le détruire aujourd'hui ?

» L'erreur, qui exerce tant d'empire sur l'esprit des hommes, a fait croire qu'il avoit osé mesurer ses forces contre celles de son pere, & qu'il étoit demeuré vainqueur dans cet affreux combat.

» Mais quels étoient donc ces deux hommes, dont on a pensé que l'un avoit pu donner la mort à l'autre ? Tout le monde savoit à Mont-Brison que le pere étoit un colosse ; & l'homme de sa ville le plus fort, tandis que le

D iv

fils en eſt peut être le plus foible. Par-
courons les différentes époques de la
vie de cet infortuné.

» Auſſi-tôt qu'il fut en état de ré-
ſiſter aux premieres fatigues de l'étude,
il fut mis dans un Collége ; il y a
fait toutes ſes humanités. Son éducation étant finie, il pria ſes parens de
le placer dans une maiſon religieuſe,
à titre de ſimple penſionnaire.

» Son déſir ne fut pas ſatisfait. Sa
mere voulut l'avoir auprès d'elle, &
lui continuer les ſoins qu'elle lui avoit
prodigués depuis ſon enfance. Ainſi
ce jeune homme reſta dans la maiſon
paternelle. Pour fuir l'oiſiveté, il di-
rigea la culture de quelques domaines
que ſon pere avoit aux portes de Mont-
Briſon. De pareils exercices ont-ils jamais été l'école du parricide, & le fils
vertueux qui, par goût, s'occupa du
foin de féconder la terre, l'arroſa-t-
il jamais du ſang de celui de qui il a
reçu la vie ?

» On a rendu compte des motifs qui
déciderent ſon pere à lui donner ſon
bien.

» Avec quelle prudence il ſe conduiſit dans les révolutions extrêmes

que nous avons rapportées ! Quel fils,
nous le demandons, quel fils à sa place
fût resté auſſi conſtamment dans les
bornes de la ſoumiſſion ? Quel fils ne
ſe fût pas oublié, ſi, comme lui, il s'é-
toit vu une ſeconde fois l'objet des fureurs de ſon pere ? *Vous pouvez*, dit-
il à cet inconnu qui vint lui faire part
de la commiſſion horrible que ſon pere
lui avoit propoſée, *vous pouvez ac-*
quérir des droits nouveaux à ma re-
connoiſſance ; oubliez la propoſition
que mon pere vous a faite, comme
j'oublie qu'elle me concerne : devenez
mon ami en cachant à jamais l'éga-
rement de mon pere.... Que de prudence ! que de ſageſſe ! que de piété !
Eh ! c'eſt un fils ſi vertueux qui pourroit s'être rendu coupable d'un parricide, d'un forfait qui, comme dit ce
Juriſconſulte, Philoſophe auſſi éclairé
qu'Orateur célébre, tient du prodige
autant par ſa ſcéléreteſſe que par ſa
rareté ? Ah ! ſi cet Orateur vivoit encore aujourd'hui parmi nous, & qu'il
pût faire entendre ſa voix pour ce déplorable Accuſé, que d'avantages ne
tireroit-il pas de tant d'amour, de tant
de piété, de tant de ſoumiſſion ? Il

D v

s'écrieroit, comme il fit autrefois ; lorſqu'adreſſant la parole à l'accuſateur de
Roſcius, il lui diſoit : » O vous qui
» voulez ſuſpendre le glaive de la Juſ-
» tice ſur la tête d'un fils, pour avoir,
» dites-vous, donné la mort à ſon peré ;
» vous qui oſez lui imputer un crime
» auſſi atroce ; commencez donc par
» prouver que ce fils eſt un monſtre
» capable de toutes les horreurs ; mon-
» trez-nous que toutes ſes actions ne
» ſont qu'un amas de ſcélérateſſe &
» d'abominations ; que, plongé depuis
» long-temps dans un abîme d'égare-
» mens & de fureurs, ſes exécrations
» étoient enfin au comble, & ſa dé-
» pravation plus qu'un délire. Si vous
» commencez par prouver tout cela,
» alors peut être on pourra vous en-
» tendre : autrement il n'eſt pas poſ-
» ſible de ſe prêter à cette affreuſe idée,
» qu'il puiſſe exiſter une créature hu-
» maine plus féroce que les bêtes les
» plus cruelles, & qui pouſſe l'atrocité
» juſqu'à porter la mort dans le ſein
» de celui qui lui donna la vie «.

» Peut-on reconnoître, à ces traits,
le portrait du jeune & malheureux
Laverney ? En a-t-il un ſeul de ceux

que l'Orateur a tracés ? Et puisqu'il n'y a qu'un monstre familiarisé depuis long-temps avec le crime qui soit capable de donner la mort à son pere, qui donc oseroit désormais l'en accuser ?

» Il est certain que la mort de Chassagneux ne peut être regardée comme un assassinat, parce qu'il n'a point été formé de complots contre lui.

» Il est également évident qu'elle ne peut pas être considérée comme un meurtre. Ce ne seroit pas le journalier qui auroit commis ce crime ; il n'avoit ni injure personnelle à venger, ni ressentiment particulier à satisfaire, & il étoit sans armes. Ce ne seroit pas non plus le fils ni sa femme ; l'un & l'autre étoient trop modérés, trop vertueux, & ils avoient des mœurs trop douces pour s'être abandonnés contre leur pere à des excès capables de lui avoir donné la mort. Ainsi il faut écarter toute idée de meurtre & d'assassinat. Passons à la seconde partie de la défense des Accusés.

Seconde partie.

» Si parmi tous les témoins qui ont

D vj

été entendus (disoit M. Dodin), il s'en trouvoit deux qui eussent dit à la Justice : *Nous avons été présens à la mort, & nous avons vu qu'elle a été l'ouvrage des Accusés* ; si ces témoins étoient dignes de foi & parfaitement d'accord sur les circonstances de cette mort, la preuve qui résulteroit de leurs dépositions seroit complette contre les Accusés.

Mais on ne trouvera point, dans l'information, deux dépositions qui aient les caractères que les Loix exigent pour former un corps de preuve en matiere criminelle, & sur-tout lorsqu'il s'a-git d'un crime aussi contraire à la Na-ture que le parricide. On y verra au contraire les deux seuls témoins ocu-laires de cette mort assurer qu'elle a été naturelle. On les entendra dire : ce pére est mort sous nos yeux ; nous avons été témoins de sa chute : quand il est tombé, nous à qui il parloit de-puis plus d'un quart d'heure, nous qui ne l'avons pas perdu de vue un seul instant, nous avons vu qu'il n'est tombé que par une cause étrangere à tous les hommes, & que sa mort n'a été l'effet que de son ivresse ou de sa foiblesse, ou enfin d'une autre cause qui étoit en lui, & pour laquelle personne ne doit être recherché.

Voilà en effet, sinon les expressions dont ils se sont servis, au moins le sens de ce qu'ils ont déposé sous la religion du serment, & après avoir été avertis de l'importance de leurs dépositions.

Ces témoins sont les Olagnier pere & fils. On va mettre sous les yeux du Lecteur, la partie de leur déposition qui a trait à la mort, & à ce qui l'a précédée immédiatement.

Olagnier pere a déposé que la dame Laverney disoit à son beau-pere qu'il venoit de la maltraiter cruellement. Bastien Mure (*le journalier*) disoit à Chassagneux pere, que, s'il eût été là quand il maltraitoit sa belle-fille, il l'en auroit bien empêché ; Chassagneux fit un pas du côté de sa belle-fille, comme pour se jeter sur elle ; le déposant se mit entre eux deux. Chassagneux fils (*Laverney*) s'éloigna environ dix pas de la loge, s'arrêta à peu près dans l'endroit où son pere a été trouvé mort, cependant un peu plus éloigné, en tirant du côté de la ville.....

La femme de Chaffagneux étoit entre
fon mari & fon beau-pere, cependant
plus près de ce dernier, & elle avoit
à fon côté ledit Baftien. Le dépofant
les voyant faire tous quelques pas, de
la loge du fieur Geni dans le chemin
de Mont-Brifon, retourna à la loge;
penfant en lui-même que, s'ils étoient
des étrangers, il en feroit entrer un
dans la loge avec lui; mais que,
comme c'étoit entre le pere & les enfans, ils s'accommoderoient bien.....
Il voulut remener fon fils au travail;
*mais la curiofité engagea fon fils à
refter*: tout de fuite fon fils le rap-
pela, en lui difant: *Mon pere, le gros
qui tombe.....* Comme le dépofant
n'étoit pas encore rentré dans la vigne, il revint; & avançant quelques
pas, il vit, fur fa gauche, dans le
chemin, Chaffagneux pere étendu à
la diftance de dix à douze pas de la
loge. Il penfa que ledit Chaffagneux
s'étoit laiffé tomber par malice & pour
faire de la peine à fes enfans. Dans le
moment, &c.

Olagnier fils dépofe » qu'il entendit des gens qui couroient l'un après
l'autre; qu'il regarda fon pere, & vit .

paroître d'abord Chassagneux pere, qui
n'avoit aucune blessure sur le visage.
Auprès de lui (ajoute ce témoin) étoit
Bastien Mure, & , à deux pas de Bastien, étoit, en arriere, Laverney, qui
reprochoit à son pere qu'il venoit d'as-
sommer sa femme. Le pere ne répondit rien. Le déposant entendit Laverney dire à Bastien Mure de se retirer,
parce que, si nous n'étions pas là, son
pere lui donneroit un soufflet. Mure
répliqua qu'il n'avoit pas peur, & que,
s'il eût été là lorsque le pere Chassagneux maltraitoit sa belle-fille, il l'en
auroit bien empêché. Alors Laverney
se retira, sa femme ensuite, Mure
après elle, & puis le pere Chassagneux,
comme s'ils eussent voulu retourner à
Mont-Brison; de maniere que Laverney étoit à dix pas de sa femme, qu'il
revenoit chercher. La dame Laverney
n'étoit qu'à deux pas de Bastien Mure,
mais devant lui ; & Bastien étoit devant Chassagneux pere, à trois ou quatre pas. Dans le moment, le déposant
vit Chassagneux qui tomba par terre.
Le déposant entendit Laverney qui disoit : *Voilà, ma femme.* A quoi elle
répondit : *Le bon Dieu l'a puni.* La-

varney prit fa femme fous le bras,
l'emmena à Mont-Brifon. Mure les fuivit jufqu'auprès de la vigne de Bar-
ry, & retourna enfuite fur fes pas, du
côté où Chaffagneux pere étoit tombé :
*Qu'il vit, lorfqu'il tomba, que c'étoit
d'ivreffe ou de foibleffe : fa tête porta
fur une pierre* «.

Telles font les dépofitions des deux
feuls témoins oculaires. Il en réfulte,
de la maniere la plus évidente, que
les Accufés n'ont eu aucune part à la
mort de Chaffagneux pere. Cette circonftance étoit décifive en leur faveur, & fuffifoit pour démontrer leur
innocence.

Plufieurs autres témoins paroiffoient,
il eft vrai, *les charger* dans leurs dépofitions ; mais tous ces témoins ne
rapportoient que les difcours qu'ils
avoient entendus tenir aux Olagnier,
dans le temps que ces particuliers, cé-
dant au défir fi naturel aux hommes
d'exagérer les événemens qu'ils racon-
tent, s'étoient permis d'altérer la vérité.
Ainfi ces dépofitions devoient être rejetées.

Ce font cependant ces dépofitions
qui avoient dicté au Miniftere public

les conclusions rigoureuses qu'il avoit prises contre les Accusés. Elles tendoient à faire condamner *Laverney & Mure à être rompus vifs & brûlés , & la dame Laverney à être pendue.*

Si ces conclusions n'ont pas été suivies , on peut penser qu'elles ont influé sur la Sentence des premiers Juges , & que , sans cette rigueur extrême , ils n'auroient pas ordonné *que Laverney & Mure seroient préalablement appliqués à la question ordinaire & extraordinaire.* — » Voila donc , disoit M. Dodin , à quoi les hommes sont exposés ! Malgré la persuasion intime où l'on doit être que ces Juges n'ont eu que des intentions pures , & des motifs qu'ils ont cru justes , il n'est pas possible de rappeler leur Sentence sans être saisi d'effroi. Des innocens condamnés à subir les tourmens de la question , afin d'avouer , malgré eux & contre toute vérité , qu'ils sont coupables d'un parricide ; afin que leur aveu , arraché aux souffrances , donne lieu de prononcer ensuite la peine horrible & de la roue & du feu !... Des condamnations aussi effrayantes & aussi terribles font frémir l'humanité. Détourtournons les regards de nos Lecteurs de ces objets lugubres, pour les raffu- rer fur le fort des Accufés. Traçons ici le tableau des preuves de leur innocence, que M. Dodin a raffemblées à la fin de cette feconde partie de fes moyens.

» Toutes les dépofitions (difoit-il) ha- fardées fur la foi d'Clagnier pere, font nulles, de toute nullité, parce qu'il les a défavouées. Le rapport des Chi- rurgiens eft nul auffi par toutes les rai- fons qu'en ont données les chefs de l'Académie de Chirurgie, & dont la plus forte eft celle-ci, qui porte entié- rement fur les principes fondamentaux de l'art : qu'il eût fallu, de toute né- ceffité, ouvrir le cadavre ; cette opéra- tion étant indifpenfable pour connoître fi les caufes d'une mort précipitée ont été naturelles ou violentes, & l'intui- tion ne pouvant faire connoître autre chofe que de fimples bleffures.

» Mais en Droit, ce rapport eft nul encore, parce qu'il n'offre que des foupçons à la Juftice, tandis qu'elle a reçu des affertions pofitives de témoins oculaires qui détruifent irrévocablément ces foupçons.

» Si toutes ces dépofitions, fi ce rapport font nuls ; s'ils entraînent avec eux , & les conclufions de l'Officier public , & la Sentence qui en ont été la fuite , qu'eft-ce donc que la Cour voit maintenant au Procès ? Elle voit d'un côté des enfans vertueux , & un journalier auffi innocent , accufés de parricide.

» Elle voit d'un autre côté des témoins oculaires affurer qu'il n'y a eu ni affaffinat , ni même homicide , & par conféquent que l'accufation ne peut plus fubfifter.

» Qui pourroit donc retarder le triomphe de ces infortunés ? Ah ! n'en doutons point : bientôt cette Cour augufte va donner , en cette occafion , des preuves nouvelles de fa juftice. Avec quelle joie elle rendra à leurs familles des enfans , à l'Etat des Citoyens , à la Société des hommes qui n'euffent jamais dû en être écartés. Hâtons-nous donc d'arriver à la fin de cet ouvrage , afin d'être témoins d'un fi beau triomphe «.

M. Dodin , après avoir établi ces deux premieres propofitions , a examiné les indices qui paroiffoient ré-

pandre des nuages fur l'innocence des
Accufés.

» Maintenant, difoit-il, libres de
toutes les craintes qui pourroient réfulter d'un rapport qui ne fut l'ouvrage
que de la prévention, dégagés de ces
affreufes dépofitions, nées d'abord de
la calomnie, & enfuite de l'erreur,
notre plume va couler librement.

» Eft-ce en matiere de parricide,
continuoit-il, qu'on peut écouter des
indices ? Il n'en eft pas de ce crime
comme de tous les autres : il tient à
une claffe tout-à-fait féparée. Dans tous
les autres crimes, le befoin de faire
ceffer le fcandale public fait recourir à
tous les moyens de les éclairer : dans
celui-ci au contraire, la crainte d'exciter
ce fcandale enchaîne toutes les puif-
fances, autres que celles qui pourroient
mener du premier pas à la conviction.
Dans ce crime affreux, on fe conduit
par cette regle générale, qu'il eft certain
qu'il n'exifte pas, quand il n'eft pas
certain qu'il exifte.

» Interrogeons en effet tous les âges,
confultons toutes les Nations : loin de
penfer qu'il falloit s'attacher à des in-

dices pour favoir fi un parricide pouvoit exifter, elles vouloient à peine en croire ces fortes de preuves qui ne portent pas avec elles le caractere de la certitude, afin de conferver ce préjugé honorable à l'humanité, qu'un attentat pareil étoit impoffible. C'eft par une fuite de cette opinion religieufe envers la Nature, que Solon, interrogé pourquoi, dans fes Loix, il n'avoit point fixé la peine des parricides, répondit *qu'il ne penfoit pas qu'il pût jamais y en avoir.* C'eft pour cela encore que les Perfes, au rapport d'Hérodote, défendent à leurs Hiftoriens de faire aucune mention de ces monftres; &, s'il s'en eft jamais trouvé parmi eux, ils ont affecté de ne les regarder que comme de fim-ples homicides, en témoignant même leur furprife de ce que les autres Na-tions n'avoient pas penfé fur cela comme eux. Quoi de plus refpectable en effet, & en même temps de plus touchant, que cette décifion des Perfes, ” que ” tous ceux qui ont parlé des parricides ” avoient été trompés; qu'il eft impof-” fible qu'il y en ait jamais eu, & que, ” fi l'on pouvoit porter la lumiere juf-” que fur la naiffance des enfans à qui

» un pareil crime a été imputé , l'on
» verroit qu'ils ont tous été des enfans
» suppofés «. » Mais dans quel jour
cette opinion n'eft-elle pas mife encore
par ce qui eft rapporté d'un pere égorgé
dans fon lit auprès de fes enfans ? Va-
lere Maxime rapporte qu'on ne foup-
çonna même pas les enfans , tant on
eût craint de faire à la Nature un trop
fanglant outrage, en penfant que des enfans auroient pu affaffiner leur pere (a);
tant il eft vrai qu'on ne peut pas écouter
de fimples indices , pour croire qu'une
chofe auffi oppofée à la Nature , qu'un
phénomene auffi inconcevable puiffe jamais exifter «.

Ainfi il fuffiroit aux Accufés de s'en
tenir à ces obfervations ; elles fuffi-
roient fans doute pour écarter les indices qu'on leur oppofoit, & ils n'auroient rien à craindre de ces circonftances bizarres , qu'il femble que le
hafard fe foit plu de raffembler contre
eux. Mais plus la lumiere brillera fur
leurs actions , plus l'intérêt croîtra en
leur faveur. C'eft trop peu pour eux

_____

(a) Ce crime n'avoit point encore été
commis dans l'Empire Romain.

d'être rendus à la vie, si leur innocence ne retrouve en même temps toute sa pureté.

L'indice qui paroissoit le plus frappant contre les Accusés, résultoit de ce qu'ils n'avoient pas secouru leur pere au moment de sa chute.

» Il est vrai (disoit leur Défenseur) que Laverney & sa femme, voyant leur pere qui venoit de tomber, ne sont point allés le secourir, & ils l'avouent. Mais quel bonheur pour eux de n'avoir pas rempli ce devoir ! . . . . Nous frémissons en y réfléchissant. Si l'on les eût vus courbés sur leur pere, portant leurs mains à sa tête, le cachant tous les trois aux yeux des témoins ; si ces témoins eussent dit : » Nous avons vu que les Accusés étoient » renversés sur leur pere, nous les avons » vus s'agiter autour de lui, mais nous » ne savons point ce qu'ils lui ont fait «; tandis que d'un autre côté on auroit lu, dans le rapport des Chirurgiens, que ces derniers *présumoient que le mort avoit été étranglé*. . . . Qu'eût-on pu croire ? La présomption des Chirurgiens ne se seroit-elle pas convertie en

certitude ? Eh ! que fait-on ? Peut-être
Olagnier pere fe feroit permis de dépofer devant les Juges, comme il a dépofé devant dix mille perfonnes. Car
il eft effentiel d'obferver que ce Vigneron n'a dépofé devant les Juges
d'une maniere fi différente de ce qu'il
avoit déjà dit au Public, que parce
qu'il étoit intimement perfuadé de l'innocence des Accufés, & qu'un jufte
effroi l'a faifi quand il s'eft vu devant
le Lieutenant-Criminel. Mais auroit-il
eu cette conviction intime, fi les enfans, courbés à fes yeux fur leur pere,
l'avoient entouré de forte qu'il ne le
vît plus ; s'il n'avoit plus éclairé leurs
actions ? Non, certainement ; fa dépofition auroit été teinte des couleurs qu'il
lui auroit plu de donner à une action
louable en elle-même, mais qu'il auroit pu interpréter au gré de fes caprices
& de fa fantaifie ; il eût verfé fes préjugés dans le cœur de fon fils, & ce
fils ne fe fût pas cru criminel en dépofant comme fon pere. Alors les roues
auroient peut-être été préparées, les
bûchers auroient été dreffés, la main
de l'erreur y eût porté le feu, & c'eût
été

été sur l'autel de l'imposture qu'on eût vu sacrifier trois accusés, calomniés, irréprochables & innocens.

» Mais une réflexion encore qu'il ne faut point omettre, c'est que cet Ola-gnier étoit si bien disposé à semer en tous lieux ses mensonges, que, pos-térieurement à sa déposition, & tant qu'il eut de nouvelles occasions de ra-conter dans la suite l'événement de la mort, il l'a raconté précisément comme il avoit fait avant de déposer en Justice.

» Au surplus, tout ce qui vient d'être dit sur ce défaut de secours, ne ren-ferme que des motifs de considération. Voici un fait décisif en faveur des Ac-cusés.

» Chassagneux, étant encore en vie, avoit dit à quelques personnes, en par-lant de ses enfans : » Les gueux m'ont » pris tout mon bien (il le leur avoit » donné par contrat de mariage) ; mais » je sais un moyen de le ravoir. Si je » peux trouver leur porte ouverte quel-» que soir, je me coucherai dans leur » allée, & je crierai à l'assassin, en me » faisant saigner. Quand il viendra des » témoins, je leur dirai que mon fils » cadet a voulu me tuer «.

Tome VIII.   E

» Cet homme communiqua fon projet à des perfonnes qui vraifemblablement ne le goûterent pas ; car elles
vinrent le rendre auffi-tôt aux fieur &
dame Laverney. Il étoit donc très-cer-
tain que leur pere vouloit l'exécuter ;
& en effet, dans les premiers jours du
mois de Janvier, vers neuf heures ou
neuf heures & demie du foir, on entend dans la maifon une voix qui crie :
A moi, au fecours, on m'affaffine.
La dame Chaffagneux defcend en hâte;
elle voit fon mari étendu, mais il ne
put pas lui débiter fa fable, elle l'eût
confondu trop aifément.... Ce fut
quelques jours enfuite qu'il fortit de
fon lit, après s'être déchiré la joue;
il ouvrit fa fenêtre en criant qu'on
l'affaffinoit ; dix témoins ont monté
dans fa chambre, & ce pere leur a
dit : » C'eft mon fils cadet & fa femme
» qui m'ont voulu étrangler, parce
» qu'ils m'ont trouvé endormi ; voyez
» que je faigne «.

  » Ce ne fut qu'après avoir échoué
dans cette feconde tentative, qu'il ré-
folut enfin de rentrer dans fon bien par
la mort de fes enfans; & s'il n'avoit
pas choifi le moyen le plus court pour

y parvenir, au moins il s'étoit attaché
à l'un des plus efficaces. Mais cette troifieme tentative fut vaine encore ; en
forte qu'il voulut voir fi une autre lui
réuffiroit mieux, & qu'il propofa au
particulier dont on a déjà parlé, de fe
charger de l'affaffinat «......

Ses enfans favoient donc qu'il avoit
toujours fon projet ; auffi, quand ils le
virent tomber, le jour de fa mort, ils
penferent que c'étoit une cinquieme
tentative, & qu'il avoit pu la faire,
parce qu'il avoit pour témoins les deux
Olagnier.

Mais qui ne l'eût penfé en leur
place ? Olagnier pere le crut lui-même
quand il dit à Beuvard, *il eft tombé*
fans qu'on l'ait touché ; mais je parie
qu'il l'a fait exprès, car il eft ma-
lin...... Le Journalier le crut auffi ; il
s'approcha de ce pere, & lui dit : *Il*
faut que vous foyez bien méchant......
Laverney apprenant qu'il étoit mort,
s'écria une premiere fois : *Mon pere*
s'eft tué lui-même pour nous mettre en
peine ; & une feconde, en rencontrant
le Pere Paul : *Ah ! mon Pere, quel mal-*
heur ! il s'eft tué pour nous mettre en

peine ; allez-y...... Enfin la dame Laverney dit auſſi : *Il s'eſt jeté ſur cette*
pierre , pour qu'on diſe que c'eſt par
nous qu'il eſt mort...... Comment donc,
ayant tous cette penſée , auroient-ils
porté des ſecours qu'ils ne croyóient
nullement néceſſaires ; & comment enfin ſe ſeroient-ils diſpoſés à relever celui
qu'ils croyoient tombé volontairement,
& uniquement pour opérer leur dé-
ſaſtre ?

Quant aux bleſſures au viſage &
aux échymoſes aux reins , que les Chirurgiens ont trouvées au cadavre , il eſt
conſtant que le pere des Accuſés s'eſt
fracturé les os du nez en tombant. Les
Chirurgiens ont dit , dans leur rapport,
que cette bleſſure avoit été faite par un
inſtrument contondant. Ils ont dit vrai ;
une pierre eſt un véritable inſtrument
contondant. Mais ils ne l'ont pas entendu dans le ſens d'une chute faite ſur
une pierre , & l'on voit , par leurs ex-
preſſions , que la bleſſure avoit été oc-
caſionnée par un coup de bâton. Ils ſe
ſont trompés. D'abord Olagnier pere
n'a point dit qu'il eût vu de bleſſures
au viſage de Chaſſagneux ; & ce qui eſt

plus précis , Olagnier fils a dit qu'il avoit vu *que le visage de Chassagneux n'étoit nullement blessé.*

Quant aux échymoses trouvés sur les reins , » c'est (dit M. Louis) l'effet très - naturel de la chaleur putréfiante, qui augmente toujours après la mort, & qui, poussant les humeurs à la surface du corps, occasionne ces taches, ces lividités, sans dilacération, ou sans que le tissu de la peau soit rompu (a) «.

On tiroit un autre indice contre les Accusés, des propos imputés aux enfans, quelque temps avant la mort de leur pere.

Léonard Moro a déposé » qu'étant domestique de Laverney, celui ci lui ordonna d'aller veiller une nuit dans son enclos, & qu'aussi-tôt qu'il verroit son pere y entrer en sautant par-dessus le mur, il eût à le saisir & à l'enchaîner avec la corde du puits «.

La déposition de ce témoin porte

_____

(a) Nous rapporterons, à la fin de ce Procès, la consultation de M. Louis. Ce n'est pas la premiere fois que ce célebre Chirurgien a sauvé l'innocence. On se rappelle, la consultation qu'il donna dans l'affaire de Montbailly.

avec elle le caractere de fa réprobation.
Cet enfant, que la charité de Laverney
retira de la fange, & dont il fit enfuite
fon domestique, commence par déclarer
qu'*il a été en effet fon domestique, &*
qu'au lieu de lui payer fes gages, fon
Maître le frappoit. Ainfi, c'eft évidemment la vengeance qui l'a conduit
chez le Juge ; & il vouloit que fon menfonge fervît le reffentiment qu'il avoit
confervé : mais fa dépofition ne peut
être écoutée, parce qu'elle eft celle
d'un témoin indigne de foi, & encore
parce qu'elle eft de toute abfurdité,
Laverney n'ayant pas pû donner à un
enfant la commiffion de paffer la nuit
dans un jardin fitué à la campagne, afin
d'enchaîner un homme robufte ; auffi
ce témoin n'ajoute t-il point qu'il ait
en effet obéi aux ordres de fon Maître.

Le nommé Gazot a dépofé qu'étant
un jour dans le clos de Laverney, il
vit fon pere qui y entroit ; & qu'en
ayant fait part au fieur Laverney, il lui
dit : *Vous auriez dû prendre des*
pierres & l'affommer. Mais ce garçon
Maréchal eft fi peu fait pour être cru,
que les premiers Juges ont été avertis
de ne donner aucune attention à ce

qu'il viendroit leur dire , parce qu'il étoit un très-mauvais sujet. D'ailleurs il a avoué son mensonge à la confrontation.

» La femme Leguay a déposé que Laverney lui avoit dit, avant la mort de son pere, qu'il aimeroit mieux tuer son pere que d'en être tué. Il suffit de voir sa confrontation avec lui , pour juger de ses motifs en dénonçant une pareille horreur. Cette femme étoit sa Fermiere ; elle lui avoit fait des torts considérables. Laverney lui en témoigna le plus vif mécontentement, en l'assurant qu'il la mettroit dehors à la fin de son bail. Elle le vit s'engager en effet avec un autre Fermier, & lui voua dès ce moment une haine implacable. Il faut encore observer qu'elle s'est rétractée aussi à la confrontation , en avouant que ce n'étoit pas Laverney , mais sa femme, qui lui avoit tenu ce langage, & en disant seulement qu'elle lui avoit dit qu'elle aimeroit mieux tuer le Diable que d'en être tué. Mais l'un est aussi faux que l'autre , & d'ailleurs elle a été reprochée valablement ".

» Jean Moulin , Journalier, a dé-

E iv

posé » avoir vu Laverney sortir de sa
cave du château, ayant une bouteille
dans sa poche, & tenant quelque chose
de gros sous son habit. Il ajoute que
Laverney demanda à sa femme, & d'un
ton mystérieux : Est-il là ? à quoi sa
femme répondit : Non, il est sorti ; sur
quoi Laverney répliqua, en frappant
du pied : Le .... gueux, je l'ai manqué, mais il me le payera «.

» Jusqu'où la licence ne se porte t-elle
pas, quand elle a rompu le frein qui
l'arrête ; & que de malheureux Accusés
sont à plaindre d'être ainsi en butte aux
traits de la fureur & de l'excessive impudence de tout ce qu'il y a de plus vil
parmi la populace ! Voici l'explication
de cette bouteille que Laverney cachoit
sous son habit. Ce jeune homme venoit d'échapper, le 2 Février 1775, à
l'attentat qui avoit mis en danger ses
jours & ceux de sa femme. Il jouissoit,
au château, d'une cave où il mettoit
le vin de sa récolte, en attendant des
occasions de le vendre. Il alla un jour
visiter son vin, & fut tout étonné de
voir son pere, qui, à l'aide d'une fausse
clef, s'étoit introduit dans sa cave ; il
craignit, & avec raison, les suites de

cette démarche furtive. Il enferme son père, qui avoit eu l'imprudence de laisser sa clef à la porte. À l'instant ce fils effrayé se rend chez le sieur de Savigneux, Conseiller au Bailliage de Mont-Brison. Coupat, Notaire, étoit avec lui. *Mon père*, leur dit Laverney, *s'est introduit dans ma cave*. Le Conseiller, le Notaire, savoient ce qui s'étoit passé le 2 Février. Ils vont au château avec Laverney ; ils voient son pere qui tâchoit de rompre les barres de fer du soupirail. On le met en liberté, on lui fait une remontrance capable de lui en imposer, on prend des précautions pour savoir si le vin n'étoit pas empoisonné, & ce fils est averti de faire changer la serrure de sa cave. Ainsi, c'étoit une nouvelle serrure qu'il avoit sous son habit. Ainsi, on voit bien que le Journalier, par ces mots : *Est-il là ? non ? &c.*, a voulu insinuer aux Juges que Laverney a demandé à sa femme *si son pere étoit là*, & lui dire ensuite : *Je suis désolé qu'il n'y soit pas ; car je viens, ou j'ai là quelque chose pour l'assassiner ; mais une autre fois il ne m'échappera pas*. Ce n'étoit pas sans doute dans sa cave qu'il vouloit savoir

E v

si son pere étoit; car, puisqu'il en sortoit, il savoit bien qu'il n'y étoit pas.
Où donc, suivant ce témoin, le fils
vouloit-il donner la mort à son pere?
Etoit-ce dans la maison d'où sortoit sa
femme? quelle absurdité, quelle mé-
chanceté, quelle horreur!

On étoit prêt à juger le Procès à
Mont-Brison.

Un témoin paroît, & déclare qu'il
a quelque chose à déposer; on l'entend.
Je tiens, dit-il, *d'un homme digne
de foi, qu'il a vu Laverney étrangler
son pere, & le frapper ensuite sur la
tête avec une pierre.* On veut entendre aussi cet homme digne de foi, qui
est ainsi annoncé. . . . On le fait venir;
il parle. *Thomas Chambon*, dit ce second témoin, *m'a déclaré qu'il a vu
le fils Chassagneux étrangler son pere,
tandis que sa femme l'achevoit avec
une pierre dont elle le frappoit avec
rage.*

Ce Chambon avoit déjà déposé;
on a recours à sa déposition; elle est
conçue ainsi:

Thomas Chambon dépose que, » tra-
vaillant dans la vigne de M. Dupuis,
ancien Conseiller, il entendit un bruit

confus de plufieurs perfonnes qui fem-
bloient fe difputer ; que ce bruit paroiffoit venir de l'enclos de Geni ;
qu'il y eut un petit intervalle de filence, après quoi il entendit la voix
d'un homme, qu'il reconnut pour être
Chaffagneux pere, qui articula ces
mots, quoique d'une voix un peu
étouffée : *Au moins laiffez-moi la vie.*
Enfuite il pouffa un cri très-aigu «.

» Cette dépofition (difoit M. Dodin) eft le comble de la fcélératefle ;
& de quelles expreffions peut - on fe
fervir pour rendre l'indignation qu'elle
eft capable d'exciter !

» On demande d'abord quand ce
Chambon doit être cru ? eft-ce lorfqu'il parle, ou bien quand il fait parler
les autres ? eft-ce quand il fait rapporter par les nommés Favier & Maffon,
ce qu'il a vu ; ou bien eft-ce feulement
quand il répete ce qu'il a entendu ?
Auquel de ces divers langages faut-il
que l'on s'arrête ? En général, fi le témoin qui varie, qui n'eft pas conforme
avec lui-même, doit être rejeté d'une
information, on peut dire que c'eft le
fort qui eft réfervé à ce Chambon.
Mais il y a plus ; un témoin peut-il

E vj

s'appefantir ainfi fur de malheureux
Accufés, & profiter de l'occafion de
leur défaftre, pour chercher à s'en défaire par les mains même des Miniftres
de la Juftice ? Peut-il impunément les
charger de fon poignard, & leur donner la commiffion dè l'enfoncer pour
lui ? Que l'on juge fi ce Chambon a
eu en effet d'autres deffeins : il dit
dans fa dépofition, » qu'il a entendu
» confufément ces mots étouffés d'un
» pere que fes enfans affaffinoient, &
» qui leur difoit : *Au moins laiffez-*
» *moi la vie* «.

» D'abord il fuffit de rapprocher
cette dépofition de celle des témoins
oculaires, pour être convaincu des motifs qui ont pu déterminer celui-ci.

» Mais, pour mettre fa fcélératesse
dans un jour encore plus évident, on
a pris des précautions qui ne laiffent
rien à défirer. On a chargé l'Ingénieur
de Mont-Brifon de mefurer l'efpace
qu'il y a entre la loge du fieur Géni,
où la mort eft arrivée, & la vigne du
fieur Dupuis, où Chambon dit lui-
même qu'il étoit ; & l'on a trouvé *deux*
cent cinquante pas d'intervalle. Quoi,
la voix d'un homme mourant, quoi,

des cris étouffés auroient parcouru cet efpace ! On le demande , les cris les plus aigus pourroient - ils jamais être entendus de fi loin ? Un pareil témoin n'eft-il pas un affaffin véritable , & mille fois plus terrible que ceux auxquels on peut oppofer la force ? C'eft fur de pareilles dépofitions que *Langlade* , *le Brun* , *Baragnon* , & tant d'autres innocentes victimes ont été facrifiées. . . . .

» Toutes les affreufes circonftances qui ont accompagné la mort de Chaffagneux pere , & qu'on a recueillies pour faire condamner fon fils & fa bru, font donc fufceptibles des explications les plus favorables ; & , de tous les indices , fi funeftes en apparence , il n'en eft pas un feul qu'on ne puiffe détruire ; & l'on voit la juftification des Accufés fortir comme d'elle-même des efforts qu'on avoit réunis pour les perdre.

» Non feulement il n'y a pas eu d'affaffinat , mais encore il n'y a pas eu d'homicide. Ce titre principal de l'accufation a été repouffé par des preuves invincibles , par les affertions pofitives des feuls témoins qu'ait eus cette mort la plus funefte , la plus incompréhenfible, & la plus digne enfin de l'attention de tous les hommes. Quel grand spectacle a été offert, que de fcenes capables de fixer l'attention, d'émouvoir les ames, & d'attacher les efprits ! Mais tel eft le malheur de notre condition, qu'elle eft prefque toujours foumife aux jeux du fort & du hafard. Nous marchons perpétuellement dans les ténebres, & le temps de notre exiftence, qui n'embraffe cependant qu'un moment dans fa durée, peut être encore abrégé par mille caufes, & de mille manieres qu'on ne peut ni prévoir ni empêcher ; mais, parmi ces peines fi cuifantes, auxquelles nous expofe fans ceffe la foibleffe de notre condition, la Juftice ne fe plaira-t-elle pas à en adoucir quelques-unes ? Au moins qu'elle donne à la juftification de deux enfans vertueux, & d'un homme irréprochable, tout l'éclat qu'ils ont droit d'attendre : loin d'avoir mérité ce fort horrible qu'ils ont éprouvé depuis plus de deux ans, ils n'ont pas mérité même le plus léger reproche ; car, quel homme eft maître des événemens « ?

» Que pourroit-on croire, fi l'on ne

voyoit pas que leur innocence ait été accompagnée d'un triomphe entier? Deux années se sont écoulées, pendant lesquelles la Justice a cherché à se procurer des preuves; qu'attendroit-elle de plus? Que pourroit-elle espérer d'un plus long espace de temps?

» On n'a pas rappelé des preuves sans nombre de l'innocence de ces malheureux enfans; on ne s'est attaché qu'à démontrer la nature, soit des dépositions qui paroissent les charger, soit de ces indices que le hasard avoit rassemblés contre eux; indices terribles, à la vérité, mais enfin qui ne sont en effet que l'ouvrage du hasard.

» Mais s'il s'agissoit de faire sortir, du fond même de ce Procès, des preuves en foule que ces malheureux enfans sont innocens, combien cela seroit aisé!

» On les verroit, au temps où leur pere, impatient de leur ôter la vie, les poursuivoit sans relâche, ne se défendre cependant qu'à force de témoignages de piété, de respect & d'amour; on les verroit jeter un voile impénétrable sur des crimes qui n'avoient que leur sacrifice pour objet;

on verroit que, tandis que leur pere
fut contraint d'aller cacher ailleurs ſa
honte & ſes remords, leur mere cependant leur demeura tendrement attachée,
& ne voulut plus vivre avec ſon cruel
époux.

　» Mais, ſans détourner l'attention
du jour terrible où leur pere a perdu
la vie, cette précaution qu'ils avoient
priſe de ne vouloir ſortir qu'avec quelqu'un qui pût les garantir; ces mots
de Laverney à ſon pere quand il exer-
çoit une fureur ſi atroce ſur ſa malheu-
reuſe femme.... *Eh quoi, voulez-vous
donc l'aſſaſſiner !* Ceux-ci, de la dame
Laverney, ſe traînant avec peine ſur
le chemin à la ſuite de ſon mari, &
s'écriant: *Un pere, un pere, aſſaſſiner ſes enfans !* Ces mots, on le répete, ne ſont-ils donc pas des preuves
de leur innocence ? Ah ! puiſqu'elle n'en
concevoit pas encore, & malgré l'attentat du 2 Février, qu'un pere pût
s'abandonner à de pareils excès contre
ſes enfans, peut-on croire que cette
femme vertueuſe ait pu s'y abandonner
elle-même ?

　» Cette douleur exceſſive qu'elle témoigna quand on l'aſſura que ſon beau-

pere étoit mort de sa chute, n'est-elle donc pas encore un témoignage qu'on puisse écouter en sa faveur ? On l'a vue alors égarée, éperdue, remplir les airs de ses cris, & prendre toute la Nature à témoin de sa douleur & de son innocence ; on l'a entendu répéter ces mots : *Que croira le monde ? il ne va pas manquer de dire que nous avons été les auteurs de cette mort malheureuse ; qui pourra le désabuser ?* On a vu avec combien de constance elle & son déplorable mari refuserent de prendre la fuite qu'on offroit de leur faciliter ; on les a vu enfin tendre des mains dociles aux satellites de la Justice, quand ils vinrent les arrêter.

» Ce moment qui alloit commencer leur peine ne les effraya pas, parce qu'étant innocens, il leur en montroit en même temps le terme. Est-ce-là, on le demande, est-ce-là la conduite qu'auroient tenue des enfans impies, qui auroient répandu le sang de leur pere ? Est-ce ainsi que se sont comportés ceux qui ont affligé la Nature par un attentat aussi furieux ? Mais ces monstres ont été trop rares, & l'on n'a pu faire beaucoup d'observations d'après eux. Au moins eſt-ce ainſi que ſe comportent ces ſcélérats qui s'abandonnent aux grands crimes ? La plus foible lumiere les importune ; ils voudroient être ſeuls dans la Nature ; ils craignent d'être trahis par le moindre bruit qu'ils pourroient faire , & n'oſent pas même reſpirer. Par-tout où ils voient des hommes , ils penſent que ce ſont des Miniſtres de la mort qui veulent s'emparer d'eux : que ne peuvent-ils, en s'abandonnant à l'haleine des vents, ſe voir à l'inſtant tranſportés dans des mondes inconnus !

» Miniſtres de la Juſtice (diſoit M. Dodin en terminant ſon Mémoire), vous allez enfin prononcer ſur le ſort de ces enfans que vous connoiſſez aujourd'hui ; vous allez juger auſſi cet homme de qui le ſeul crime fut d'avoir été compatiſſant & ſenſible. N'en croyez pas tout ce qui vient de vous être dit ; n'en croyez pas ce qu'euxmêmes pourront vous dire encore ; que ce ne ſoit ni dans leurs diſcours ni dans les nôtres, que vous cherchiez les motifs de votre déciſion. Il eſt , pour vous déterminer , une regle plus ſûre & plus facile , & cette regle doit être écrite au fond de vos cœurs : vous êtes tous hommes, fils, freres, époux & peres avant que d'être Juges. De quoi s'agit-il ici ? Il s'agit de favoir fi des enfans ont été affez fcélérats pour donner la mort à leur pere ; de connoître s'ils font des abominables parricides ? eh bien, prononcez ce feul mot devant eux, quand ils paroîtront à vos pieds ; s'ils vous entendent fans trouble, concevez d'eux la plus funefte idée, ils le méritent ; mais fi vous voyez l'indignation fe peindre à l'inftant fur leur front, fi vous appercevez, dans tous leurs membres, ce frémiffement involontaire & fubit de la Nature révoltée, arrêtez-vous à l'émotion que vous éprouverez ; foyez certains qu'ils ne font pas des monftres ; penfez à tous les maux qu'ils ont foufferts injuftement, & prononcez votre Arrêt ".

Par Arrêt rendu au rapport de M. Berthelot de Saint-Alban, le 20 Mars 1777, le Parlement de Paris a ordonné un plus amplement informé d'un an contre Laverney & fa femme, & un furfis à l'égard du Journalier, jufqu'après le Jugement des principaux Accufés ; & cependant la liberté a été accordée à la femme Laverney & au Journalier.

MÉMOIRE A CONSULTER

Sur une question anatomique, relative à la Jurisprudence;

ET CONSULTATION,

Par M. Louis, *Professeur Royal de Chirurgie &c.*

JEAN CHASSAGNEUX, âgé de soixante-cinq ans, d'une constitution vigoureuse, sujet aux excès du vin & à de violens accès de colere, étant dans ce double état le 14 Juin 1775, fit une chute sur le front : ceux qui vinrent à son secours le trouverent sans connoissance, & on le laissa couché sur le dos, à onze heures du matin. Vers les cinq heures du soir, le cadavre fut visité par deux Chirurgiens, dont le procès-verbal rapporte qu'ils ont reconnu une plaie longitudinale à l'extrémité du nez, avec fracture des os carrés; & une autre plaie légere à la mâchoire inférieure du côté droit, avec hémor-

rhagie d'un fang extrêmement noir &
épais par les deux narines. *Ils affu-*
rent que la premiere de ces plaies ,
ainfi que l'hémorrhagie , ont été occa-
fionnées *par un corps contondant* , &
que la plaie légere *a pu* être faite *par*
une chûte ou autre caufe : qu'après
avoir éloigné l'une de l'autre les deux
mâchoires du cadavre, ils ont vu un
engorgement confidérable à la langue ,
fans cependant être noire.

Après avoir fait dépouiller le cadavre , on vit qu'il avoit la région des
reins échymofée , de même que les
parties latérales du col & de la nuque : la
partie latérale du temporal droit paroiffoit auffi avoir été meurtrie. L'engorgement de la langue a fait *préfumer*
aux auteurs du rapport, qu'il y a eu compreffion fur le col , laquelle , avec les
plaies , *ont pu* occafionner une mort
violente.

Ces Chirurgiens n'ont fait aucune ouverture , & n'ont pas examiné l'état du
cerveau.

On demande fi le procès-verbal de
vifite a été fait fuivant les regles de
l'Art? s'il n'y avoit pas d'autres précautions à prendre pour s'affurer des

vraies caufes de la mort de Jean Chaffagneux ? & quelles inductions on peut
tirer de ce rapport?

Le Conseil soussigné eftime que
le procès-verbal de vifite du cadavre
de Jean Chaffagneux doit être réputé
nul de toute nullité. Cette vïfite a été
faite avec trop peu de foin, pour
conftater la caufe de la mort ; c'eft
ce qu'il eft facile de prouver par l'examen des faits, & par l'inconféquence
des affertions auxquelles ils ont donné
lieu.

1º. L'expofé établit que le fujet étoit
d'une forte conftitution ; qu'il étoit
actuellement échauffé par la boiffon, &
dans un violent emportement de colere:
dans cet état, il fe fracture les os propres du nez par une chute fur cette
partie ; il eft trouvé fans connoiffance &
mis fur le dos.

Les vaiffeaux du cerveau font toujours fort dilatés dans les perfonnes fu-
jettes à l'ivreffe & à la colere : ces deux
caufes en concurrence avoient produit,
depuis long-temps, une difpofition ha-
bituelle, par laquelle, à l'inftant de la
chute fur le nez, affez forte pour en
fracturer les os, il fe fera fait, outre

la léfion extérieure & apparente , un refoulement du fang dans les vaiffeaux du cerveau , & leur crevaffe par la commotion fimultanée de ce vifcere. Il y avoit bien des raifons pour préfumer cette caufe de mort : il falloit abfolument ouvrir le crâne pour en avoir la certitude ; car la léfion bornée au défordre apparent, la fracture pure & fimple des os du nez , n'auroit pas fait périr le bleffé : une mort auffi fubite que la fienne devoit fuivre d'autres caufes : l'ouverture du crâne auroit pu montrer un épanchement, une prolongation de fracture à fa bafe , &c. &c. On a donc manqué aux regles de l'Art, & privé la Juftice des éclairciffemens qu'elle avoit droit d'attendre , en fe contentant de l'examen fimplement intuitif du cadavre, fans pouffer plus loin les recherches par l'ouverture de la tête.

2°. On ne conçoit pas pourquoi la fracture du nez & la plaie de cette partie font attribuées à un corps contondant, & la plaie légere de la mâchoire , à une chute ou à une autre caufe : cette diftinction de la nature des caufes extérieures n'eft pas raifonnable ; & il faut la relever, car elle donne lieu à des inductions fauſſes. C'eſt une chute ſur le nez qui a briſé les os carrés : la pierre ſur laquelle le choc s'eſt fait, n'eſt-elle pas un corps vraiment contondant ? Les Chirurgiens, en n'attribuant à la chute que la plaie légere, ſemblent dire que la fracture qu'ils reconnoiſſent comme l'effet d'un corps contondant, auroit été produite par un corps orbe, mû avec une force active; ce que l'inſpection de la fracture n'annonce ni ne peut annoncer.

3°. L'hémorrhagie du nez paroît avoir été conſidérable : ceux qui ſont venus les premiers, ont trouvé le corps, la face contre terre; ils ſe ſont contentés de le retourner, & ils l'ont laiſſé ſur le dos : dans cette ſituation, le ſang a dû couler par les ouvertures poſtérieures des foſſes nazales, & tomber dans l'arriere bouche. La ſuffocation accidentelle a donc pu être la cauſe immédiate & la plus prochaine de la mort de ce bleſſé ! Pourquoi les Chirurgiens n'ont-ils pas eu la moindre idée ſur cette poſſibilité, & n'ont-ils pas cherché à la vérifier par l'examen le plus ſcrupuleux ?

4°,

4°. Le corps a été laissé six heures couché sur le dos. Il faut remarquer que c'étoit pendant la saison la plus chaude, & aux heures du jour où la chaleur étoit au plus haut degré, & que le sang étoit fort raréfié par l'état d'ivresse & de colere : les circonstances de la saison, du temps, des lieux & de la disposition du sujet, peuvent rendre raison de plusieurs phénomenes. N'y verra-t-on pas les causes naturelles des échymoses au dos, aux reins, à la face, enfin dans toutes les parties qu'on a trouvées violettes & livides ? ce qui est ordinaire en cette saison à tous les cadavres, & sur-tout à ceux qui ont péri subitement par une chute violente, avec les dispositions où étoit Jean Chassagneux. On ne peut tirer de ces lividités aucune induction pour constater la cause de la mort, puisqu'elles n'en sont que l'effet, & un effet très-naturel & très-ordinaire. » Il y a des marques certaines qui font distinguer les contusions faites à un homme vivant, des taches livides qui se forment peu de temps après la mort ; celles-ci sont fort étendues & superficielles, elles

ont une couleur rouge, purpurine, ou
font violettes & noirâtres : elles occu-
pent principalement le dos & les fesses;
la face, les bras & les cuisses en font
quelquefois couvertes : elles font l'effet
de la chaleur putréfiante qui augmente
après la mort, & qui pousse les humeurs à la surface du corps. Ces taches
ne forment point un engorgement cir-
conscrit, avec tumeur, accompagné
de dilacération & de meurtrissures fub-
cutanées avec du fang coagulé, ou en
partie fluide, principalement vers le
centre de la tumeur, comme on le
remarque dans toutes les contusions,
où il y a rupture de vaisseau «. Voilà
ce que nous difions, il y a près de
vingt ans, dans l'examen comparatif
d'un grand nombre de Mémoires &
de Consultations de Médecins & de
Chirurgiens, produits dans une Caufe
célebre, & trop peu connue, que le
Parlement de Dijon a jugée le 5 Mars
1757. L'oubli de ces caracteres dif-
tinctifs a jeté beaucoup de doutes &
d'incertitudes fur une affaire capitale,
très-fimple. Je joins ici, pour l'inftruction de la Caufe préfente, un exem-

plaire de ma Diſſertation extraite d'un des Mercures de France, année 1758.

5°. Le rapport laiſſe, ſans aucune preuve ni raiſon, des ſoupçons d'impreſſions violentes exercées ſur la gorge du ſujet. L'engorgement de la langue a fait *préſumer* qu'il y a eu compreſſion ſur le col : on ne peut apporter trop de circonſpection à prononcer ſur un point auſſi délicat que celui-ci. L'engorgement de la langue peut avoir lieu par tant de cauſes naturelles & ſi différentes, qu'on ne doit pas *préſumer* qu'il y a eu compreſſion, ſi elle n'a pas eu des traces permanentes. Le crime ne ſe préſume pas : il auroit fallu voir bien diſtinctement des marques non équivoques de la compreſſion du col, & déſigner la nature du corps qui auroit fait cette compreſſion avec une action ſuffiſante pour intercepter la reſpiration. Le gonflement de la langue ne peut d'ailleurs être que l'effet conſécutif du ſéjour du ſang dans les vaiſſeaux, comme il arrive aux pendus, & non l'effet immédiat d'une compreſſion momentanée ſur le col. Le rapport dit en termes exprès, que le viſage & les mains étoient

F ij

violettes comme à un pendu : ces ex-
preſſions, au moins indiſcrettes, pourroient faire ſoupçonner que Jean Chaſſagneux auroit été étranglé avec une
corde : mais la ſtrangulation a des ſignes
caractériſtiques (a) dont des examina-
teurs éclairés n'auroient pas manqué
de faire mention dans leur rapport.
C'eſt d'après ces ſignes que le Parlement de Provence a prononcé un Arrêt
dans la Cauſe d'un pere accuſé d'avoir
aſſaſſiné ſon fils, ſur les concluſions de
M. l'Avocat-Général de Gueidan, le
Samedi 23 Mars 1737 : j'ai fait uſage
de ce fait dans l'Ouvrage cité en note,
& dont je joins un exemplaire à ma
préſente Conſultation, pour éclairer la
Juſtice ſur une affaire auſſi importante.
La vérité ſera toujours le triomphe de
l'innocent, & la terreur du coupable.
Un rapport doit être fait par des gens

(a) Voyez notre Diſſertation, qui a pour
titre : *Mémoire ſur une queſtion anatomique relative à la Juriſprudence, dans lequel on établit les principes pour diſtinguer, à l'inſpection d'un corps trouvé pendu, les ſignes du
ſuicide d'avec ceux de l'aſſaſſinat.* Paris, 1763,
chez Cavelier, Libraire, rue Saint-Jacques.

auſſi attentifs qu'éclairés, & je ne vois pas l'influence de ces qualités dans le rapport dont on m'a donné l'extrait : d'où je conclus qu'il n'eſt ni ne peut être la baſe d'une procédure criminelle, puiſqu'il ne conſtate ni ne peut conſtater aucun délit ; c'eſt ce que le Conſeil ſouſſigné croit démontré. Délibéré à Paris, le vingt-quatrieme Octobre 1776. *Signé*, Louis, Profeſſeur-Royal de Chirurgie, ancien Chirurgien Conſultant des armées du Roi, Inſpecteur des Hôpitaux militaires du Royaume, Agrégé Honoraire du Collége-Royal de Médecine de Nancy, Docteur en Droit de la Faculté de Paris, & Avocat en Parlement.

Les Conſultans ſouſſignés, qui ont pris connoiſſance de la conſultation ci-deſſus par une lecture attentive & réfléchie, ſouſcrivent aux principes qui en font la baſe, & aux conſéquences qu'on en tire, comme contenant la plus ſaine doctrine. A Paris, le 18 Février 1777, *Dufouart*, Directeur de l'Académie Royale de Chirurgie, Chirurgien-Major des Gardes Françoiſes ; *Pipelet*, Vice-Directeur de l'A-

F iij

cadémie Royale de Chirurgie, ancien Chirurgien juré aux rapports de la Prévôté de l'Hôtel du Roi; *Sabatier*, de l'Académie Royale des Sciences, Professeur & Censeur Royal, Chirurgien-Major de l'Hôtel Royal des Invalides , &c. ; *Goursaud* , Professeur Royal.

Religieux accusé, par les Adminis-
trateurs d'un hôpital & par des
collatéraux, d'avoir abusé de l'em-
pire qu'il avoit fur l'esprit d'une
vieille demoiselle, pour lui suggé-
rer un testament en faveur de son
neveu.

IL s'agissoit, dans cette Cause, de
favoir si un pere avoit fait un fidéicommis en faveur des pauvres, en inf-
tituant sa fille son héritiere, & si ses
parens pauvres devoient être préférés à
l'Hôpital. Ces questions étoient sans
doute importantes ; mais elles n'exigeoient qu'une discussion férieuse des
principes qui pouvoient intéresser les
Jurisconsultes, sans offrir aucun aliment
à la curiosité publique.

Les Défenseurs (a) des Administrateurs de l'hôpital & des parens ont
rendu cette Cause très-piquante, en
traçant le tableau de la vie mystique

_____

(a) MM. Martineau & Blondel.

F iv

d'une vieille fille opulente, & d'un Religieux qui avoit fur fon efprit un empire fans bornes. Ce tableau n'étoit point un épifode dans l'affaire; il fervoit de bafe à la demande en nullité du teftament, qui étoit attaqué comme étant le fruit de la captation & de la fuggeftion d'un Religieux, pour enrichir fon neveu des biens que les Loix deftinoient aux pauvres. Comme c'étoient les Adminiftrateurs de l'hôpital qui attaquoient le teftament, nous commencerons par mettre fous les yeux de nos Lecteurs les faits & les moyens qu'ils invoquoient pour leur défenfe. Nous leur oppoferons enfuite les réponfes du légataire univerfel.

» Un citoyen généreux, difoit M. Blondel, Défenfeur des pauvres, avoit confacré au foulagement de l'indigence, les richeffes qu'il avoit acquifes par de longs & pénibles travaux.

» Sachant accorder le vœu de la Nature avec l'efprit de bienfaifance publique dont il étoit animé, ce citoyen recommandable veut, par fon teftament, & que le titre honorable d'*héritier* repofe fur la tête de fes enfans, avec la propriété de fa fortune, & qu'ils *em-*

ploient, en faveur des *pauvres ce qui* se trouvera *leur rester* à leur décès, si ces enfans meurent sans postérité.

» Un pareil vœu porte les caracteres d'une substitution fidéicommissaire, dont les enfans sont grevés par le pere de famille.

» C'est une chose assez étonnante dans nos mœurs, de voir un homme qui, parvenu de l'état le plus obscur à une opulence peu commune, daignoit jeter les yeux sur la derniere & la plus malheureuse classe de l'ordre social, & l'appeloit à recueillir ses biens, s'il arrivoit qu'il n'eût pas de descendance.

» Mais les moyens employés pour renverser la sagesse de ce jugement domestique & patriotique, sont bien plus extraordinaires encore.

» La fille aînée du testateur étoit restée sa seule héritiere. Elle vivoit dans le célibat. Un autre célibataire, mais d'une espece différente, un Prêtre, un Religieux enfin, s'empare de l'esprit de cette fille sensible, foible & superstitieuse; & cet homme, lié par un vœu solennel d'abdication des biens terrestres, conçoit le projet de dépouiller les

F v

pauvres, & de s'appliquer le patrimoine sacré qui devoit servir à diminuer leur misere.

» Il l'exécute ce projet odieux ; & c'est avec tant de constance & d'audace, qu'il force le Public à s'y accoutumer, & qu'il n'y a plus de scandale, par l'excès du scandale même.

» Il commence par prendre, pour la maison religieuse à laquelle il est attaché, pour son usage, & pour ses plaisirs personnels, une partie considérable de cette fortune. Il la dissipe à son gré : l'autre partie, il la fait passer à son propre neveu, jeune homme sans fortune & sans espérances, qu'il produit dans les Sociétés, & dont il fait un Magistrat dans sa province.

» Ainsi s'éclipsent, dans la main du captateur, des héritages aussi précieux par leur valeur que par leur destination primitive «.

Le feu sieur Charles Delsieux, Négociant à Aurillac, avoit eu l'éducation la plus négligée. Mais cet homme, simple & grossier, étoit né avec le génie du commerce. Une économie sévere & une industrie active le mirent en état d'élever une grande maison de négoce. Son nom étoit connu, non seulement dans tout le royaume, mais même dans les pays étrangers. On ne sera donc pas étonné qu'à son décès, le sieur Delfieux ait laissé un patrimoine de plus de 600,000 livres, suivant la commune renommée ; car il n'a jamais été fait d'inventaire de sa succession.

Le sieur Delfieux avoit trois enfans de son mariage avec Catherine Esteyriés, qui étoit décédée : savoir, Thérese qui tenoit ses livres & gouvernoit sa maison ; Jeanne-Marie, qui est morte avant lui ; & Matthieu, qui, du vivant de son pere, avoit fait profession dans l'Ordre du Mont-Carmel.

Tel étoit l'état du sieur Delfieux pere, lorsque, le 10 Juillet 1747, il fit un testament qui fut reçu par les Notaires d'Aurillac, & par lequel, après des legs particuliers, il institua pour son *héritiere universelle & générale*, Thérese Delfieux, sa fille aînée, & la chargea d'un fidéicommis envers les pauvres, pour ce qui resteroit de ses biens au décès de cette fille. Il mourut en 1750.

F vj

Son teſtament devint alors public : il fut contrôlé & inſinué à Aurillac, le 15 Octobre de la même année.

Ses diſpoſitions exigeoient, ſans doute, que l'on conſtatât les charges & les forces de l'hérédité ; mais la demoiſelle Delfieux ſe prétendit ſeule maîtreſſe de la ſucceſſion. Elle s'empara de tout, & ne fit aucun inventaire.

C'eſt ici le moment de faire connoître le caractere de cette fille, & de ceux qui l'entouroient.

Après la mort du ſieur Delfieux pere, ſon fils, Carme profès, qui avoit pris en Religion le nom de *Frere Albert*, vint à Aurillac pour y prendre l'air natal dans le couvent de ſon Ordre qui exiſte dans cette ville. Sa ſœur obtint des Supérieurs la permiſſion d'aller le voir dans le monaſtere. Elle lui fit de fréquentes viſites. Elle paſſoit auprès de lui des journées entieres.

» A cette même époque, un jeune Carme, appelé *L* . . . . . & connu en Religion ſous le nom de *Frere A* . . . , avoit été envoyé au couvent d'Aurillac. Il étoit de la plus belle repréſentation. A une taille avantageuſe, à une figure intéreſſante, il joignoit tout à la fois, & cet air inſinuant qui appelle la confiance, & cet eſprit entreprenant & hardi qui ne trouve rien de difficile (a).

» Le Frere A.... voyant une femme venir auſſi ſouvent dans la maiſon, fut curieux de ſavoir qui elle étoit. Il s'en informa : il apprit bientôt que la demoiſelle Delfieux étoit une fille âgée de 45 à 48 ans, qu'elle étoit maîtreſſe d'elle-même & d'une grande fortune. En un mot, il en fut aſſez pour preſſentir, d'après le caractere de la demoiſelle Delfieux, qu'il lui feroit aiſé de s'introduire dans ſa maiſon, & de la gouverner comme avoient fait précédemment des Cordeliers & des Prêtres ſéculiers, mais avec plus de fruit qu'eux.

» Le Frere A.... ne tarda pas à faire connoiſſance avec la demoiſelle Delfieux. Lorſqu'elle retournoit le ſoir chez

_____

(a) Nous prévenons nos Lecteurs que les faits dont nous allons rendre compte, ſont extraits avec fidélité du Mémoire imprimé pour les Adminiſtrateurs de l'Hôpital d'Aurillac.

elle, après avoir paſſé la journée au couvent, il ne manquoit pas de l'accompagner. Il reſtoit fort tard auprès d'elle, & ne rentroit au monaſtere que ſur les quatre ou cinq heures du matin. Il parvint ainſi à écouduire, de la maiſon de la demoiſelle Delfieux, tous les autres Eccléſiaſtiques dont juſqu'alors elle avoit reçu les aſſiduités.

» Le Frere Albert mourut. Le Frere A.... ne quitta plus la demoiſelle Delfieux, dont il avoit convoité la fortune, & dont la demeure étoit devenue la ſienne.

» Si ſa conduite n'eût été utile qu'à lui ſeul, ſans doute elle n'auroit pas été tolérée. Il le ſentit; &, pour éviter le coup qui le menaçoit, il eut recours à la politique la plus profonde & la plus raffinée.

» Les coffres de la demoiſelle Delfieux lui furent ouverts. Les Carmes d'Aurillac, qui ne ſont pas riches, virent régner chez eux l'abondance. Il fit faire à leur maiſon des réparations, des augmentations de toute eſpece. Il prodigua de tous côtés l'or & les préſens.

» Une pareille exiſtence d'un Frere

Carme, au milieu d'une petite ville de province, est sans doute une chose incroyable : nous sommes cependant encore bien au dessous de la vérité. Il faut que l'on s'accoutume ici à des faits plus extraordinaires.

» Le Frere A..... se fit bâtir, & toujours aux dépens de la demoiselle Delfieux, dans une partie de l'enclos du monastere, non pas seulement une cellule isolée, un appartement séparé de celui des autres Religieux, mais une maison complette, composée d'une vaste salle à manger, d'un sallon de compagnie, d'une chambre à coucher, ornée d'un lit de damas jonquille, indépendamment d'une serre & d'un jardin, tant en parterre qu'en verger ; & cette maison si agréable, où se trouvent le luxe & les superfluités du siecle, a été reconstruite jusqu'à trois ou quatre fois, & chaque fois d'une maniere différente, suivant que le goût du maître a changé.

» C'est là que le Frere A.... donnoit à dîner, à souper à quinze, vingt, trente & jusqu'à quarante personnes de tout sexe, du nombre desquelles étoit toujours la demoiselle Delfieux. Les

repas y étoient prolongés fort avant
dans la nuit. Souvent même on y paſſoit
la nuit entiere. On y trouvoit réunis
des vins délicieux , des mets exquis, le
jeu, la danſe, & tous les amuſemens
des plus brillantes Sociétés. Les jeux de
haſard ſur-tout, & les plus ruineux,
qui ſont du goût du Frere A...., étoient
ſa principale occupation dans ces fêtes
nocturnes. Il y perdoit ou gagnoit ſouvent juſqu'à mille écus, & même dix
& quinze mille francs. Et c'eſt ainſi
que , de la ſimple cellule d'un auſtere
cénobite, triſte ſéjour de la pauvreté,
du renoncement à ſoi-même, du ſilence & du recueillement , l'heureux
Frere A... faiſoit un ſéjour de fête per-
pétuelle , & l'aſile des ris, des folâ-
tres jeux & des plaiſirs bruyans.

» Indépendamment de cette retraite
agréable qu'il s'étoit fait bâtir, & des
grandes réparations qu'il avoit fait faire
au couvent, l'argent de la demoiſelle
Delfieux ſervit à la conſtruction d'une
grande maiſon ſur le fonds des Carmes, qui lui couta plus de 30000 livres. Le but du Frere A... eſt d'augmen-
ter les revenus du monaſtere, en louant
les appartemens au Public; mais à con-

dition qu'il percevroit les loyers à son profit pendant toute sa vie ; & cette convention fut faite avéc les Carmes.

» Pendant les attaques de goutte auxquelles il étoit sujet, ce Religieux logeoit chez la demoiselle Delfieux ; il y recevoit les visites d'une grande partie de la ville.

» A Dieu ne plaise (disoit M. Blondel) que, par ces détails, nous prétendions attaquer la mémoire de la demoiselle Delfieux, ni jeter le moindre soupçon sur ses mœurs & sa vertu ! Il est, comme on sait, plusieurs genres de séduction ; & le Frere A.... avoit sans doute adopté celui qui seul pouvoit lui réussir auprès d'une fille honnête.

» C'est en abusant de ce qu'il y a de plus sacré parmi les hommes, de la Religion même, qu'il parvint à exécuter ses projets de spoliation. Entouré des vanités mondaines, qui faisoient ses délices, c'est avec ce que la piété peut imaginer de plus sévere, qu'il savoit les fixer auprès de lui, & les plus cruels instrumens de pénitence n'avoient rien d'effrayant pour la demoiselle Delfieux, tandis qu'un luxe régnoit chez lui &

se montroit jusque dans son vêtement
monacal.

» Voilà de quelle maniere un Moine
a vécu pendant trente ans, à la vue
de toute une province, qui s'y étoit
accoutumée, comme elle auroit pu
faire dans le dixieme siecle, & qui,
dans le dix-huitieme, n'a pas osé s'en
plaindre.

» Le Frere A... avoit un neveu ; après
l'avoir élevé, il l'avoit produit à Aurillac, & vouloit le décorer d'un office
de Magistrature.

» La qualité de Religieux profès
étoit, dans la personne du Frere A... un
obstacle invincible à ce qu'il disposât
pour lui-même de toute la fortune de la demoiselle Delfieux. Il conçut & exécuta le projet de la donner
à son neveu «.

Par un premier acte, passé devant
Notaire à Aurillac, le 14 Septembre
1776, le Frere A.... fit faire à son neveu, par la demoiselle Delfieux, une
donation entre vifs, de plusieurs effets
considérables, tant mobiliers qu'im-
mobilliers.

A l'époque de ce premier acte de
libéralité, le sieur Laval n'étoit pas en-

core marié; mais son mariage étoit déjà projeté. La donation n'avoit même été faite que pour lui former une dot.

Dès le mois de Février 1777, le sieur Laval épousa la demoiselle Crozet d'Hauterives, fille du sieur Crozet d'Hauterives, Ecuyer, Secrétaire du Roi, & Procureur du Roi au Présidial d'Aurillac.

Le contrat de mariage fut passé devant Notaire à Aurillac, le 10 du même mois de Février 1777, c'est-à-dire, environ quatre mois après la donation dont on vient de parler.

Depuis, par un testament olographe, du 15 Mai 1777, la demoiselle Delfieux institua le sieur Laval son *héritier général & universel*, à charge seulement d'acquitter quelques legs modiques.

Au mois de Novembre 1779, la demoiselle Delfieux fut attaquée d'une maladie qui s'annonça comme très-grave, & qui l'étoit en effet.

Le Frere A... qui craignoit que la malade ne donnât quelque marque publique de repentir de ce qu'elle avoit fait en faveur de l'oncle & du neveu, & ne fît quelques nouvelles dispositions contraires aux précédentes, quitta son couvent, s'empara de la maison de la demoiselle Delfieux, en fit fermer la porte aux personnes qui lui paroiſſoient ſuſpectes, s'y établit, y coucha pendant les quatre jours que dura cette maladie, & après leſquels la demoiſelle Delfieux mourut, le 18 du même mois de Novembre 1779.

Dès que le Procureur du Roi fut informé du décès de la demoiſelle Delfieux, il ſongea aux intérêts des pauvres, dont la Loi lui a confié la défenſe : il requit & obtint une ordonnance qui l'autoriſa à faire appoſer les ſcellés ſur les effets de la ſucceſſion.

Qu'a-t-on trouvé ſous les ſcellés ? Au lieu des effets d'un commerce immenſe, on a vu, avec le plus grand étonnement, les objets ſuivans, dont le détail eſt exactement relevé ſur l'inventaire.

»On a trouvé la Vie de Sainte-Théreſe, des Méditations, un Exercice en manuſcrit, la Vie de Marie Alacoque; une petite caiſſe en bois, contenant un ſcapulaire avec le nom de *Saint Amable*; un autre ſcapulaire; quatre Reliquaires; une diſcipline &

un cilice à pointe de cuivre, le tout neuf; trois rubans de *Saint Amable* dans une boîte; un Saint, quelques os d'un autre Saint, deux os de Saint Jumeau; un chapelet, un petit scapulaire, un autre scapulaire; un abrégé de la Vie de *Saint Amable*; une petite discipline; trois scapulaires; quatre scapulaires, un chapelet & plusieurs reliques; une affiliation en faveur de la demoiselle Delfieux à l'Ordre des Peres Carmes, avec le cachet de l'Ordre; deux scapulaires; des patentes d'affiliation à l'Ordre du Mont-Carmel, accordées à la demoiselle Thérese Delfieux, le 8 Juin 1775; un petit coffre, & dedans un calice avec sa patene d'argent, à vermeille, le tout neuf, pesant quatre marcs quatre onces.

» Plus, une cuvette & deux burettes d'argent, pesant six marcs sept onces.

» Et au millieu de tous ces symboles de dévotion, on a trouvé *un masque de velours noir* «.

» A la lecture de cet inventaire, disoit M. Martineau, Défenseur des parens, est-il quelqu'un qui puisse douter de l'empire que le Frere A.... exer-

çoit fur l'efprit de la demoifelle Delfieux ? Il eft conftant que le Religieux
couchoit dans la maifon de la demoifelle Delfieux ; fa robe de chambre,
fes bas trouvés fous les fcellés, en forment une preuve complette. Il eft conftant qu'il étoit fon Directeur fpirituel:
il étoit quelque chofe de plus, il étoit
en quelque forte fon patron, fon pro-
tecteur, difons mieux, fon tyran. C'eft
ce qu'annoncent ces fcapulaires, ces
rubans au chiffre de Saint Amable,
ces difciplines, ces cilices, ces patentes
d'affiliation à l'Ordre du Mont-Carmel ; c'eft lui qui lui a appris à allier
le facré & le profane, lui qui la faifoit marcher à la fois dans le chemin
de la pénitence & des plaifirs.

» Ce n'eft pas ici une féduction ordinaire, c'eft l'excès de la féduction,
c'eft l'abus le plus caractérifé de la
Religion. Et des donations, des libéralités qui ont un principe auffi vicieux, auffi criminel, ne feroient pas
radicalement nulles « !

C'eft dans cet état que le fieur Laval s'étoit rendu appelant vis-à-vis des
parens & héritiers préfomptifs de la demoifelle Delfieux, de l'Ordonnance du

Bailliage d'Aurillac, le 18 Novembre 1779, du procès-verbal d'apposition de fcellé, & de ce qui avoit précédé & fuivi. Les Adminiftrateurs de l'hôpital font intervenus dans la Caufe fur l'appel, & demandoient l'exécution du teftament du feu fieur Delfieux, la nullité des donations, teftament & codicille de la demoifelle Delfieux au profit du fieur Laval, & l'envoi en poffeffion de tous les effets de la fucceffion.

» Tout donateur (difoit M. Martineau) ou teftateur exerce un miniftere augufte, le miniftere de la Loi même; il difpofe des biens qu'elle feule auroit eu droit de tranfmettre. Il doit donc être jufte, fage, libre & modéré comme elle. De là la profcription de toutes les difpofitions que la Loi n'avoueroit pas, foit parce qu'elles font dictées par la haine, foit parce qu'elles font l'ouvrage de l'imbécillité, de la violence, &, ce qui eft plus dangereux encore, de la féduction «.

La féduction a principalement excité les craintes de la Loi & armé fa rigueur, parce qu'elle eft en même temps, & plus importante à prévenir,

& plus difficile à prouver. La haine en
effet peut s'annoncer par l'acte même,
par ses expreffions, par ses claufes, ou
par des faits antérieurs & connus. L'imbécillité se décele par les mêmes traits,
fe montre fous les mêmes caracteres.
La violence, qui marche à découvert,
fe trahit par fon audace, fe décrédite
par fes fuccès. La féduction! la féduction toujours enveloppée d'un voile,
toujours cachée dans les ténebres, dé-
robe plus facilement fa marche à tous
les regards; elle avance infenfiblement
& à pas lents : elle n'eft jamais plus
dangereufe que lorfqu'elle eft plus cachée : elle n'eft jamais plus cruelle
dans fes effets, que lorfqu'il eft plus
difficile de la furprendre dans fes opérations.

Les Loix ont donc établi contre
la féduction, des préfomptions légales, attachées à certaines qualités, à
l'exercice de certaines fonctions : plus
elles ont avancé vers ces derniers temps,
plus elles ont rendu ces préfomptions ri-
goureufes, plus elles leur ont donné
d'extenfion, parce que, dans le déclin
des mœurs, la cupidité s'enhardit &
s'augmente,

s'augmente, se frayant des routes nouvelles à mesure que la vigilance du Législateur lui a fermé les anciennes.

Tout le monde connoît les prohibitions établies par l'Ordonnance de 1539, augmentées par la Déclaration de 1549, étendues encore par l'article 176 de la Coutume de Paris, par les dispositions de presque toutes nos Coutumes, à l'égard de ceux qui ont quelque pouvoir, quelque influence sur l'esprit de celui qui dispose, & qu'elles appellent du nom général d'*Administrateurs*.

La Jurisprudence des Arrêts ajoutant encore à ces prohibitions déjà si fortes & si générales, a placé, sous ce nom d'*Administrateur* : 1°. les maîtres à l'égard de leurs apprentifs : 2°. les couvens à l'égard de ceux qui font profession : 3°. les Confesseurs & Directeurs à l'égard de ceux qui font sous leur direction : 4°. les Procureurs habituels des testateurs, & les solliciteurs chargés de pieces : 5°. les Médecins, les Chirurgiens & les Apothicaires : 6°. Les concubinaires & les adulteres : 7°. les Geoliers à l'égard des prisonniers.

Tome VIII. G

Ainſi, plus la Jurifprudence eſt devenue voiſine de nos jours, plus les
prohibitions légales ont été étendues &
affermies ; progrès important à ſaiſir,
parce qu'il marque bien mieux l'objet
de la Loi, & la néceſſité de la maintenir en vigueur.

Mais de toutes les incapacités légales, celle des Confeſſeurs & Directeurs
a principalement excité l'attention du
Légiſlateur. Nous trouvons au Code
Théodoſien, une diſpoſition expreſſe ſur
ce ſujet ; elle eſt des Empereurs Valenti-
nien, Valens & Gratien, & déclare
nulles toutes les donations faites à des
Eccléſiaſtiques & autres célibataires de
profeſſion, par les veuves chez leſquelles ils s'introduiſent, ſous prétexte de
les conduire dans le chemin de la
piété (a).

(a) *Ecclefiaſtici, aut ex Ecclefiaſticis, vel
qui continentium ſe volunt nomine nuncupari,
nihil de ejus mulieris cui ſe privatim, ſub
prætextu Religionis, adjunxerint, liberalitate
quâcumque, vel extremo judicio poſſint adipiſ-
ci : & omne in tantum inefficax ſit quod ali-
cui horum ab his fuerit derelictum, ut, nec per
ſubjectam perſonam, valeant aliquid, vel dona-
tione, vel teſtamento percipere.* Cod. Theodof.
lib. 16, tit. 2, de Epiſc. Ecclef. & Cleric. l. 20.

Nous avons adopté la difposition de cette Loi ; les livres font pleins d'Arrêts qui ont profcrit des donations ou des legs faits à des Confeffeurs ou des Directeurs, par des perfonnes qui étoient fous leur direction ; & il n'eft pas un feul Auteur qui ne place les Directeurs & les Confeffeurs au rang des perfonnes que la Loi déclare incapables.

Il y a plus : cette incapacité des Confeffeurs & des Directeurs ne fe borne pas à leurs perfonnes ; elle s'étend à tout ce qui les environne, à tout ce qui leur tient par des liens naturels ou politiques ; aux Eglifes dont ils font titulaires, aux Communautés dont ils font membres, &, par la même raifon, à leurs proches parens. C'eft ce qu'exprimoit la Loi Romaine, en difant qu'ils ne pourroient recevoir fous le nom des perfonnes qui leur feroient foumifes. Et telle eft auffi la Jurifprudence conftante des Arrêts.

Henrys fait mention d'un Arrêt qu'il ne date pas, & qui déclara nul un legs de 1200 livres au profit des Prêtres de l'Oratoire de la ville de Mont-Brifon, parce que la teſtatrice avoit ſon Conſfeſſeur dans cette Communauté.

Ricard cite un autre Arrêt du 9 Juillet 1657, & qu'il dit avoir ouï prononcer lui-même : lequel Arrêt, ſans
avoir égard au teſtament d'une fille
qui avoit inſtitué héritier le couvent
des Céleſtins de Lyon, dans lequel demeuroit ſon Confeſſeur ordinaire, &
qui l'avoit aſſiſtée durant ſa derniere
maladie, maintint les ſœurs de la teſtatrice dans la poſſeſſion des biens de la
ſucceſſion.

Quelle foule d'Arrêts ſemblables n'ont
pas été rendus depuis ! Le 14 Mars
1698, la Cour condamna les Carmes
d'Angers à rendre aux héritiers de la
demoiſelle Sarat, différentes ſommes
qu'elle leur avoit données de ſon vivant, dans le temps que pluſieurs d'entre eux étoient ſes Directeurs ſpirituels.
Le 30 Mai 1718, on prononça de
même la nullité d'un legs fait par M.
l'Evêque de Roſalie, au Séminaire des
Miſſions étrangeres, où il avoit ſon
Confeſſeur. Deniſart rapporte deux autres Arrêts ; l'un du 15 Décembre
1730, l'autre du 16 Février 1760 ;

ce dernier a déclaré nul un legs fait aux Récollets de Nevers, par le teftament de la dame de Nion, parce qu'elle avoit pour Confeffeur un Religieux de cet Ordre.

Ces principes ont une application directe à l'efpece de la donation faite par la demoifelle Delfieux au fieur Laval. Ainfi cette libéralité, contraire au vœu des Loix & de la Jurifprudence, doit être profcrite.

De ces moyens, M. Martineau con-cluoit que les parens pauvres de la demoifelle Delfieux devoient recueillir la fucceffion, fuivant l'intention du fieur Delfieux, & qu'ils devoient être préférés à l'hôpital d'Aurillac. M. Blondel foutenoit au contraire que le teftament de la demoifelle Delfieux de-voit être déclaré nul; mais que les pauvres de l'hôpital étoient appelés, par un fidéi-commis, à recueillir la fucceffion de la demoifelle Delfieux; que ce fidéicommis, *de eo quod fuper erit*, étoit admis par les Loix; qu'ainfi l'hôpital d'Aurillac ne pou-voit être privé des droits qui lui étoient dévolus par le teftament du fieur Delfieux.

G iij

Les Défenseurs du sieur Laval ont opposé les moyens les plus victorieux (a) aux prétentions de l'hôpital d'Aurillac & des parens de la demoiselle Delfieux.

Le sieur Laval a soutenu que ses adversaires avoient altéré les faits & présenté des questions étrangeres à l'espece dans laquelle il se trouvoit.

Pour mettre nos Lecteurs à portée de comparer les défenses opposées des Parties, nous allons rappeler les faits invoqués par le sieur Laval.

Charles Delfieux, disoit son Défenseur, né dans un hameau des montagnes d'Auvergne, où il ne pouvoit trouver ni attendre aucune ressource, imita, dès l'âge de 15 à 16 ans, la plupart des compatriotes de son espece, & chercha, en parcourant la France, ou les moyens de subsister, ou un principe de fortune.

_____

(a) M. Treillard a plaidé pour le sieur Laval. Il a donné dans cette Cause de nouvelles preuves des talens qui l'ont placé dans la premiere classe des Avocats plaidans du Barreau de Paris.

M. Boissou a fait un Mémoire imprimé pour le sieur Laval.

Son deſſein réuſſit : après avoir erré quelques années, il vit arriver le moment où il pouvoit entreprendre un commerce ; mais très-borné, puiſqu'il ne ſavoit pas écrire, ni même ſigner, & qu'il n'a jamais eu de Commis.

Le 16 Janvier 1699, Charles Delfieux, parvenu à ſa majorité, épouſa Catherine Eſteyries, qui, pour tous droits paternels & collatéraux, y compris même un pécule de 300 livres, ne porta en dot que 1500 livres.

En 1729, Charles Delfieux ſe trouva en état d'acquérir, moyennant 2500 livres, une maiſon ſituée à Aurillac, & d'en payer le montant : c'eſt *le ſeul immeuble* que Delfieux ait acquis, & qu'il ait laiſſé.

De ſon mariage, il eut trois enfans : un fils qui fit profeſſion dans l'Ordre des Carmes, du vivant de ſon pere ; & deux filles, Théreſe & Jeanne-Marie Delfieux.

C'eſt dans cette poſition, & après avoir perdu ſa femme, que Charles Delfieux fit, devant Notaires à Aurillac, ſon teſtament, le 10 Juillet 1747 : les diſpoſitions en ſont ſimples,

G iv

mais elles méritent une attention finguliere.

Le teftateur affure à fon fils, Religieux, une penfion annuelle & *via-*
gere de 15 livres : il legue à Marie-
Jeanne Delfieux, à titre d'inftitution
particuliere, *une fomme de 9000 livres*
pour tous droits paternels & mater-
nels : il nomme pour héritiere univerfelle Thérefe Delfieux, fa fille aînée.

Le teftament eft terminé par ces
mots : voulant qu'en cas que fes filles
» viennent à décéder fans enfans,
» elles foient *tenues d'employer ce*
» *qui leur reftera*, à la fin de leurs
» jours, *en fondations, œuvres pies,*
» ou *aux pauvres,* ainfi qu'elles avi-
» feront.

Marie-Jeanne Delfieux eft décédée
peu de temps après ce teftament, &
avant fon pere, qui n'eft mort qu'en
1750.

Ce teftament a été connu de toute
la ville d'Aurillac. Cependant le Procureur du Roi du Bailliage & le Bureau de l'Hôtel-Dieu n'ont provoqué
ni appofition des fcellés, ni inventaire;
& il faut, ou qu'ils n'aient pas trouvé
un fidéicommis dans la derniere claufe,

ou que, connoiſſant la haute piété, la droiture & l'équité de Thérèſe Del-fieux, déjà âgée d'environ cinquante ans au décès de ſon pere, & géné-ralement reſpectée, ils lui aient rendu la juſtice qui lui étoit due, & penſé qu'elle rempliroit, & au delà, le vœu de ſon pere.

Cette fille, que des mœurs pures & une ame naturellement généreuſe & bienfaiſante ont toujours fait regarder avec une ſorte de vénération, a ré-pondu à l'opinion qu'on avoit d'elle ; elle a continué & augmenté, pendant trente ans, le commerce commencé par ſon pere : ſous ſa main, tout a fructifié ; & qui jamais mérita mieux d'avoir des ſuccès ? Elle a travaillé, non par un eſprit d'ambition, non par une envie d'accumuler des ri-cheſſes, ou pour multiplier les aiſan-ces de la vie : de pareils motifs pou-voient-ils être le mobile des actions d'une perſonne qui vivoit preſque ha-bituellement ſous la *haire & le cilice ?* Si la demoiſelle Delfieux s'eſt livrée aux détails du négoce, c'eſt pour être en état d'en verſer les profits ſur l'in-digence, pour faire des libéralités à

des collatéraux éloignés, & leur faciliter des établissemens avantageux;
c'est pour embellir nos temples, c'est
pour procurer les instructions élémentaires aux jeunes gens hors d'état de
suivre les exercices des colléges; c'est
pour soutenir le mérite & le récom-
penser. Elle y a trouvé enfin le moyen
si flatteur de pouvoir se dire : Il n'est
presque aucun de mes concitoyens
qui n'ait participé au fruit de mes
veilles.

Telle étoit la demoiselle Delfieux,
& telle a été constamment sa maniere
de vivre. C'est donc par suite d'un
esprit de malignité, & pour jeter un
vernis de ridicule sur les actions les plus
simples, que, sous le nom de l'Hôtel-
Dieu d'Aurillac, & des collatéraux
de la demoiselle Delfieux, on s'est
permis tant de sorties indécentes, déplacées, fausses & invraisemblables
contre la mémoire de la demoiselle
Delfieux, & contre un Religieux respectable, qui, après avoir été, par
les maisons de six Provinces, député
à Rome pour l'élection du Général,
& à Paris pour la réforme des statuts
de son Ordre, remplit aujourd'hui,

pour la troisieme fois, la place de Provincial, & n'a cessé de jouir de l'estime & de la confiance de son Prélat, d'une considération méritée par plus de trente ans de travaux, comme Professeur, Prédicateur ou Supérieur.

Sans s'occuper à relever cet amas d'injures, dont le récit n'a fait qu'exciter l'indignation, il suffit de rappeler ici un trait qui peut faire juger de l'exactitude de tous les autres. On a plaidé que le Supérieur des Carmes, pour capter l'esprit de la demoiselle Delfieux, donnoit des soupers somptueux, des bals prolongés bien avant dans la nuit, & auxquels la demoiselle Delfieux assistoit : & au même instant, on s'est écrié : *A Dieu ne plaise* qu'on veuille répandre des soupçons sur les mœurs de la demoiselle Delfieux ! Le Religieux employoit, pour la séduire, des moyens différens & non moins sûrs : il mettoit en usage ce qu'il y a de plus sacré ; l'austérité des mœurs, les rigueurs de la Religion, la haire, le cilice, &c. Mais comment concilier deux faits aussi opposés, & comment concevoir que l'on cherche à en im-

poser à la demoiselle Delfieux par les
apparences d'une piété feinte & en
l'entretenant dans l'idée des mortifica-
tions ; & qu'en même temps on fasse,
de cette fille (âgée de 78 à 79 ans.),
la reine des bals donnés dans un cloî-
tre où l'on suppose les deux sexes livrés
à l'ivresse d'une joie immodérée ?

Mais abandonnons au plus profond
mépris toutes ces vaines & ridicules
clameurs, & suivons la demoiselle
Delfieux dans sa vie pieuse & bien-
faisante.

L'habitude où elle étoit de rendre
des visites fréquentes à son frere, pendant les longues infirmités qui ont précédé la mort de ce Religieux, la rendit témoin des soins qu'avoit pour lui
le Pere Laval, son Supérieur; ce même
Ecclésiastique que les collatéraux de
la demoiselle Delfieux, & une partie
des Administrateurs de l'Hôtel-Dieu,
outragent aujourd'hui d'une maniere si
indécente.

La reconnoissance de la part de la
demoiselle Delfieux, la vénération que
le Pere Laval avoit pour cette fille ver-
tueuse, & alors plus que sexagénaire,
établirent entre eux une liaison d'es-

time & d'égards ; mais elle n'eut jamais aucun caractere ni d'aveuglement, ni d'obseffion : le Pere Laval ne devint point fon Directeur, & ne l'a jamais été.

C'eft pendant le cours d'une liaifon dont le principe étoit fi refpectable, que la demoifelle Delfieux eut occafion de connoître M^e. Laval, venu à Aurillac pour marcher fur les traces de fon pere & fe former au Barreau. Ses mœurs, fa douceur, fon honnêteté, plurent à la demoifelle Delfieux ; & cette ame, toujours occupée du plaifir de faire des heureux, ne tarda point à concevoir le projet de concourir à un établiffement qui l'intéreffoit beaucoup. Tendrement attaché à la demoifelle d'Autherive, fille du Procureur du Roi d'Aurillac, la demoifelle Delfieux voulut être l'auteur d'un mariage entre cette demoifelle & M^e. Laval. Tel eft le principal motif des dons qu'elle a faits, & que des collatéraux éloignés, déjà comblés de fes bienfaits, ofent attaquer.

Ce motif eft prouvé par les actes mêmes que l'on critique avec tant d'amertume. Ce n'eft point la famille du

sieur Laval dont la demoiselle Delsieux
étoit occupée : il étoit le seul objet
de ses libéralités , puisqu'elle les avoit
grevées du droit de retour à son profit , en cas qu'il décédât sans ensans.

Trois mois après ce mariage, la demoiselle Delsieux pensa à disposer , au
moins en grande partie , des 30000
livres & des hardes dont elle s'étoit
réservé la disposition. Par un testament
olographe , du 15 Mai 1777 , elle a
fait , à ses parens , aux pauvres & en
fondations, pour 18000 livres de legs ;
& pour le restant elle a institué M^e. Laval , & consié à M^e. Hébrard , Conseiller , l'exécution de son testament.
Par un codicile du 28 Mai , elle a
disposé de ses robes & hardes.

La demoiselle Delsieux a survécu
deux ans & demi à ce testament ; &
loin d'avoir varié dans ses dispositions , elle n'a pas cessé un instant de
donner aux sieur & dame Laval des
marques de l'amitié qu'elle avoit pour
eux.

Elle est décédée, âgée d'environ qua-
tre-vingts ans , le 18 Novembre 1779 :
M^e. Laval étoit alors à Paris , pour sa
réception à l'office dont il est revêtu :

fa femme rendit les derniers fervices à une bienfaitrice qui lui étoit chere à tant de titres. A peine venoit-elle de lui fermer les yeux, qu'elle éprouva les effets de ces petites cabales & de ces jaloufies dont on voit des exemples fi fréquens dans les Provinces : il n'y avoit pas un quart-d'heure que la demoifelle Delfieux étoit morte, lorfqu'on vit entrer des Officiers de Juftice, pour appofer les fcellés, à la requête du nouveau Procureur du Roi.

Vainement elle leur repréfenta les donations contractuelles faites au profit de fon mari, & l'inftitution univerfelle, qui, en pays de Droit écrit, faifit fans demande ; vainemenr elle s'oppofa, en vertu de ces titres, à toute appofition de fcellés : fans y avoir égard, & fous prétexte du prétendu fidéicommis porté au teftament de Charles Delfieux, fous prétexte de l'intérêt des pauvres, on paffa outre, & la dame Laval fut obligée de fe retirer.

Le fieur Laval s'eft empreffé d'avoir recours à l'autorité du Parlement, & d'interjeter appel des opérations faites par les Juges d'Aurillac. Voici le précis de fa défenfe.

L'Hôtel-Dieu d'Aurillac eſt-il fondé à réclamer quelque portion des biens de Charles Delfieux, ſous prétexte du prétendu fidéicommis qu'on veut trouver dans le teſtament de Delfieux ? On ſoutient, diſoit ſon Défenſeur, que, ſi ce fidéicommis a quelque conſiſtance, l'effet en a été rempli par Théreſe Delfieux, à laquelle ſon pere en avoit confié le ſoin.

Les collatéraux de la demoiſelle Delfieux peuvent-ils, à force d'injures contre ſa mémoire, & ſous prétexte de faits de captation ridicules & invraiſemblables, faire tomber des donations entre vifs, & à cauſe de noces faites en pays de Droit écrit, où la liberté de diſpoſer n'eſt point ſoumiſe aux entraves du pays coutumier ?

L'Hôtel-Dieu veut que le teſtament de Claude Delfieux contienne en faveur des pauvres, le fidéicommis appelé par les Loix *de eo quod ſupererit.*

Le ſieur Laval oppoſe, 1°. que le fidéicommis ſuppoſé par l'Hôtel-Dieu n'eſt point établi, du moins en termes ſuffiſans pour grever un enfant & l'empêcher de diſpoſer à ſon gré d'un bien dont la pleine propriété lui étoit affurée par la Loi & par la difposition de fon pere.

Charles Delfieux, après avoir purement & fimplement inftitué Thérefe Delfieux fa fille aînée, & lui avoir ainfi affuré *in vim teftamenti*, une hérédité qu'elle eût également reçue de la Loi, ajoute une derniere claufe, par laquelle il veut, en cas de décès de fes filles fans enfans, » qu'elles foient tenues » d'employer ce qui leur reftera, à la » fin de leurs jours, *en fondations*, » *œuvres pies, ou aux pauvres*, *ainfi* » *qu'elles aviferont* «.

Une claufe auffi vague, auffi incertaine dans fon objet, dans fon exécution, abfolument dépendante de la volonté d'un tiers, pouvant, au gré de ce tiers, être réalifée ou n'avoir aucun effet, fera-t-elle regardée, par les Magiftrats, comme un fidéicommis régulier, capable de lier le grevé & de mettre un obftacle infurmontable à fes difpofitions ?

2°. Si on peut trouver un fidéicommis dans cette claufe, ce feroit une difpofition *univerfelle* de biens, ou en faveur de la caufe pie, ou au profit

162 CHOIX

de gens de main-morte : or ces dif-
politions universelles ont toujours été
réprouvées dans nos mœurs : la Loi
unusquisque, 1. cod. *de sacro sanctis
Ecclesiis*, a été regardée comme ne permettant que des legs d'une partie des
biens, *licentiam habeat bonorum quod
optaverit relinquere*; ce qui signifie
évidemment *la part* que le testateur
voudra, *bonorum quod optaverit*, &
non pas *bona*.

Un Arrêt du 17 Juillet 1619 fait
défenses aux Prêtres de l'*Oratoire d'accepter aucun legs universel*, ou des
sommes excessives.

Brillon, *verbo* Legs, n°. 131, rapporte le plaidoyer de M. d'Aguesseau,
Avocat-Général, dans une Cause jugée
le 19 Février 1691, conformément à
ses conclusions : ce Magistrat observa
» qu'en France, nos Rois n'avoient jamais voulu permettre les institutions
d'héritier par legs universels au profit
des Communautés ; qu'au contraire, ils
les avoient toujours défendues, & que
c'étoit l'esprit de leurs Ordonnances «.

L'Arrêt du 12 Juin 1749, au sujet
de la succession de M. Boyer, Evêque de Mirepoix ; un autre Arrêt du

4 Septembre 1764, rendu pour l'hérédité du sieur de Veyre, domicilié à
Aurillac, ont anéanti deux legs universels au profit des *pauvres honteux*,
auxquels la Cour n'a accordé qu'environ un douzieme du montant des
legs.

3°. En admettant un fidéicommis
dans le testament de Charles Delfieux,
en le supposant valable, & même en
accordant, pour un instant, que l'effet
dût tourner en totalité au profit des
pauvres, il faut examiner, d'après les
Loix, quel en pourroit être le montant.

Ricard, qui rapporte les diverses
Loix du Droit Romain, données au
sujet du legs, *de ce qui restera des
biens de la succession à l'héritier,
au jour de son décès*, observe d'abord,
que » cette espece de fidéicommis, qui
» remet à l'héritier la liberté de dis-
» poser des biens qui lui sont laissés par
» le testateur, puisqu'il ne l'oblige de
» prendre que ce qui lui demeurera,
» ne reçoit de soi d'autres bornes que
» celle de la bonne foi de l'héritier «,
& il transcrit les termes de la Loi

Titius rogatus , ff. ad Sénat. C. Tré-bell.

Ricard ajoute, que l'Empereur Justi-nien, pour faire cesser les difficultés que de semblables dispositions occasion-noient, déclara, par la novelle 108, que le grevé pourroit disposer des trois quarts de la succession, & qu'il n'y auroit » qu'un quart qui fût dans la nécessité du fidéicommis ; & encore avec le tempérament que ce quart, dû par nécessité au fidéicommissaire, pourroit être diminué par l'héritier pour raison des constitutions de dot qu'il étoit obligé de faire ou restituer, &c. « & il rappelle les termes dans lesquels la Loi est conçue.

Ainsi, dans l'espece, Thérese Del-fieux pouvoit, d'un côté, prélever son droit de légitime, qui étoit le tiers de la succession, & la quarte trébellianique, ou quart de l'hérédité, toujours appar-tenant à l'héritier grevé, lorsque le tes-tateur n'a pas prohibé cette détraction. Sur ce qui restoit après ce préleve-ment, la demoiselle Delfieux obte-noit les trois quarts, en vertu de la novelle, & elle ne devoit fournir

que le quart pour remplir le fidéicommis.

4.°. Ces maximes ainsi posées, en
quoi consistoit la succession de Charles
Delfieux ? Pour en fixer la valeur, il
ne faut point oublier que Delfieux faisoit & ne pouvoit faire qu'un commerce très-borné , ne sachant point
écrire, n'ayant jamais eu de Commis,
& étant réduit au seul trafic que peut
faire un Marchand de Province, débi-
tant dans sa boutique, ou portant des
toiles dans les foires & marchés. Il faut
également se rappeler qu'il n'avoit eu
personnellement aucune fortune ; & que
sa femme ne lui avoit porté en dot
que 1500 livres , une fois payées. Ainsi
il faut écarter toute idée d'une fortune
immense.

D'ailleurs, disoit le Défenseur du
sieur Laval , quel est le prétexte des
adversaires pour attaquer , dans un pays
où la liberté de donner est illimitée,
les dispositions de Thérese Delfieux ,
& accabler sa mémoire de reproches
& d'injures ? Ils veulent que le P. Laval, Religieux, oncle du sieur Laval,
donataire & héritier de la demoiselle
Delfieux , ait suggéré la donation & le

teftament , & que, pour enrichir fa famille , le P. Laval ait employé tous les
genres des féduction fur l'efprit de cette
fille. Ils articulent en conféquence
une foule de faits dont ils prétendent
faire réfulter la captation & la fuggeftion.

Mais tout ce que le fieur Laval tient
de la demoifelle Delfieux , lui a été
donné entre vifs , & à caufe de fon
mariage; car le teftament ne fait que
confirmer la donation : or , outre que
l'on n'admet point les faits de fuggeftion contre des donations faites par
contrat de mariage , & à caufe de
noces , tous les faits articulés font
fans vraifemblance , contradictoires les
uns avec les autres , fans commencement de preuve écrite , & partant inad-
miffibles.

1°. Le P. Laval n'a jamais été le
Confeffeur de la demoifelle Delfieux.
Sur quoi donc fonde-t-on la prétendue
obfeffion? Jufqu'ici on n'a pas ofé donner
un principe vicieux & malhonnête à
l'eftime que la demoifelle Delfieux
avoit pour un Religieux refpecté &
refpectable , nommé , pour la troifieme fois, Provincial de fon Ordre. Par

quels moyens auroit-il donc acquis un
empire abfolu fur l'efprit de cette fille?
C'eft, dit-on, en lui parlant d'auftérités,
de cilice, de ferveur : mais comment
croire qu'un Religieux, parlant fans
ceffe, à la demoifelle Delfieux, des
rigueurs de la vie cénobitique, ait cherché à la fubjuguer en lui prêchant la
pénitence ; tandis qu'on le préfente,
d'un autre côté, donnant dans fon cloî-
tre des repas fplendides, des bals, où
cette fille pieufe étoit admife ? Quand
on veut être méchant, il faut au moins
être conféquent. Le Prélat refpectable,
fous lequel vit le P. A...., dont il a
l'eftime & les pouvoirs, auroit-il toléré
ces oublis de toute regle ?

2°. Si le P. Laval eût voulu enrichir fa famille, s'il eût fuggéré les donations, s'il eût été l'arbitre de la volonté de Thérefe Delfieux, il eût empêché la claufe de retour au profit de la
donatrice, en cas de prédécès du donataire fans enfans, puifque cette claufe ex-
cluoit le frere du fieur Laval, & le fur-
plus de fa famille.

3°. Si les actes de la demoifelle Delfieux n'euffent été que le fruit de la
fuggeftion du P. Laval, il l'eût fans

doute empêchée de se réserver la disposition de 30000 livres par la donation portée au contrat de mariage ; ou,
s'il lui eût laissé stipuler cette réserve,
il auroit employé son prétendu crédit
pour rendre la réserve sans effet, en
l'empêchant d'en user : or la demoiselle Delfieux a, sur ces 30000 livres,
disposé de plus de 18000 livres, ainsi
que de tout son linge & de ses hardes, qui forment un objet important.
Les faits de suggestion ne sont donc
que le résultat d'une cabale, qui, pour
parvenir à ses fins, ne respecte ni décence, ni vérité, ni vraisemblance.

4°. Tout ce que la demoiselle Delfieux a fait pour le sieur Laval & sa
femme, a été dicté par l'estime qu'elle
avoit pour l'un, & par la tendresse
dont elle a donné tant de marques à
l'autre. Ce n'étoit ni le sieur Laval,
ni la famille de ce Religieux que la
demoiselle Delfieux envisageoit, quand
elle donnoit au sieur Laval : c'étoit ce
dernier seul personnellement qu'elle aimoit à gratifier ; il étoit le seul objet
& la seule cause de ses libéralités ; & il
n'y avoit en lui aucune incapacité de
les recevoir.

Ainsi,

Ainsi, tout se réunissoit pour faire proscrire les demandes des adversaires du sieur Laval. Aussi, par Arrêt rendu sur les conclusions de M. l'Avocat-Général Joly de Fleury, les donations faites au profit du sieur Laval, par la demoiselle Delfieux, ont été confirmées, ainsi que le testament du 15 Mai 1777 ; en conséquence le sieur Laval a été autorisé à se mettre en possession de tous les titres, meubles & effets qui appartenoient à la demoiselle Delfieux, & à les retirer des mains de tous séquestres & dépositaires. Le sieur Laval a obtenu main-levée des scellés ; & ses adversaires ont été déboutés de leurs demandes, & condamnés aux dépens.

Tome VIII.   H

Mariage déclaré nul , sur le fonde-
ment qu'il manquoit quatre jours
au temps du domicile requis de
l'un des conjoints , sur la paroisse
où le mariage a été contracté.

LE Comte de Marcillac étoit originaire d'une ancienne famille de Péri-
gueux, qui s'étoit établie en Normandie vers la fin du quinzieme siecle. Il
descendoit en droite ligne de François de Marcillac, premier Président du
Parlement de Rouen en 1526.

En 1740, il avoit épousé Catherine
du Tot de Ferrare , qui appartenoit à
l'une des meilleures Maisons de Normandie. Elle décéda à la fleur de son âge,
laissant un mari encore jeune, & deux
enfans, un fils & une fille, qui sortoient
à peine du berceau.

Le Comte de Marcillac , devenu
veuf, continua de vivre dans ses terres. Il en avoit deux , entre autres;
la terre de Bray, située en Picardie,

& celle de la Vauvais, située en Normandie.

Quoique né à Bray, il avoit établi sa résidence à Vauvais. Il y demeuroit avec sa femme, lorsqu'il devint veuf; il continua d'y résider depuis, faisant cependant de fréquens voyages à Bray.

Il étoit à la Vauvais, lorsqu'en 1739 Louise-Angélique-Susanne Scieux, alors âgée de douze ans, entra à son service. Elle étoit née le 15 Juillet 1727, & fille de Pierre Scieux & de Susanne Lesueur. La qualité du pere n'est point énoncée dans l'extrait baptistaire; mais on sait qu'il étoit Tisserand. Son parrain étoit le sieur d'Hagronville, qui avoit épousé la tante du Comte de Marcillac; & la marraine étoit la dame de Roquigny, qui étoit aussi sa parente. C'est à leur recommandation qu'il prit cette petite fille chez lui, ainsi que Pierre Scieux, son frere.

Le frere fut mis au nombre des domestiques. Quant à la fille, c'est un problême de savoir si son emploi, en entrant dans cette maison, fut celui de fille de basse-cour, ou si elle fut confiée aux soins d'une ancienne gou-

H ij

vernante du Comte de Marcillac, qui
étoit à la tête de sa maison en qualité d'économe, & employoit la jeune
Scieux aux détails dont elle étoit elle-
même chargée.

Quoi qu'il en soit, la petite fille
devint grande ; l'âge développa & fixa
ses attraits ; elle plut au Comte. Il en
fut si fort épris, qu'il ne balança pas
de s'engager à l'épouser, par un acte
du 30 Juillet 1747, conçu en ces termes : » Nous nous promettons récipro-
» quement, l'un à l'autre, de nous pren-
» dre en mariage, & pour légitimes
» époux & épouse, sur les Evangiles,
» & nous garder l'un & l'autre sains
» & malades ; ce que nous avons signé
» de notre main, pour nous valoir
» selon Dieu & les hommes, nous
» soumettant à ce que l'Eglise nous or-
» donne à ce sujet «.

Les faveurs d'Angélique furent le
prix de cet engagement, & une grossesse en fut la suite. Soit que la jouis-
sance eût dérobé aux yeux du Comte
une partie du prix de sa conquête,
soit que la réflexion eût gagné le dessus
sur son inclination, il chercha à marier sa maîtresse, &, dans le choix

qu'il fit, il ne témoigna pas qu'il la regardât comme un sujet fort précieux. Il voulut donner pour époux à cette fille, à laquelle il avoit promis de l'élever au rang de sa femme, un des gens de son écurie, nommé *Trochet*; les bans furent même publiés les 11, 18 & 25 Février 1748, à Bellangreville, paroisse de Normandie, dans laquelle est située la terre de la Vauvais, où étoit alors le Comte de Marcillac.

Mais ce mariage fut rompu au moment où il alloit être célébré. Trochet apprit sans doute ce qui étoit encore un mystere pour bien du monde, & ne voulut pas se charger d'une paternité qui lui étoit étrangere : la grossesse pouvoit avoir alors cinq mois de date.

Cette mortification donna des droits à Angélique sur son amant. Elle lui reprocha la foiblesse qu'elle avoit eue pour lui, & qu'il n'avoit obtenue que par une promesse de mariage; que, loin d'accomplir cette promesse, il l'avoit exposée à être le rebut d'un valet d'écurie, qui, sans la tache que le Comte lui avoit imprimée, & qui

H iij

ne pouvoit plus être un myſtere aux
yeux de perſonne, auroit fait ſon bonheur de devenir ſon époux.

Ces reproches, fondés ſur la conduite
du Comte lui-même, & autoriſés par
des faits qu'il ne pouvoit déſavouer,
détruiſirent le ſyſtême que les réflexions
lui avoient inſpiré, & le rappelerent
aux premiers arrangemens que l'amour
avoit dictés. Une ſeconde promeſſe
de mariage, copiée ſur la précédente,
& datée du premier Mars 1748, fut
le gage de ſon retour à ſes premiers
ſentimens.

Enfin, le 14 Juin 1748, Angélique accoucha d'une fille, dont l'extrait baptiſtaire porte : » Françoiſe-
» Angélique-Charlotte-Auguſtine, fille
» de Louiſe-Suſanne-Angélique Scieux,
» qu'elle a déclaré provenir des œuvres
» de M. de Marcillac «.

Cet événement fut un nouvel aiguil-
lon dans la main d'Angélique, pour
exciter ſon amant à tenir les paroles
qu'il avoit données, & à la dédommager de l'obſtacle qu'il avoit apporté
à ſon établiſſement. Mais les réflexions
combattoient ſon inclination, & s'op-
poſoient au déſir qu'il avoit de ſe voir

débarraffé des reproches & des remontrances dont il étoit fans doute continuellement obfédé. Peut-être la diftance que mettoit entre lui & fon
amante la naiffance & la fortune,
n'étoit-elle pas à fes yeux un obftacle qui dût l'empêcher de contracter
l'alliance à laquelle il avoit promis de
confentir. Les graces, la figure, le caractere de fa maîtreffe, pouvoient faire
difparoître cet éloignement qui n'exifte
que par un préjugé qu'il feroit, dans
bien des cas, dangereux de détruire,
mais qui ne manque jamais de paroître
tyrannique à un amant aveuglé par fa
paffion.

Le Comte avoit des enfans; il avoit
une famille nombreufe, dont il redou-
toit les oppofitions & les reproches.
Il fentoit qu'il feroit douloureux, pour
la famille de fa femme, de voir la
place qu'elle occupoit dans la maifon
& dans le lit du fieur de Marcillac,
remplie par la fille d'un Tifferand de
campagne.

Pour concilier autant qu'il étoit en
lui les contradictions intérieures qui le
tourmentoient, il gagna fur fa maîtreffe qu'elle fe contentât de l'alterna-

tive, ou du mariage qui faifoit l'objet de tous fes défirs, ou d'une in-
demnité, s'il éprouvoit trop de tracafferies & des oppofitions trop éclatantes.
En conféquence, le 29 Juillet 1748,
ils rédigerent un acte conçu en ces termes : » En cas que nous ne puiffions
parvenir à accomplir nos promeffes en
face de la Sainte Eglife Catholique,
Apoftolique & Romaine, par oppofition de parens ; je promets, moi Seigneur de Marcillac, pour la récom-
penfer de l'avoir déshonorée, & lui
donne dès à préfent, fur le plus clair
de mes biens, la fomme de 3000 livres ; promets en outre d'élever &
faire inftruire la petite fille que nous
avons eue enfemble, felon la Religion
Catholique, Apoftolique & Romaine,
même de l'établir à fa majorité comme
ma fille, &c. Ce que nous avons figné
tous deux, conformément aux promeffes que nous nous fommes faites
auparavant «.

Pour rendre fa maîtreffe plus digne
de devenir fa femme, & en état de
figurer décemment dans fa maifon en
cette qualité, le Comte de Marcillac
la mit en penfion dans le couvent des

Urſulines d'Amiens. Elle y entra le 3 Novembre 1750, ſous le nom de *Mademoiſelle Tavernier*.

Le 26 Juillet précédent, le Comte de Marcillac avoit fait ſignifier aux habitans de Bray, un acte qui forme une des pieces fondamentales du Procès, & qu'il eſt néceſſaire de copier ici.

» A la requête de Meſſire Louis-François Guillaume de Marcillac, Chevalier, Seigneur de Bray, la Vauvais & autres lieux, demeurant préſentement en ſon Château de Bray, Election d'Amiens, où il fait élection de domicile, il eſt déclaré aux Syndics, habitans, Corps & Communauté dudit village de Bray, à la ſortie de la Meſſe paroiſſiale, en parlant à la plus ſaine partie des habitans, notamment à Jean Mouillard, Syndic, à Louis, à Charles, à Robert, &c. que ledit ſieur Requérant entend faire, cette préſente année 1750, la récolte des grains qu'il a fait enſemencer ſur ſes terres audit terroir de Bray, enſemble recueillir les fruits, & généralement exploiter ladite terre & Seigneurie de Bray, circonſtances & dépendances; pour raiſon deſquelles exploitations le-

H v

dit Seigneur Requérant n'entend être
compris dorénavant dans le rôle des
tailles & autres impofitions de la paroiffe de Bray, attendu que ledit Seigneur entend reftreindre fes priviléges
de nobleffe dans l'exploitation de fadite
terre & Seigneurie de Bray ».

Il ajoute » qu'il déclare auxdits habitans, Corps & Communauté, qu'il a
affermé fa terre & Seigneurie de la Vauvais, circonftances & dépendances, fituées dans la Province de Normandie,
que ledit Seigneur a exploitées jufqu'à ce jour par fes mains ; pourquoi
déclare auxdits habitans que, fi au pré-
judice de la préfente fignification, ils
continuent de comprendre ledit Seigneur dans leurs rôles, il leur fera
fupporter la taille & autres impofitions,
même toutes pertes, dépens, dommages & intérêts : à laquelle fin il a,
auxdits habitans, en parlant comme
deffus, laiffé le préfent exploit, &c. ».

Ces arrangemens pris, le Comte de
Marcillac fe détermina enfin au mariage pour lequel on le follicitoit fi fort.
Il confentit même que fa maîtreffe
fortît du couvent, le 25 Avril 1751,
pour retourner avec lui. Mais il paroît

qu'il étoit inquiété par la crainte des oppofitions & des reproches de fa famille; & pour s'en garantir, il vouloit prendre des mefures qui puffent leur dérober la connoiffance de cette démarche. On voit, par un certificat du fieur le Long, Curé de Bray, que » le fieur de Marcillac l'avoit requis » & follicité inftamment de publier » fes bans de mariage d'une voix & » d'une prononciation à n'être entendu » de perfonne «. Et ce Curé ajoute que le fieur de Marcillac s'étoit propofé de ne faire publier qu'un ban, & d'obtenir la difpenfe des deux autres.

Quoi qu'il en foit, les bans furent publiés folennellement & en la maniere accoutumée: le Curé de Bray en donna fon certificat le 20 Juillet 1751, qui porte » qu'il a proclamé, par trois jours de Dimanche, les bans du futur mariage, d'entre Louis-François-Guillaume de Marcillac, de ma Paroiffe, d'une part; & de Louife-Sufanne-Angélique Scieux, de la Paroiffe de Saint-Germain d'Amiens (où elle étoit alors en penfion dans un couvent), ci-devant de ma Paroiffe, d'autre part, fans qu'il fe foit trouvé aucune oppo-

H vj

sition ni empêchement. Il ajoute qu'il délivre le présent certificat, pour que les Parties puissent procéder à la bénédiction nuptiale «.

Le lendemain, 21 Juillet 1751, le contrat de mariage fut passé devant les Notaires d'Amiens, » entre le sieur de Marcillac, demeurant ordinairement à Bray, étant cejourd'hui audit Amiens, & Pierre Scieux, demeurant audit Bray, stipulant pour Louise-Susanne-Angélique Scieux, sa sœur & pupille ; lesquels Seigneur & demoiselle, pour parvenir au mariage projeté, & accomplir les promesses réciproques qu'il se sont faites de s'unir par le Sacrement de mariage, ont déclaré que sur la foi d'icelui, il est issu d'eux une fille, dont la demoiselle future épouse est accouchée le 14 Juin 1748 ; laquelle ils reconnoissent pour leur enfant, qu'ils entendent être légitimée par le mariage subséquent, qu'ils promettent de faire célébrer incessamment, &c. «.

Il le fut en effet le lendemain 22 du même mois, dans l'église de Saint-Germain d'Amiens, suivant le certificat du Curé de cette Paroisse, portant : » qu'après la publication de trois bans en la Paroiffe de Bray, les fiançailles hier célébrées en la maniere accoutumée, fe font mariés, par-devant lui, M. de Marcillac, Seigneur de Bray & autres lieux, veuf de demoifelle Marie-Catherine-Julie Ferrare, de la Paroiffe de Bray; & demoifelle Louife-Sufanne Scieux, en préfence de Me. Alexandre-Auguftin Boullard, Prêtre; de Louis-Honoré Boullard; de Me. Yves Feuilloy, & de Charlotte de Somme, qui ont figné avec moi «.

Les deux nouveaux époux ne fe réunirent pas pour long-temps dans le même domicile; ils n'y pafferent enfemble que trois jours, au bout defquels la femme retourna dans fon couvent, où elle refta toujours fous le nom qu'elle avoit pris en y entrant, jufqu'après la mort du Comte de Marcillac, qui arriva le 7 Mars 1752. Ce fait eft conftaté par un certificat de la Supérieure des Urfulines, conçu en ces termes : » Louife-Sufanne-Angélique *Siure* (Scieux) eft entrée dans cette maifon, le 3 Novembre 1750, fous le nom de mademoifelle Tavernier. Elle eft fortie le 25 du mois d'Avril 1751 ; elle est rentrée le 25 du mois de Juillet 1751 ; elle est sortie, en dernier lieu, le 11 Mars 1752. Elle n'y a jamais été connue que sous le nom de mademoiselle la-vernier, jusqu'à la mort de feu M. de Marcillac. Ce que je certifie vé-ritable. A Amiens, le 18 Mars 1752. *Signé* Sœur AGNÈS, Supérieure des Ursulines d'Amiens ".

Ce mariage n'étoit cependant pas ignoré dans le couvent. La preuve en est consignée dans une lettre d'une Sœur Dorothée, Religieuse dans le même monastere, qui, le 22 Octo-bre 1751, écrivoit au Comte de Mar-cillac, que » la façon dont il lui par-loit, lui prouvoit le désir qu'il avoit qu'elle pût acquérir une éducation digne de l'état où sa tendresse l'avoit élevée ".

A la mort du sieur de Marcillac, son fils, Officier aux Gardes Françoi-ses, étoit à Paris pour son service. Il ne fut instruit du décès du Comté, son pere, que plusieurs jours après l'événement. Ainsi il lui fut impos-sible de lui rendre les derniers de-voirs.

La demoiselle de Marcillac, sa fille, qui étoit dans un couvent, ne fut elle-même instruite de la perte qu'elle venoit de faire, que quand son frere l'eut informée de leur malheur commun.

A peine le Comte de Marcillac eut-il les yeux fermés, que les Officiers de la Justice de Bray profiterent de l'absence des enfans, s'empresserent de mettre les scellés, non seulement à Bray, mais à la Vauvais, & dans la terre du Tot.

Ce fut alors que la seconde femme du Comte sortit de son couvent pour se présenter au Bailliage d'Amiens, où elle obtint, le 11 Mars 1752, une Ordonnance qui lui permit de faire apposer les scellés dans toutes les terres.

Les Officiers du Bailliage s'y transporterent aussi-tôt, & croiserent les scellés des Officiers de Bray.

Les Juges du Bailliage d'Orques, ayant aussi été requis de les apposer, ne purent pareillement que les croiser. Voilà donc trois scellés cumulés les uns sur les autres.

Ces formalités ainsi remplies, la

veuve obtint au Bailliage d'Amiens une Ordonnance qui lui permit de faire procéder à l'inventaire.

Cette Ordonnance fut attaquée par le fils du défunt, qui, le 19 Avril 1752, obtint un Arrêt qui renvoya à l'Audience. Le 10 Mai suivant, il se fit recevoir appelant comme d'abus du second mariage de son pere; & , par Arrêt contradictoire du 14 Juin, il fut autorisé à faire procéder à l'inventaire, en présence de Marie-Susanne-Angélique Scieux, & de son curateur, ou eux dûment appelés.

Les assignations furent données, & la veuve fut représentée à l'inventaire, par un Procureur actif & intelligent, qui stipula ses intérêts avec le plus grand soin, porta sur les papiers une attention singuliere, & ne négligea rien de ce qui pouvoit assurer les prétentions de sa Partie.

Ces détails auront leur application dans la suite.

Quant à l'appel comme d'abus, voici sur quoi on le fondoit. Le mariage, disoit le Comte de Marcillac fils, n'a été célébré ni en présence, ni par le concours du propre Curé des Parties. Celui de Bray, sous les auspices duquel la Bénédiction nuptiale avoit été administrée à Amiens, n'étoit le propre Curé ni de la fille, ni de Pierre Scieux, son tuteur, ni même du Comte de Marcillac : le Curé de Bellangreville seul étoit le Pasteur de toutes les Parties.

Pour que celui de Bray eût pu avoir cette qualité, il auroit fallu qu'ils eussent acquis un domicile d'un an à Bray; parce que la Paroisse de Bellangreville, où ils avoient toujours demeuré, est du Diocese de Rouen, & que celle de Bray, où le Comte de Marcillac avoit transféré son domicile, est dans le Diocese d'Amiens. Ainsi il avoit non seulement changé de Paroisse, mais il avoit changé de Diocese, & même de Province.

Or l'Edit du mois de Mars 1697, dans lequel le Législateur s'est proposé » d'établir expressément la qualité du » domicile tel qu'il est nécessaire pour » contracter mariage en qualité d'ha- » bitant d'une Paroisse, porte, que les » Curés ne peuvent conjoindre par » mariage, autres personnes que ceux

» qui font leurs vrais & ordinaires
» paroiffiens, demeurans actuellement
» & publiquement dans leurs Paroiffes,
» au moins depuis fix mois quand ils
» n'ont pas changé de Diocefe, & de-
» puis un an quand ils demeuroient
» dans un autre Diocefe «.

Le Comte de Marcillac avoit-il à
Bray cette année de domicile qui
lui étoit néceffaire, puifqu'il s'y étoit
tranfplanté d'un autre Diocefe ? Non
fans doute ; & l'acte du 26 Juillet
1750 en fournit la preuve. C'eft par
cet acte qu'il fe conftitue domicilié à
Bray : ce domicile n'exifte donc que
de ce jour-là ; il étoit donc ailleurs
auparavant. Où étoit-il ? Le même acte
nous l'apprend. Il déclare aux habitans, Corps & Communauté de Bray,
*qu'il a affermé fa terre & Seigneurie
de la Vauvais, circonftances & dépendances, fituées dans la Province
de Normandie, que ledit Seigneur* A
EXPLOITÉES JUSQU'A CE JOUR PAR SES
MAINS.

Il n'avoit donc véritablement &
réellement quitté le domicile de la Vauvais, que le 26 Juillet 1750 ; & il
s'étoit marié le 22 Juillet 1751. S'il

ne se fût marié que le 26, au lieu du 22, le mariage auroit été valable, puisque les Parties auroient eu acquis à Bray une année entiere de domicile. Mais la célébration ayant été faite le 22, au lieu du 26, il manquoit quatre jours pour que l'année entiere du domicile à Bray fût complette.

C'est sur ce fondement que M. Bochard, aujourd'hui Président à Mortier, alors Avocat-Général, conclut à la nullité du mariage; &, par Arrêt du 15 Février 1755, il fut dit que ce mariage avoit été mal, nullement & abusivement contracté; il fut fait défenses à Louise-Susanne-Angélique Scieux de prendre la qualité de veuve du sieur de Marcillac, d'en porter le nom & les armes, &c.

Cet Arrêt, en enlevant à la mere la qualité de veuve, enlevoit à sa fille celle de fille légitime & d'héritiere de son pere.

La succession passa par conséquent aux collatéraux, le Comte de Marcillac fils étant décédé pendant le cours des plaidoiries, & la demoiselle de Marcillac, sa sœur, en 1757.

Le sieur le Canu, un des héritiers

collatéraux, recueillit pour ſa part la
terre de Bray. Il reçut en même temps
différentes pieces, dont les unes avoient
été compriſes dans l'inventaire du Comte
de Marcillac pere, les autres n'avoient
pas été inventoriées. Il crut voir que
les unes & les autres avoient été recélées lors de la plaidoirie ſur l'appel
comme d'abus, & voulut réparer la
ſurpriſe qui avoit été faite à la religion
des Magiſtrats.

Pour dédommager la ſeconde fille
du Comte de Marcillac du tort que
cette ſurpriſe avoit faite à ſa naiſſance
& à ſa fortune, il prit le parti d'en
faire ſa femme. Il la demanda à la mere.
Celle-ci répondit que, » ces idées de
fortune, ſorties de ſon eſprit, n'étoient
pas entrées dans celui de ſa fille, qui
vivoit tranquillement avec elle dans un
couvent, & qu'elle ne vouloit pas renouveler l'offenſe faite à la mémoire
du Comte de Marcillac «.

Le ſieur le Canu ne crut pas devoir
combattre un motif auſſi généreux, &
épouſa une autre femme. Devenu veuf
peu de temps après, il offrit une ſeconde
fois ſa main à la même perſonne. Cette
perſévérance, fondée ſur un principe

d'équité; & fur une générofité dont
il eft peu d'exemples, toucha la mere
& la fille. Le mariage fut célébré à
Amiens le 20 Avril 1773. Mais on
fit attention que les collatéraux, qui
étoient accoûtumés à trouver des nul-
lités dans les mariages qui leur enle-
voient des fucceffions, pourroient encore attaquer celui-ci, fous prétexte
que les deux époux n'avoient point obtenu de difpenfe, quoiqu'ils fuffent parens. L'Evêque d'Amiens leur en accorda une; & ils réhabiliterent leur
mariage le 26 Juin de la même année.

La dame le Canu, qui venoit d'at-
teindre fa majorité, obtint, conjointe-
ment avec fon mari, des lettres de
Requête civile. Elle forma fa demande
en entérinement contre les collatéraux
qui avoient recueilli la fucceffion de
fon pere; & leur conduite différente
ajoute, difoit fon Défenfeur (a), un
nouveau degré d'intérêt à cette affaire.

Le Chevalier & la demoifelle le Canu, animés des mêmes fentimens que
leur frere, ont déclaré, par leurs défenfes, qu'ils n'entendoient contefter,

_____

M. Doillot.

& n'avoient aucun moyen contre la Requête civile, quoiqu'ils y fussent intéressés comme héritiers.

Une seconde branche d'héritiers étoit composée de deux têtes, la dame Dancourt & la dame de Toufreville, sa sœur. La dame de Toufreville a répondu à l'assignation, par une lettre du 5 Mars 1775, adressée au sieur le Canu.

» Je n'ai rien de plus pressé, Monsieur, lui dit-elle, que de vous faire mon sincere compliment sur le mariage que vous venez de contracter avec mademoiselle de Marcillac, dont j'apprends dans le moment la bonne nouvelle par un Officier qui m'a fait signification de votre part. A cet égard, je vous prie, Monsieur, de vouloir bien prendre votre route par ici, avec madame votre femme ; nous converserons ensemble sur les objets qui peuvent vous intéresser. Vous pouvez dès à présent vous mettre en possession de la petite ferme de Godefroy, dont je n'ai jamais joui ni voulu jouir, rapport à madame votre femme. Je pense, Monsieur, qu'il sera aisé de nous arranger, si toutefois vous avez quelques répétitions à faire fur ma part de la réverfion de la dot de feue ma fœur, madame de Marcillac (premiere femme), morte en 1773. Faites-moi le plaifir, Monfieur, de me man-der fi vous & madame votre femme viendrez me voir, & dans quel temps. Je fouhaite cela avec impatience, & de faire connoiffance avec vous deux; le plus tôt fera le mieux. J'aurai la fa-tisfaction de vous dire de vive voix, combien je fuis enchantée du choix que vous avez fait, & combien je loue la nobleffe de vos fentimens ".

Ainfi, la dame de Toufreville, reconnoiffant que la dame le Canu eft fille légitime & par conféquent feule héritiere du Comte de Marcillac, lui a remis la terre de Godefroy, qui étoit tombée dans fon lot : & fi elle pré-voit n'avoir point à rendre fur fa part la dot de la Comteffe de Marcillac, fa fœur, c'eft que la dame le Canu n'en pouvoit être héritiere, n'étant fille que de la feconde femme.

En conféquence, la dame de Tou-freville donna les mêmes défenfes que le Chevalier & la demoifelle le Canu;

favoir, qu'elle n'entendoit pas contefter, & n'avoit aucun moyen à oppofer à l'entérinement de là Requête
civile.

A l'égard de la dame Dancourt,
fa fœur, elle s'oppofa à cet entérinement, ainfi que les fieurs Dacheux
& de Bellangreville, héritiers d'une
autre branche.

Telles ont été jufqu'ici, difoit M.
Doillot, dans l'ordre civil, les incertitudes de l'état de la dame le Canu.
Née dans les humiliations de l'illégitimité, le mariage de fa mere avec
fon pere l'avoit élevée à la dignité de
fille légitime du Comte de Marcillac.
Précipitée, par l'Arrêt de 1755, dans
les humiliations de fa naiffance, le fieur
le Canu l'a élevée jufqu'à lui. Le frere,
la fœur, la dame de Toufreville leur
tendent les bras, ainfi qu'à deux enfans déjà nés, & à un troifieme prêt
à naître.

Mais écartons ou du moins fufpen-
dons, difoit M. Doillot, les fentimens,
pour nous occuper de la difcuffion des
moyens. D'un côté, une mineure non
valablement défendue; de l'autre, pieces
décifives

décisives nouvellement recouvrées, & retenues par les enfans du premier lit.

Les Jugemens souverains, intervenus entre majeurs, ne peuvent être rétractés par la voie de la Requête civile, sous prétexte que les majeurs n'auroient pas été défendus valablement. Ils ont, aux yeux de la Loi, la capacité nécessaire pour veiller à leur défense ; c'est à eux à en user comme ils le jugent à propos ; sans quoi il n'est point de majeur qui, après avoir succombé, n'employât cette ressource, & l'autorité de la chose souverainement jugée seroit sans cesse éludée.

Mais l'Ordonnance, après avoir accordé, par l'article 34, aux majeurs, plusieurs ouvertures de Requête civile, ajoute, article 35 : » Les Ecclésiastiques, » les Communautés & les mineurs seront encore reçus à se pourvoir par » Requête civile, s'ils n'ont été dé- » fendus, ou s'ils ne l'ont été vala- » blement «.

C'est un moyen particulier pour les mineurs, de même que pour les Communautés & les Ecclésiastiques, parce que les droits de l'Eglise n'étant dé-

fendus que par des titulaires paſſagers,
ceux des Communautés par des Syndics,
ceux des mineurs par des tuteurs, la
Loi préſume que les uns & les autres
peuvent ne l'avoir pas été avec le
même zele qu'on apporte pour ſes droits
perſonnels ; & tout mineur devenu
majeur peut profiter du ſecours de la
Loi.

Peu importe que les tuteurs fuſſent
des étrangers, des parens, un pere ou
une mere, la Loi ne diſtingue pas. Il
importe peu auſſi que l'intérêt des tuteurs fût le même que celui de leurs
pupilles, & que ces intérêts fuſſent
indiviſibles. Le tuteur majeur ne ſeroit pas recevable à dire qu'il s'eſt
mal défendu ; le mineur y eſt admis. La préſomption légale eſt en faveur de l'un ; elle n'eſt pas en faveur
de l'autre.

La dame le Canu étoit Partie, lors
de l'Arrêt de 1755, ſous l'autorité de
ſa mere tutrice. La mere y étoit perſonnellement en ſon nom : elle ne
pouvoit être déclarée femme & veuve
du Comte de Marcillac, ſans que
la dame le Canu fût déclarée leur fille
légitime. Les intérêts étoient les mê-

mes ; ils étoient indivisibles. Cependant
la mineure peut exciper de la défense
non-valable qui fut employée pour
elle, quoique sa mere soit privée de
cet avantage ; & si la fille réussit, la
mere profitera de son succès ; parce que
les questions d'état, telles que celles
qui ont pour objet la validité ou l'in-
validité des mariages, étant indivisibles,
c'est le cas où le mineur releve le majeur : il le releve dans la rétractation
des Jugemens, comme dans la restitution contre les actes.

Voyons donc si la mineure a été
valablement défendue ; car, comme
dit Jousse, si les principales défenses
de droit & de fait ont été omises,
quoique les Arrêts soient contradictoires, en sorte qu'il paroisse que le défaut
de défenses omises ait donné lieu à ce
qui a été jugé, & qui l'auroit été autrement, le mineur n'a pas été valablement défendu comme l'Ordonnance le
requiert.

En vain diroit-on que la mere & la
fille, en 1755, ont trouvé, en la Cour,
l'accès le plus facile ; que leur Défenseur a fait les plus grands efforts ; que
la Cause a été plaidée solennellement

I ij

pendant six audiences; qu'il y a eu un Mémoire imprimé, point de précipitation, point de surprise, & qu'il est hors de la vraisemblance qu'une défense si complette n'ait pas été valable. C'est, à la vérité, l'extérieur d'une défense quelconque : mais si elle a manqué par le fondement, par l'omission du fait & du point de droit capital; si, au lieu de ramener les enfans du premier lit à la véritable question, on s'est contenté de les suivre dans celles qu'il leur a plu de traiter; quelque étendue que l'on ait donnée à des questions étrangeres, le moyen de la défense non-valable n'en subsiste pas moins.

Or, quelles ont été les questions sur l'appel comme d'abus? Le mariage avoit été célébré par le Curé de la Paroisse de Saint-Germain d'Amiens, où la fille étoit alors en couvent. Mais il l'avoit été avec la permission du Curé de la Paroisse de Bray, qui y avoit concouru comme propre Curé du Comte de Marcillac, & par conséquent de la future épouse : parce qu'étant mineure sous la tutelle de son frere, & celui-ci demeurant avec son maître, si le

Curé de Bray étoit le Curé du Comte de Marcillac, il l'étoit de toutes les Parties.

Les enfans du premier lit soutenoient au contraire que le Curé de Vauvais étoit le propre Curé de leur pere, parce qu'il avoit eu son domicile sur cette Paroisse jusqu'au 26 Juillet 1750 : ils convenoient qu'à cette époque son domicile avoit été persévéramment à Bray, & que, s'il s'étoit marié quatre jours plus tard, son mariage auroit été valable.

La mere & la fille convenoient, avec leurs adversaires, de la nécessité de l'année entiere, & se bornoient à prouver, dans le fait, qu'elle l'étoit effectivement. Mais si l'année de domicile n'étoit pas nécessaire à Bray, la mere & la fille ont été mal défendues dans le point de droit.

Pour que le systême proposé d'un côté, & adopté de l'autre, pût être vrai, il faudroit qu'avant l'année qui a précédé le mariage, le Comte de Marcillac eût été domicilié à la Vauvais; pour qu'il y fût réputé domicilié, il faudroit qu'il y eût constamment demeuré. Mais avant le 26 Juil-

I iij

let 1750, qui eſt l'époque donnée
par les collatéraux, où avoit demeuré
le Comte de Marcillac ? C'eſt ce qu'on
peut découvrir, en réuniſſant les actes
que l'on avoit en 1755, avec ceux qui
ont été recouvrés depuis.

Or on voit que, dans tout le cours
de ſa vie, le Comte de Marcillac a
paſſé plus de ſoixante actes à Bray
en Picardie, & dix-huit ſeulement à
la Vauvais. Voilà le fait. A l'égard
de l'intention, c'eſt dans les actions
du Comte de Marcillac qu'il faut la
chercher, & dans des temps non ſuſ-
pects.

Or le Curé de Bray atteſte, par
un certificat : ″ 1°. que depuis 1741,
au mois de Juillet, qu'il eſt Curé
de cette Paroiſſe, M. de Marcillac y
a fait ſes Pâques, les années ſuivantes,
juſqu'en 1746 ; ſi ce n'eſt une année
dont le ſouſſigné ne ſe ſouvient pas,
en laquelle il lui dit les avoir faites en
la ville d'Eu, où il étoit pour affaires ;
& en 1745, en laquelle il les fit à
Amiens, après en avoir parlé à l'Evêque, pour un Procès qu'il avoit avec
le ſouſſigné ; que depuis 1746 juſqu'en 1751, M. de Marcillac a fait

ſes Pâques à Bray, ſans interruption, & y a fait ſa confeſſion du Jubilé au temps des Avents 1751. 2°. Que dame Louiſe-Suſanne Scieux, épouſe du ſieur de Marcillac, a fait ſes Pâques audit Bray, les années 1746; 47, 49 & 50. La raiſon pour laquelle elle ne les fit pas en 1748, eſt qu'elle étoit allée à Amiens pour faire ſes couches, d'où elle revint à Bray, les derniers jours de Juin de la même année. 3°. Que Pierre Scieux (frere & tuteur de ſa ſœur) a pareillement fait ſes Pâques à Bray les années 1747, 48, 49, 50 & 51 «. Il y avoit donc dix ans que le Comte de Marcillac, & plus de cinq ans, que la fille & ſon tuteur rempliſſoient à Bray les devoirs de chrétiens & de paroiſſiens.

Mais, dit-on, le certificat du Curé de Bray, concernant la célébration des Pâques & du *Jubilé*, n'a été donné que pour couvrir la faute qu'il avoit faite d'avoir concouru au mariage de ſon Seigneur, qui n'étoit pas ſon véritable paroiſſien.

Ce reproche pourroit avoir quelque prétexte, ſi l'on rapportoit un certificat des Pâques & du Jubilé, de la

I iv

part du Curé de la Vauvais, dans
les mêmes années ; mais on n'en produit point ; & alors il faut admettre
de deux chofes l'une, ou que le certificat du Curé de Bray eft vrai &
fincere ; ou dire, fi l'on veut qu'il
foit fuppofé, que le Comte de Marcillac, dans toutes les années antérieures à fon mariage, ne fatisfaifoit
pas à fon devoir de chrétien. Mais fi
l'on n'oppofe rien au fait attefté par
le Curé de Bray, alors le domicile
de fait & d'intention, dans cette Paroiffe, eft conftant ; & alors, quand le
Comte de Marcillac a fignifié aux habitans de Bray l'acte du 26 Juillet 1750,
il n'avoit pas befoin, depuis cet acte,
d'une année entiere de réfidence, n'é-
tant pas cenfé y être venu d'un Diocefe
étranger.

Mais le Comte de Marcillac ne rem-
pliffoit pas feulement fes devoirs de
chrétien dans la Paroiffe de Bray; il y
fatisfaifoit auffi à fes devoirs de citoyen.
Une foule de quittances trouvées à fon
inventaire prouvent qu'il payoit habi-
tuellement la capitation dans cette Paroiffe. Il y avoit même, parmi fes
papiers, une Requête préfentée à l'In-

tendant de Rouen, par laquelle il demandoit la décharge de son imposition dans cette Généralité, parce qu'il la payoit dans la Généralité d'Amiens.

Le devoir de citoyen se réunissoit donc au devoir de chrétien, pour prouver que l'intention du Comte de Marcillac étoit d'être domicilié à Bray; car on sait que, suivant les principes, pour prouver cette intention, il faut chercher, *ubi quis Pascha celebraverit*, dit d'Argentré, sur l'article 449 de la Coutume de Bretagne. *Si quis negocia sua in municipio semper agit, in illo vendit, emit, contrahit, eo in foro, balineo, spectaculis utitur, ibi festos dies celebrat, omnibus denique municipii commodis fuitur, ibi magis habere domicilium, quàm ubi, colendi causâ, diversatur. L. 27, §. 1, ff. ad municip.*

Les mêmes Loix veulent encore que le domicile d'intention se décide par le lieu où l'on établit le principal siége de sa fortune & de ses affaires: *In eodem loco singulos habere domicilium non ambigitur, ubi larem, rerumque & fortunarum suarum sum-*

I v

mam conſtituit. L. 7 , *cod. de in-*
colis.

Or la comparaiſon des inventaires
faits à Bray & à la Vauvais prouvent
que l'argent comptant, l'argenterie,
les équipages, les proviſions des caves
& des celliers étoient à Bray, tandis
qu'il n'y avoit à la Vauvais que ce
qui étoit néceſſaire pour des voyages,
& , pour ainſi dire , pour des campe-
mens.

Enfin, le domicile d'origine étoit évidemment à Bray. Le Comte de Marcillac y étoit né , & y avoit été baptiſé
en 1692 , ſon frere en 1693 , ſa ſœur
en 1700 : ſa mere y avoit été inhumée
dans la même année. La terre de Bray
a le titre de Comté; au lieu que l'autre n'eſt connue que ſous la dénomi-
nation de *ferme de la Vauvais.* Enfin , il en portoit le nom , puiſqu'il ſi-
gnoit quelquefois *de Bray de Mar-*
cillac., & faiſoit appeler ſon fils *le Vi-*
comte de Bray.

Voilà le point de droit que l'on a
omis de faire valoir pour la mineure
en 1755 , & qui devient pour elle une
ouverture de Requête civile. Auſſi, di-

foit M. Doillot, les Adverfaires ne veulent-ils plus confidérer ni le fait de la demeure juftifié par les actes, ni les actions folennelles qui prouvent l'intention. Ils fe bornent, pour ainfi dire, à la déclaration de domicile, qu'ils prétendent avoir été faite, par le Comte de Marcillac, dans l'acte du 26 Juillet 1750. Mais c'eft dénaturer cet acte que de vouloir lui imprimer les caracteres d'une déclaration de domicile nouveau. Pour en découvrir la nature, il faut le placer au milieu des pieces qui ont été nouvellement recouvrées, & qui étoient recélées par le fieur de Marcillac fils, & fa fœur.

La preuve que ces pieces, qui étoient en très-grand nombre, étoient retenues & cachées par le fait des enfans du Comte de Marcillac, c'eft qu'ils avoient le plus grand intérêt d'empêcher la preuve du domicile de plus d'un an à Bray avant le mariage; au lieu que la feconde femme & fa fille, qui avoient un intérêt tout contraire, n'auroient pas manqué de les mettre au grand jour, d'en tirer les argumens qui en réfultoient en leur faveur, & de les mettre fous les yeux de leur Défenfeur

I vj

& du Miniftere public, qui n'en ont eu aucune connoiffance.

Or ces pieces nouvelles ne font pas feulement des lettres, ce font des procédures civiles & criminelles, des exploits, des contrats d'acquifition, des actes de retrait, des quittances de capitation, &c.

Nous n'entrerons point ici dans le détail des faits & des argumens fur lefquels M. Doillot fe fondoit, pour établir que les pieces fur lefquelles il appuyoit fa demande en entérinement de Requête civile étoient décifives. Ce détail, qui étoit effentiel au fuccès de la Caufe qu'il foutenoit, ne contribueroit ni à l'amufement, ni à l'inftruction de nos Lecteurs.

Qu'il fuffife donc de jeter un coup-d'œil fur la maniere dont il lioit l'acte du 26 Juillet 1750, avec d'autres qui l'avoient précédé, pour établir que le domicile du fieur de Marcillac étoit véritablement à Bray avant cette époque.

Le 8 Octobre 1749, il paffe un bail de neuf années de fa terre de la Vauvais, qu'il avoit fait valoir jufque-là par fes mains, & qu'il comp-

toit ne plus faire valoir. Bien avant
ce bail, il avoit fait enfemencer perfonnellement fes terres de Bray. Le
13 Novembre fuivant, il fait donner
un exploit d'affignation, dans lequel
il fait élection de domicile à Bray.
Dans la même année, il paye fa capitation en Picardie : il reçoit une
foule de lettres de différentes perfonnes
qui lui font adreffées à Bray, d'après
l'indication qu'il leur en avoit donnée lui-même.

C'eft dans ces circonftances qu'il
crut devoir faire fignifier à fes habitans de Bray l'acte du 26 Juillet. On
a prétendu que c'étoit un acte de
tranflation de domicile ; on a même
fuppofé que cette tranflation n'avoit
d'autre objet que la célébration du
mariage. Mais, outre que le Comte
de Marcillac n'avoit pas befoin de faire
la confidence de ce projet à fes habitans, l'acte étoit fait dans des vûes
toutes différentes. Ayant affermé la
Vauvais, & voulant faire valoir Bray
par fes mains, il étoit naturel qu'il
fît favoir à fes habitans que, n'ex-
ploitant plus rien en Normandie, il
vouloit jouir des priviléges de fa no-

bleffe dans le lieu où il avoit formé
fon établiffement. S'il a dit dans cet
acte, qu'il demeuroit préfentement à
Bray, que c'eft là qu'il fait élection
de domicile, cela ne veut pas dire
qu'il n'y demeuroit que depuis le 26
Juillet ; & l'élection de domicile qu'il
annonce ne donne pas à entendre que
c'eft une demeure qu'il a choifie nouvellement. C'eft une formalité prefcrite
par l'Ordonnance à laquelle il a dû
fe foumettre, pour la validité de l'exploit. Quand même cet acte n'auroit
pas été fignifié, il n'en auroit pas été
moins vrai que le fieur de Marcillac demeuroit antérieurement à Bray ; & parce
qu'il n'en a fait la déclaration extraju-
diciaire que ce jour-là, cela détruit-
il un fait antérieur & notoirement
connu ?

Il eft vrai que cet exploit étant le
feul de 1750, qui fût connu en 1755,
on pouvoit être la dupe de fes expreffions, *demeurant préfentement à Bray,*
où il fait élection de domicile. On
pouvoit croire que ce n'étoit précifément que de ce jour-là qu'il y étoit.
Mais l'acte étant replacé au milieu de
ceux qui l'avoient précédé, & qui

étoient inconnus alors, il devient totalement inutile à la queftion du domicile de fait. Ce n'eft pas de ce jour unique qu'il faut compter l'année. C'eft faire violence à l'efprit de l'acte & à fes termes, que d'y donner une femblable interprétation. Ce n'eft donc que le recélé des pieces antérieures qui a pu la favorifer.

Tels étoient en fubftance les moyens employés par la dame le Canu.

Si l'Arrêt de 1755, difoit le Défenfeur des collatéraux (a), n'eût pas été préparé par la difcuffion la plus contradictoire & la plus complette ; fi l'on pouvoit alléguer qu'Angélique Scieux n'a pas eu le temps de propofer fes moyens, qu'il y a eu précipitation dans l'inftruction, & furprife dans le jugement : l'allégation de la non-valable défenfe auroit peut-être quelque apparence.

Mais c'eft après trois années de procédures, après fix audiences publiques & folennelles, c'eft fur le vu de toutes les pieces, & fur les conclufions du

_____

(a) M. le Roy, ancien Lieutenant-Général au Bailliage du Palais.

Miniſtere public que l'Arrêt a été rendu.

D'abord la dame le Canu n'avoit pas un intérêt différent de celui de ſa mere ; & certainement ſa mere auroit été non-recevable à ſe pourvoir par Requête civile contre l'Arrêt de 1755. Elle avoit épuiſé pour ſa défenſe tous les moyens de fait & de droit. Ayant le même intérêt, ſon intérêt étant même indiviſible de celui de ſa mere, elle eſt donc également non-recevable.

Mais quand ſon ſort n'auroit pas dépendu de celui de ſa mere, ne ſuffiroit-il pas qu'elle eût été défendue avec ſoin, pour qu'elle ne pût pas ſe pourvoir aujourd'hui par Requête civile ?

En effet, toutes les précautions de la Loi ont été priſes, toutes les formalités remplies ; toutes les pieces eſſentielles conſultées, appréciées, jugées ; en un mot, toutes les reſſources d'une défenſe judiciaire ont été employées contre l'appel comme d'abus.

Il eſt d'ailleurs inconteſtable en Juriſprudence, que des mineurs qui ont une Cauſe commune avec des freres ou cohéritiers majeurs, ſont non-recevables à attaquer les Arrêts rendus contre eux & contre leurs freres & co-héritiers. Ce point important a été jugé par un grand nombre d'Arrêts. Mais il suffit d'en indiquer deux qui se trouvent sous les dates des 21 Juillet 1695 & 19 Avril 1696. Ce dernier est très-célebre, & a jugé que des mineurs qui prétendent avoir été mal défendus ne doivent point être écoutés, s'il y a eu en cause des majeurs qui se sont défendus.

Or la dame le Canu pouvoit-elle avoir une tutrice plus zélée que sa mere, plus intéressée au succès, plus active à rassembler tous ses titres, à les faire servir à la défense de son état, & par conséquent à la défense de l'état de sa fille ?

Que seroit-ce d'ailleurs, si, dans des matieres & dans des circonstances pareilles, des enfans devenus majeurs pouvoient remettre en question ce qui a été solennellement jugé avec leurs meres ? On verroit renaître ces contestations au bout de quinze, dix-huit & vingt ans. A mesure que les enfans atteindroient leur majorité, les Tribunaux retentiroient de leurs plaintes. Ja-

mais ils n'auroient été valablement
défendus ; toujours il auroit été omis
quelque moyen de fait & de droit.
L'écrit le plus indifférent , le plus mé-
prifable chiffon deviendroit à leurs yeux
une piece nouvelle , une piece recélée
par leurs adverfaires , une piece décifive. Il faut cependant que les Procès
finiffent : *neceffe eft aliquem effe li-
tium finem.* Il faut que les familles ne
foient pas perpétuellement expofées à
l'orage des paffions , & que des enfans
légitimes, après avoir été forcés de relever les foibleffes d'un pere , puiffent,
ou leurs héritiers , efpérer un terme à
leur douleur.

Nous ne fuivrons point M. le Roy
dans les détails où la néceffité de la
défenfe de fes Cliens l'a forcé d'entrer.
Il fait voir que tous les moyens employés par la dame le Canu , l'avoient
été par fa mere en 1755. Or fi , pour
obtenir l'entérinement d'une Requête
civile , on n'employe que les mêmes
moyens que l'on faifoit valoir lors de
l'Arrêt contre lequel on fe pourvoit,
on ne peut pas être admis à l'attaquer fous prétexte d'une non-valable
défenfe.

C'eſt donc en vain que la dame le Canu préſente elle-même comme moyens de Requête civile ceux que ſa mere avoit propoſés ſur la queſtion d'état, & qui ont été rejetés par l'Arrêt de 1755. Elle dit qu'elle a été mal défendue ; &, pour le prouver, elle ſe reſſaiſit des pieces que ſa mere avoit produites, en tire les mêmes argumens, & ſe condamne ainſi elle-même, en s'enveloppant dans le cercle le plus vicieux. C'eſt comme ſi elle diſoit : » La preuve que j'ai été non-» valablement défendue par ma mere, » c'eſt que je me défends aujourd'hui » comme elle m'a défendue «.

En effet, que produiſoit ſa mere alors ? Des certificats de payement de capitation à Bray ; des atteſtations, où l'on liſoit que le Comte de Marcillac n'étoit employé à Dieppe, ni ſur les rôles de la Nobleſſe, ni ſur ceux des Bourgeois. Elle ſoutenoit que c'étoit à Bray que ſe trouvoit la plus grande partie des effets & du mobilier du Comte de Marcillac ; que c'étoit à Bray qu'étoit le ſiége de ſa fortune ; en un mot, qu'il avoit dans cette

terre, *larem, rerumque ac fortuna-*
rum summam.

Mais on lui faisoit voir que tous
les certificats dont elle se prévaloit si
fort n'avoient aucune authenticité ,
étoient mendiés, & venoient échouer
contre la signification faite aux habitans de Bray , le 26 Juillet 1750. Cet
écueil subsiste toujours , & les prétentions de la dame le Canu viendront
s'y briser, comme celles de sa mere
s'y sont brisées. D'ailleurs, on rapportoit une foule d'actes par lesquels le
domicile habituel & constant à la Vauvais , jusqu'à cette derniere époque ,
étoit démontré. En un mot, l'Arrêt
de 1755 a rejeté, & les pieces qu'on
fait encore valoir aujourd'hui, & les
inductions qu'on en tire pour le succès
de la Requête civile.

Mais , dit la dame le Canu , ma
défense est aujourd'hui corroborée par
des pieces qui étoient inconnues à ma
mere, qui avoient été séquestrées par
ses Parties adverses , qui les avoient
retenues.

Ces pieces sont de deux especes : les
unes ont été inventoriées à la mort

du Comte de Marcillac, les autres ne l'ont pas été ; & ce font ces dernieres que l'on prétend avoir recouvrées depuis l'Arrêt de 1755, & qui, dit-on, étoient retenues par le fait des collatéraux.

Mais, pour qu'elles euffent été ignorées de la mere de la dame le Canu, & que les enfans du premier lit s'en fuffent emparés à fon infçu, il auroit fallu qu'ils les euffent fouftraites avant l'inventaire, & qu'ils euffent dérobé la connoiffance de ce larcin, tant à la foi-difant veuve, qu'aux Officiers qui ont appofé les fcellés.

Or on verra que cet enlévement eft impoffible, fi l'on fait attention que le fieur de Marcillac fils étoit, au moment du décès de fon pere, arrêté à Paris par fon fervice ; qu'il n'apprit cet accident que quelques jours après, & que fa fœur n'en fut inftruite que par lui.

Cependant, à peine la mort avoit-elle fermé les yeux du Comte de Marcillac, que la Juftice de Bray appofa les fcellés fur tous fes effets ; & ce fcellé fut croifé par deux fubféquens. Il faut donc, ou fuppofer que les

Officiers de Juftice, corrompus par les enfans, fe font rendus coupables de cette fouftraction ; ou que ces enfans avoient, dans la maifon de leur pere, des agens fecrets qui ont commis l'enlévement qu'on leur impute.

Mais toutes ces hypothefes font abfurdes, contredites par les circonftances, & ne peuvent être admifes fans les preuves les plus décifives. D'un autre côté, la foi-difant veuve étoit fur les lieux ; & fi l'on peut oppofer préfomptions à préfomptions, ne peut-on pas fuppofer, fans choquer la vraifemblance, que le Comte de Marcillac étoit entouré de gens qui étoient dans les intérêts d'une femme qui avoit tant de crédit fur fon efprit, qui pouvoit les maintenir dans la maifon, ou les en faire chaffer à fon gré ? D'ailleurs, fon propre frere y étoit, & y tenoit certainement le premier rang entre les domeftiques. Tout ce monde, qui lui étoit affidé & qui étoit aux ordres de fon frere, auroit-il fouffert la plus petite fouftraction qui eût été contraire aux intérêts de leur protectrice ?

Ainsi, que l'on suppose tant que
l'on voudra qu'il y a eu des papiers
enlevés avant les scellés & l'inventaire,
on ne peut soupçonner les enfans d'en
être coupables. Ce n'est donc plus par
leur fait qu'ils ont été recélés lors
de l'instance sur l'appel comme d'a-
bus.

Mais il y a plus : il est prouvé que
la plupart des pieces que l'on présente
aujourd'hui comme nouvellement recouvrées, avoient été inventoriées ;
elles en portent les traces, elles étoient
mentionnées dans l'inventaire ; il ne
tenoit qu'à la soi-disant veuve d'en
demander la communication, & il étoit
impossible de la lui refuser.

Celles qui n'avoient pas été inventoriées sont, 1°. des lettres écrites
par le Comte de Marcillac à ses deux
Procureurs ; & la dame le Canu avoue
que c'est dans leurs études qu'elle les
a trouvées. Elles n'avoient donc pas
été retenues par le fait des enfans.
Quant aux réponses faites par ces
deux Officiers, elles ont été inventoriées. Il n'y a donc encore rien de
recélé.

2°. Les autres pieces non inventoriées sont des assignations, des Requêtes, des Sentences & autres procédures qui étoient dans des greffes, dans des dépôts, & dans des études de Procureur. Les enfans du premier lit ne les connoissoient pas alors; & si quelques-unes de ces pieces se sont retrouvées chez la demoiselle de Marcillac, fille du premier lit, & sont comprises dans son inventaire, ce n'est pas que ni elle ni son frere les eussent détournées. Les affaires se trouvoient terminées, & les procédures avoient été rendues à la demoiselle de Marcillac, qui, par la mort de son frere, étoit devenue unique héritiere de leur pere commun, & n'est décédée qu'en Novembre 1757.

Il est donc clair que la dame le Canu ne rapporte aucune piece qu'elle puisse dire avoir été nouvellement recouvrée, ni que les enfans du premier lit en aient détourné ou recélé.

En rapporte-t-elle de décisives? Mais comment des pieces inventoriées après le décès du Comte de Marcillac, &

par

par conféquent connues en 1755, pour-
roient-elles être aujourd'hui des pieces
décifives ?

Toutes ces pieces, dit la dame le
Canu, multiplient les preuves de la
demeure de fait à Bray dans les dernieres années ; & les unes & les
autres feront plus décifives encore,
fi elles rempliffent les quatre jours
qui, en 1755, paroiffoient manquer
à l'année entiere du domicile à Bray.

L'Arrêt de 1755, répondoit M.
le Roy, n'a eu aucun égard aux pieces
qui furent rapportées alors, & qui
avoient été paffées à Bray. Cet Arrêt
n'a pris pour bafe de fa décifion, que
la fignification du 26 Juillet 1750.
Pourquoi donc la Cour, contraire aujourd'hui à elle-même, feroit-elle attention à des lettres qui, en fuppofant la fincérité de leur date, que
rien n'attefte légalement, n'établiffent
rien autre chofe, finon que le fieur de
Marcillac faifoit de fréquens voyages
à Bray?

Finiffons en détruifant une objection
de la dame le Canu, qui avoit une
apparence de réalité. En 1749, dit-elle,

Tome VIII. K

le Comte de Marcillac fait enfemencer Bray, pour l'exploiter perfonnellement, & le 8 Octobre de la même
année, il paffe bail de la Vauvais pour
neuf ans. Voilà l'intention de changer
de domicile, & de l'établir à Bray. Or
on a la preuve que cette intention,
prouvée par le bail, a été effectuée.
Elle exifte dans les lettres du Comte
de Marcillac à fes deux Procureurs en
Mars, Avril, Mai & Juin 1750. *Mon
adreffe*, dit-il, *eft à Abbeville, pour
me faire tenir à Bray.* Cependant on
n'avoit pas cette preuve en 1755 : on
n'avoit aucune piece pour 1750 ; & les
enfans produifoient l'acte du 26 Juillet
de la même année.

Mais, en fuppofant que dès 1749
le Comte de Marcillac voulût quitter
la Vauvais & aller demeurer à Bray,
dans quel temps y a-t il effectivement
transféré fon domicile ? Voilà la queftion. Mais elle eft décidée par la fignification du 26 Juillet 1750, où il
déclare qu'il fait élection de domicile
à Bray, & qu'il y reftreint fes priviléges. Ce n'eft donc que le 26 Juillet 1750 qu'il y a définitivement fixé
fon domicile.

« Le bail même achève de prouver que son intention n'a pas été de s'y établir plus tôt, parce qu'il avoit intérêt d'être présent à la Vauvais jusqu'au temps le plus voisin de la récolte de 1750.

Ce bail prouve que le Fermier ne devoit commencer à récolter qu'en 1751. La récolte de 1750 appartenoit donc au Comte de Marcillac; & dès lors il a fait valoir la Vauvais même en 1750. Pourquoi se seroit-il empressé de se déplacer, & de transférer son domicile à Bray ?

S'il a fait ensemencer les terres de Bray en 1749, c'étoit pour en faire la récolte en 1750; il étoit par conséquent inutile qu'il y transférât son domicile avant que les fruits fussent prêts à être coupés ; car, comme il vouloit y restreindre son privilége, & qu'en Picardie la récolte du froment ne commence à se faire que dans le courant d'Août, & celle des seigles à la fin de Juillet, il étoit de son intérêt de ne faire sa déclaration que le 26 du même mois. Il vouloit jouir tranquillement de ces mêmes priviléges à la Vauvais. Il y a donc conservé son

K ij

domicile jufqu'au 26 Juillet 1750;
& c'eft ce qui a été jugé par l'Arrêt
de 1755.

Par Arrêt du 2 Juin 1777, les fieur
& dame le Ganu ont été déclarés non-
recevables dans leur demande en entérinement de lettres de Requête civile,

Accusation d'adultere.

Séparation de corps & de biens.

A qui, du pere ou de la mere, appartient l'éducation des enfans après la séparation ?

Quelle autorité le mari conserve-t-il sur sa femme séparée de corps ?

CETTE Cause réunit un assemblage de circonstances singulieres, & sa discussion a donné lieu au développement de plusieurs questions importantes : ainsi, sous quelque point de vue qu'on puisse l'envisager, elle mérite d'être placée au nombre des affaires qui peuvent plaire & intéresser.

Nous en puiserons les faits dans un Mémoire imprimé de la femme accusée d'adultere.

» Cé n'est jamais, disoit-elle, qu'à regret, qu'à la derniere extrémité, & par la seule nécessité de repousser l'opprobre dont le couvriroit une épouse infidelle, qu'un mari doit en venir à dénoncer ses infidélités à la Justice, &

K iij

intenter contre sa femme cette triste accusation presque aussi affligeante pour celui qui la forme , que pour celle qui en est l'objet.

» Un mari jaloux , avare , emporté, a intenté contre moi l'accusation la plus flétrissante pour une épouse.

» J'ai donc à venger mon honneur contre l'homme chargé par état de le défendre. Devoir impérieux autant qu'il est pénible ! Cruel combat , où la victoire ne peut m'arracher que des larmes.

» La dépense de notre mariage fut bornée , avec raison , à deux robes assez simples qu'il me donna. Il y joignit, il est vrai, pour environ 2000 livres de bijoux , qu'il sut *bientôt me reprendre*. Et pour quel usage ?

» Trois jours s'étoient à peine écoulés depuis le mariage, que mon mari osa me dire : J'ai fait une grande sottise de vous épouser ; une femme coute trop, est trop gênante. Je m'en vais à Paris , je viendrai vous voir de temps en temps: du reste , je saurai bien me dédommager en votre absence.

» Malgré les espérances que mon mari avoit données à mes parens , il quitta

bientôt Orléans pour venir se fixer à
Paris.

» Son humeur, désormais sans côn-
trainte, ne connut plus de bornes :
chaque jour j'en éprouvois la violence
& l'aigreur ; il suffisoit qu'on eût quelques égards pour moi, qu'un domestique me servît avec attention, pour
donner lieu à de nouvelles tracasseries.

» Vers la fin de Mai, nous partîmes
pour aller passer trois mois à Auxerre.
Il vouloit me présenter à sa famille ;
j'en reçus tous les traitemens les plus
capables d'adoucir mon sort .... Il me
faisoit un crime des bontés qu'on avoit
pour moi, & s'en vengeoit *en redou-
blant ses brutalités.*

» Une lettre que mon mari avoit prise
dans ma poche, pendant mon sommeil,
en date du 2 Août, qui m'étoit écrite
par le sieur Jousse fils, mon cousin-ger-
main, & de mon âge, lui causa de
vives inquiétudes.... Elle étoit conçue
en termes trop libres.

» Je ne sais (portoit cette lettre)
» en vérité par où commencer, tant
» j'ai de choses à vous dire. Je com-
» mence par me justifier envers vous

» du retard que vous devez trouver
» dans ma lettre. Ce n'eſt que d'hier
» au ſoir que je reçois la vôtre en date
» du 9 Juillet ; madame Fl..... ne me
» l'a remiſe qu'hier , quoique j'aye été
» depuis pluſieurs fois chez elle ; on
» m'a donné pour raiſon, *que vous lui*
» *aviez défendu de l'envoyer chez moi,*
» & qu'on n'avoit pu depuis me par-
» ler en particulier. J'ignore les raiſons
» pour leſquelles *vous avez trouvé l'a-*
» *dreſſe de madame Fl... plus ſûre que*
» celle que je vous ai donnée : elle
» *m'auroit été remiſe plus prompte-*
» *ment & bien plus ſûrement.* Je ne
» vous en dis pas davantage. Au reſte,
» vous êtes charmante en vérité, &
» *j'admire votre prudence en toutes*
» *choſes , & ſur-tout dans la lettre*
» que vous m'avez écrite , *& dans la*
» *manière dont vous l'avez écrite.*

» *Venons maintenant aux nouvel-*
» *les qui peuvent nous intéreſſer.* Et
» d'abord , pour procéder avec ordre,
» je commencerai par vous dire que je
» me porte bien.... Voilà qui eſt fort in-
» téreſſant ; qu'en penſez-vous ? Vous
» direz, *le petit voiſin* ſe porte bien

» aussi , & pense toujours à vous. *Voilà*
» *qui vous intéresse davantage ;* con-
» tentez-vous de cela en général , sans
» approfondir le particulier. *On a fait*
» *votre commission ,* & on l'a faire
» avec toute la satisfaction qu'un ten-
» dre amant peut éprouver en travail-
» lant pour ce qu'on aime. Si quelque
» chose a été capable d'en empoison-
» ner la douceur , *ç'a été la douleur*
» *de travailler pour un rival ;* mais
» enfin vous l'aviez voulu , madame ,
» & vos volontés font des ordres ab-
» solus : on a donc vu *cet homme ,*
» devant qui *les places les plus for-*
» *tifiées ne peuvent tenir.* On s'est ac-
» quitté avec plaisir de votre commis-
» sion , *avec plaisir toutefois , si on*
» *peut en ressentir en faisant de pa-*
» *reilles démarches.* Notre homme a
» d'abord battu la campagne , disant
» que vous étiez une femme *singuliere ;*
» *qu'il étoit étonné que vous ne lui*
» *eussiez point écrit :* enfin , le lende-
» main matin il est venu *apporter une*
» *lettre pour vous.* Comme il est venu
» très-tard , il a laissé passer l'heure
» de la poste , & c'est ce qui fait qu'au

K v

» lieu de recevoir la lettre de mon ami
» G... le Samedi , comme je le croyois,
» je n'ai pu la recevoir que le Diman-
» che lendemain. J'ai eu occafion , de-
» puis peu , de demander des nouvel-
» les de fa chere madame Desbroffes :
» on m'a affuré que c'étoit une femme
» d'une coquetterie finguliere. M. P....
» aime apparemment les chemins frayés;
» pour moi je ne comprends pas com-
» ment on peut - être inconftant vis-
» à-vis vous , madame ; mais brifons
» là-deffus ; je ne fuis point né pour
» être heureux. Quant à votre commif-
» fionnaire, je n'ai jamais vu de co-
» médie pareille ; je crois en vérité
» qu'il en perdra la tête ; fans doute
» qu'il veut faire revivre le fiecle des
» Aftrées & des Céladons ; j'aurois
» voulu pour toute chofe au monde ,
» que vous euffiez vu les lettres qu'il
» m'a écrites ; c'eft en vérité à mourir
» de rire : quel cruel départ , me dit-
» on , quel martyre de s'éloigner de
» ce qu'on a de plus cher au monde !
» je n'ai que mon malheur devant les
» yeux ; j'y penfe tout le jour , j'y fon-
» ge toutes les nuits ; je la cherche &
» ne la trouve point.

J'aime & brûle toujours au lever de l'aurore ;
Au coucher du soleil j'aime & je brûle encore.
Dans la fraîcheur des nuits j'aime & brûle toujours :
Je m'endors pour rêver dans le sein des amours.

» Tout le reste de la lettre est du
» même style ; je vous en régalerois ,
» si le temps me le permettoit ; dans le
» fond , je le plains férieufement , &
» crois qu'il mérite d'être plaint. Sa-
» chant qu'il devoit vous écrire , il
» m'a fait promettre qu'il écriroit le
» deffus de ma lettre. Quelle folie de
» fe faire de la peine à foi-même !
» L'homme n'eft il donc pas affez mal-
» heureux , fans fe forger encore des
» peines volontaires !

» J'oubliois de vous dire *que j'ai*
» *toujours gardé la lettre de P... je*
» *n'ai point ofé vous l'envoyer, n'ayant*
» *aucune fûreté ; je n'ai pas même*
» *ofé vous en parler dans mes lettres ;*
» *je l'ai fur moi ; je vous l'enverrai*
» *quand vous voudrez ;* je ne le fais
» point aujourd'hui, parce que ma let-
» tre , au moyen de l'enveloppe , ne
» laiffe pas que d'être un peu forte ,
» & je craindrois qu'en y joignant
» celle de P*** qui a mis un cachet
» affez épais , on ne s'apperçoive de

K vj

» quelque chofe : *le défaut de fûreté*
» *eft auffi la caufe qui m'a empêché*
» *de vous écrire plus tôt ; je voulois at-*
» *tendre le départ de M. de S. M....*
» *& ne fachant même encore s'il y avoit*
» *fûreté, je n'ai voulu vous rien dire*
» *avant votre réponfe.* Madame Fl.....
» ne vous a point encore écrit ; je lui
» en ai fait la guerre ; elle doit le faire
» ces jours-ci, *lui ayant dit que M.*
» *de S. M..... devoit partir le 5 de ce*
» *mois.* Je vous ferois rire, fi je vous
» difois la maniere dont elle a reçu vo-
» tre lettre ; elle ne pouvoir revenir de
» fon étonnement : je vous confeille
» très-fort de vous tenir en garde fur
» la lettre qu'elle vous écrira ; elle
» m'a montré la vôtre, qui eft en vé-
» rité la plus jolie du monde ; vous en
» vendriez vingt comme elle ; le dic-
» ton eft un peu commun, mais n'en
» eft pas moins vrai.

» J'avois réfolu d'abord de ne vous
» rien marquer *du tout au fujet du*
» *cher voifin, perfuadé que c'étoit mal*
» *vous faire fa cour* que de vous dire
» des chofes qui ne peuvent que vous
» faire de la peine ; néanmoins, com-
» me je craindrois que vous ne regar-

» daffiez mon filence à cet égard com-
» me un manque d'attention , je n'é-
» couté plus que les fentimens de mon
» amitié , & m'eftimerai trop heureux,
» *fi ma main peut déchirer le bandeau*
» *qui vous empêche de voir , par vous-*
» *même* , ce que je vais vous marquer
» aujourd'hui. Vous dire qu'on a été
» fidele aux fermens ; *qu'on* eft content
» encore *de nom & d'effet , ce feroit*
» *vous tromper* ; j'ofe dire que mes
» fentimens pour vous font trop fin-
» ceres pour le faire jamais ; le vil
» menfonge eft incompatible avec la
» fincérité d'un cœur dont tout honnête
» homme doit faire profeffion. Sachez
» donc , puifqu'il faut que vous le
» fachiez tôt ou tard , que ce cœur ,
» accoutumé à porter des chaînes , a
» repris fon premier efclavage. Oferois-
» je vous dire que je ne le faurois blâ-
» mer ? vous favez que l'amour eft in-
» volontaire. Si j'avois deux cœurs ,
» me difoit-il , madame de **S. M...** en
» auroit un ; mais je n'en ai qu'un
» feul , & te cœur n'eft plus à moi :
» *tout ce que je me reproche,* ajoutoit-
» il , *c'eft de l'avoir trompée.* A Dieu
» ne plaife que je le faffe davantage ,

» & que je veuille tromper deux fem-
» mes à la fois ! je l'en crois incapa-
» ble ; il a trop de sentimens pour cela.
» Voilà des vérités bien dures, ma-
» dame, mais pourtant nécessaires. Je
» vous étonnerois peut-être davantage,
» si je vous disois que c'est de son
» consentement, & même par son ins-
» tigation que je vous écris ceci ; il
» veut vous faire connoître que s'il
» n'est pas le maître d'avoir pour vous
» d'autres sentimens que ceux de l'a-
» mitié, il vous respecte trop pour
» vouloir *vous tromper davantage.* Je
» vous dirai le reste une autre fois, &
» les conversations singulieres que j'ai
» eues avec madame Fl*** à son sujet.
» Pour moi je ris, quand *je pense au*
» *rôle que je joue dans tout ceci, &*
» *de voir que je suis, d'un côté, le*
» *confident de deux rivales & de l'ob-*
» *jet aimé, & de l'autre, celui des*
» *deux rivaux & de l'objet aimé.* Ma
» tante sait que je vous ai écrit les deux
» premieres lettres ; je lui ai dit hier
» que vous m'aviez fait une réponse.
» Adieu, ma chere tante ; je vous aime
» toujours & vous embrasse mille fois,
» en dépit de tous mes rivaux ». (On

retranche ici une phrase, que la décence
ne permet pas de rapporter.) » Brûlez
» ma lettre. Si vous m'écrivez, foyez
» fûre que votre lettre, en l'adreffant
» chez Luquer, me fera remife en
» main propre «.

» Pareille miffive devoit déplaire à un
mari ; mais y avois-je donné lieu ; étoit-
elle écrite férieufement ? Elle pouvoit
lui donner de l'inquiétude dans le premier moment : mais il falloit approfondir.

» Mon mari part le lendemain pour
Orléans, &, en fecret, court chez le
fieur Jouffe, s'en fait donner par violence, ma lettre, à laquelle la fienne
fervoit de réponfe ; il n'a pas ofé la
produire cette lettre, preuve la plus
certaine qu'elle ne contenoit rien de répréhenfible. En voici la copie.

A Auxerre, le 9 Juillet 1763.

» En vérité vous êtes fingulier,
» monfieur, de faire le procès à une
» femme, & lui envoyer une affigna-
» tion, fans favoir les raifons qui m'ont
» empêchée de vous répondre. Vous
» n'aviez qu'à me marquer où je de-

» vois vous écrire; je ne favois fi je de-
» vois mettre l'adreffe dans le Mar-
» troy ou chez votre pere ; marquez-
» moi , dans l'adreffe , la lettre en
» queftion , *que vous adrefferez à ma-*
» *demoifelle Darnelle , femme de*
» *chambre , en la faifant écrire par*
» *une femme , crainte de quelque in-*
» convénient. Vous y mettrez *l'endroit*
» *directement où vous voudrez que je*
» *vous réponde.* J'ai montré votre pre-
» miere à M. Durgy , dont tout le
» monde a été enchanté : j'ai fait de-
» viner à M. Durgy pendant une heu-
» re ; il s'eft cependant douté dans
» l'inftant , que c'étoit vous.

» A propos, vous êtes charmant de
» ne vouloir pas me donner des nou-
» velles *des perfonnes qui peuvent*
» *m'intéreffer*; ne manquez pas , au
» reçu , de me marquer tout ce qui fe
» paffe à Orléans *directò* ou *indirectè* ,
» fi vous voulez me défâcher ; car vous
» avez été quinze jours fans m'écrire ,
» & vous deviez le faire le lendemain
» de mon arrivée ; en outre, me don-
» ner des nouvelles de toutes les per-
» fonnes que vous favez qui peuvent
» m'intéreffer.

» *Pour votre pénitence , je ne vous*
» *dirai pas non plus ce qui se passe à*
» *Auxerre , & le plaisir que j'y goû-*
» *te ; ce sera dans ma premiere, si je*
» *suis contente de vous. J'attends votre*
» *réponse* «.

» Rien de plus simple que ma lettre.

» Tout ce que mon mari m'en reproche , c'est que , 1°. j'y demande une
adresse particuliere au sieur Jousse , &
le prie de faire mettre celle de ses
lettres par une main étrangere.

» C'est à la dure inquisition de mon
mari, qu'il faut attribuer cette précaution , d'ailleurs si pardonnable à une
personne éloignée de toute sa famille.

» 2°. J'y demandois des nouvelles *des*
personnes qui m'intéressoient ; & combien ne devoit-il pas y en avoir dans
une ville où presque tous mes parens
étoient établis !

» 3°. Puisque je demandois ces nouvelles *directò* ou *indirectè* , je ne te-
nois donc pas bien fortement *aux*
adresses demandées.

» 4°. Ma lettre est du 9 Juillet , &
la réponse du 2 Août ; la correspondance n'étoit donc ni vive, ni suivie,
& par conséquent point intéressée.

» 5°. D'ailleurs , je l'ai dit , rien *de plus simple* que ma lettre , & le silence de mon mari l'a démontré.

» 6°. Point de rapport entre sa lettre & la mienne.

» 7°. Ma lettre ne contenoit pas même le nom de celui qui faisoit tout le sujet de la réponse du sieur Jousse.

» Mon mari ne fit aucune de ces réflexions.

» Il alla tout en fureur montrer ces lettres à mon pere , qui connoissoit sa violence.

» Avant d'aller à Orléans forcer mon cousin à lui remettre ma lettre du 9 Juillet , il vint dans ma chambre.... se mit à mes genoux... mêla ses larmes aux miennes.... me pria d'oublier ses torts... promit de les réparer... que je n'aurois plus à me plaindre... Puis , d'un ton indifférent , il me demanda ce que c'étoit qu'une lettre du sieur Jousse , qui s'étoit trouvée par hasard sous sa main ? C'est une folie de mon cousin , lui repartis-je avec naïveté. Peu satisfait de cette réponse , il part le lendemain pour Orléans.

» Mon pere crut réussir mieux à l'adoucir , en paroissant entrer dans ses

vûes : il parla de douceur , de misé-
ricorde , de repentir ; il écrivit sur le
même ton à mon mari , qui voudroit aujourd'hui se prévaloir de ces
expressions.

» Ces lettres me taxent *tout au plus
d'imprudence* , & je ne prétends pas
m'en disculper.

» Mon mari revint à Paris. J'y fus ra-
menée d'Auxerre par deux de mes
beaux-freres. J'étois dans le septieme
mois de ma grossesse ; les reproches ,
comme les refus les plus amers & les
plus injustes ; étoient tout ce que j'é-
prouvois de la part de mon mari.

» Je manquois de tout.

» J'en instruisis ma mere ; toujours
pleine de bonté , elle accourut d'Orléans : mon mari s'en fait honneur ;
il voulut , dit-il , l'avoir pour témoin
de sa conduite , & me la donner pour
compagne ; il ne l'ignore pourtant pas ,
ses duretés seules & mon triste état
attacherent cette mere tendre aux soins
de sa maison , pour la faire venir au
secours de sa malheureuse fille. Dans
quelle situation me trouve-t-elle ! Je
manquois de tout : elle y pourvut , me
consola , me soutint ; & cette assistance

me devenoit à chaque moment plus néceſſaire. Mon mari n'en avance pas moins qu'il eut pour elle & pour moi tous les égards poſſibles. Je ne peux ré-pondre que par la dénégation la plus formelle de ce qu'il avance.

» J'accouchai le 8 Décembre, d'une fille que je n'ai jamais eu la conſolation de voir, quoiqu'elle vive encore, à ce que dit mon mari ; je n'ai même ja-mais pu ſavoir où elle étoit élevée....

» Cinq jours après mes couches, il écrivit à mon pere qu'il ne pouvoit & ne vouloit plus vivre avec moi. Il n'en impute pas moins à mes parens de l'a-voir forcé de conſentir à ce qu'ils m'emmenaſſent à Orléans.

» Mes parens refuſerent, il eſt vrai, à mon mari leur agrément pour me mettre au couvent. Et qu'avois-je fait pour être ainſi traitée ? Mon pere offrit de me recevoir chez lui ; mon mari l'accepta : il ſe ſoumit de plus à payer pour moi mille francs de pen-ſion.

» Etoit-ce trop de cette penſion de 1000 livres, puiſque pour ma dot il avoit touché 40000 livres. Cependant il la doit encore toute entiere cette penſion promiſe, & j'ignore ce que ſont devenus mes deniers dotaux.

» Je partis avec ma mere au mois de Janvier 1764, n'emportant que les hardes qui m'avoient ſervi dans mon voyage d'Auxerre ; mon mari me retint toutes les autres. Je pris auſſi mes bi-joux : il le ſavoit.

» Tels ſont les faits de cette premiere époque. Qu'offrent-ils ? La femme la plus à plaindre, & le mari le moins fait pour porter ce doux titre.

» Pour couvrir ces excès, il va tout oſer, pour me faire paroître coupable dans les époques ſuivantes.

» Je retrouvai dans la maiſon pater-nelle, les bontés & la tendreſſe que j'y avois long-temps éprouvées. J'y re-trouvai des exemples de vertu bien propres à me ſoutenir, ſi j'avois pu me laiſſer ébranler. J'y vivois dans le ſein & ſous les yeux d'une famille nom-breuſe & juſtement eſtimée ; & j'en ai conſervé l'amitié & l'eſtime.

» C'eſt cet aſile reſpectable que mon mari va fouiller par les plus noires im-poſtures ; & comme s'il ne lui ſuffi-ſoit pas d'une victime, il oſe compro-mettre dans ſes menſonges odieux le

pere & la mere de son épouse. Il les
présente comme de lâches fauteurs de
l'inconduite qu'il me reproche. Parens
vertueux ! ce n'étoit donc pas assez
pour vous des malheurs de votre infortunée fille , il falloit que vous fus-
siez exposés aux mêmes traits , frappés des mêmes coups ! Le barbare ! il
savoit bien que ce seroient les plus
sensibles pour moi ! A peine me laisse-
t-il la force de répondre. Je vais pourtant l'entreprendre ; mon innocence
soutiendra ma plume.

» Il faut entendre mon mari ; la calomnie la plus noire lui préparera ses
couleurs , & les mettra en œuvre. Il
commence par dire , » qu'il s'étoit flat-
» té que mes pere & mere veilleroient
» sur ma conduite ; que leurs exemples
» & leurs exhortations me ramene-
» roient à mon devoir. Mais en quoi
» donc m'en étois-je écartée ?

» Bientôt , continue-t-il , il reconnut
» mes véritables dispositions à son
» égard dans une lettre que j'écrivis à
» la dame Gauthier de Rumilly à Paris,
» peu de jours après mon arrivée à Or-
» léans. J'y demandois des instructions
» sur la liberté que peut & doit avoir

» une femme que fon mari a forcée
» d'entrer dans un couvent ; jufqu'où
» peuvent aller à cet égard le pou-
» voir & le droit des maris » ? Mais où
eft donc le crime à propofer de pareilles queftions ?

» Mon époufe , reprend-il , re-
» nouvella bientôt à Orléans fon an-
» cienne connoiffance avec..... ; c'eft
» le petit voifin , dont lui parloit le
» fieur Jouffe dans la lettre du 2 Août
» 1763. La liaifon , dit mon mari ,
» devint intime & fufpecte. Il me
» rendoit des vifites nocturnes dans
» ma chambre ; on l'en fit defcendre
» une fois , au moyen de draps atta-
» chés à la fenêtre , afin de le fouf-
» traire aux yeux du pere. Mon époufe
» a été forcée de convenir de ces faits
» dans fon interrogatoire. Mon mari en
» cite quelques lambeaux , mais avec
» la mauvaife foi la plus infigne «.

» J'ai dit , il eft vrai , qu'avant mon
mariage j'avois eu quelque liaifon avec
le fieur I..... ; que c'étoit de lui
que parloit la lettre du fieur Jouffe.
J'ai dit de plus dans mes réponfes
que depuis mon retour à Orléans , il
venoit quelquefois me rendre des vifi-

tes, non pas nocturnes, comme il plaît
à mon mari de les appeler, mais fur
le foir, *comme on les fait en pro-*
vince.

» J'ai ajouté qu'il venoit plus fouvent,
parce qu'il recherchoit une de mes
fœurs en mariage ; & que fi je l'avois
reçu dans ma chambre, jamais je n'y
avois été feule avec lui.

» J'ai dit encore, *que j'avois entendu*
dire qu'une fois il étoit defcendu au
moyen de draps attachés à une fenêtre.

» Mais *j'ajoutois que je n'y étois pas.*
Point de dépofition qui contredife ce
que j'ai avancé. Voilà *comment je fuis*
convenue de tous ces faits. Voilà comment mon mari m'en a convaincue,
ou plutôt comment il fe convainc lui-
même de calomnie manifefte.

» Veut-on juger, pourfuit-il, à
» quel point étoit criminelle la liai-
» fon de mon époufe & du fieur I....?
» En voici la premiere, tirée de l'in-
» terrogatoire : elle a reconnu que dans
» des converfations tenues en une
» maifon voifine de fon pere, ce qui
» défigne affez celle du fieur I.....,
il

» il lui a été proposé, & sans doute
» par celui-ci, de la défaire de son
» mari, soit en se battant avec lui,
» soit autrement ; & c'étoit par bon-
» té d'ame, dit-elle dans ses répon-
» ses, qu'on lui faisoit ces offres.
» Quelle femme qui peut qualifier
» ainsi de pareilles propositions, & qui
» s'en croira justifiée pour dire qu'elle
» les a toujours rejetées avec horreur;
» ce qui prouve seul qu'on est revenu
» souvent à la charge ! La réponse à
» l'article 7 ne laisse pas moins enten-
» dre, ajoute encore mon mari,
» qu'elle a eu quelque regret de n'a-
» voir pas accepté ces offres «.

» Je serois sans doute la plus criminelle des épouses, si j'avois donné lieu
à de tels reproches ; mais quel mari
que le mien, puis-je bien dire à mon
tour, s'il est capable de me charger en
public de ces accusations atroces,
malgré la conviction intime où il est
de leur fausseté & de mon innocence !

C'est aux informations qu'il s'en
rapporte, dit-il : c'est là que je le
cite.

» Il y a vu, j'en conviens, qu'une
dame Bourdin me chargeoit de lui

Tome VIII. L

avoir fait l'aveu de ces offres ; mais il
a dû y voir que cette Bourdin étoit la
feule qui m'en chargeoit. Il ne doit
pas ignorer qu'un témoin unique eft
un témoin nul ; mais il a dû y voir
que le témoin étoit plus que fufpect.

» La dame Bourdin eut avec moi
quelque liaifon dans les commence-
mens de ma demeure à Bon-Secours,
où l'on me verra bientôt. Je rompis
cette liaifon dès que je pus connoître
cette femme ; elle fe ligua dès-lors
avec mon mari, pour feconder fes fureurs : il en a fait fon agent , & l'un
des inftrumens de fa vengeance. Je l'ai
reproché à la dame Bourdin dans ma
confrontation avec elle , & ce reproche étoit le moindre que j'euffe à lui
faire. Malgré fon audace & fon habi-
leté à intriguer , cette femme fut alors
couverte de la confufion dont elle étoit
digne ; elle fut obligée de fe rétracter
prefque fur tous les points.

» Il réfulta de la confrontation , que
c'étoit la dame Bourdin elle-même qui
m'avoit dit que , fi elle avoit un mari
pareil au mien , elle er feroit bientôt
délivrée ; à quoi je n'avois répondu
qu'en témoignant toute mon horreur

pour une femblable difpofition. Qu'à ce propos je lui avöis rapporté que , *dans une compagnie* où je me trouvois à Orléans , & où il étoit queftion de la conduite de mon mari à mon égard , tout le monde parut me plaindre & s'intéreffer à mon fort ; que quelques perfonnes m'avoient dit que , fi je voulois ils me déferoient de lui ; mais que je rejettai ces difcours avec indignation , quoique je les regardaffe avec raifon comme des difcours en l'air , & des propos de jeunes gens dont il n'a jamais plus été queftion.

» Il avoit vu tous ces faits dans les informations ; il y avoit vu l'embarras, les contradictions de la dame Bourdin fon organe ; il y avoit vu fes rétractations : & il n'en répete pas avec moins de fang froid fes premieres horreurs ; & il avance , fous une citation qu'il ne préfente point , qu'il eft hors d'état de préfenter , *que j'ai paru regretter de n'avoir point accepté ces offres.* Comment qualifier un procédé auffi indigne, auffi affreux ?

» Il continue : » Une groffeffe & un » accouchement de mon époufe furent » les fuites de ces liaifons. Les infor-

» mations atteſtent la groſſeſſe : j'en fus
» inſtruit dans le temps par une lettre
» anonyme en date du 4 Novembre
» 1765 , que j'envoyai à mon beau-pere
» trois ſemaines après, en ajoutant que
» je n'y donnois aucune créance , mais
» que je voulois une prompte réponſe,
» & que ma femme fût inceſſamment
» placée dans un couvent. Quelle pré-
» ſomption plus forte de l'accouche-
» ment , que le délai affecté pour la
» mettre dans un monaſtere ! Elle n'y
» entra que le 1er. Janvier ſuivant ,
» après deux ſemaines de ſéjour dans
» la capitale ; & ce couvent, on le
» choiſit ſans m'en prévenir «.

L'audace de mon mari ne doit plus
étonner ; & l'on ſait à préſent à quoi
s'en tenir quand il cite les informations. Elles atteſtent ma groſſeſſe , dit
il ; mais qu'en rapporte-t-il pour le
prouver ? Rien du tout : il n'y trouvoit que *des ouï-dire de quelques
malheureux* , qui ont répété ce qu'il
leur avoit fait débiter par ſes émiſ-
ſaires.

» Quant à la lettre anonyme dont il
parle , la nature de cet écrit me diſ-
penſe d'y répondre ; mais la conduite

qu'il a tenue en conséquence, sert à le confondre, & fait assez sentir *qu'il en est l'auteur.*

» Qu'on y fasse attention en effet, & qu'on le compare avec lui-même. Sur une lettre qui parloit des sentimens que conservoit pour moi un voisin dont j'étois fort éloignée, on l'a vu partir *incognito*, franchir cet intervalle, & se rendre en hâte à Orléans.

» Dans ce moment, on lui mande que je suis dans un état qui annonce ma honte, qui ne me permettra pas de me montrer à lui ; & cet homme si jaloux, si vif, *si furieux*, reste tranquille à cette nouvelle ! Ses amis le retinrent, dit-il ; & que n'envoyoit-il quelqu'un de confiance ? On le voit, son caractere le trahit ici, la fraude se démasque.

» Il sentoit bien qu'en venant ou qu'en envoyant, il s'ôtoit pour toujours le prétexte de faire usage de cet écrit ténébreux. Il envoie cette lettre à mon pere. Mais quand ? trois semaines après sa date ; & il n'y avoit pas un moment à perdre pour lui, s'y faisoit-il dire. Et dans sa lettre, il assuroit qu'il n'ajoutoit aucune foi à cet écrit....

L iij

Quelle énergie de la part d'un homme aussi soupçonneux ! Mais il vouloit, dit-il, que je fusse mise au couvent, & tout de suite. Mais d'abord, de quel droit l'exigeoit-il ? Pourquoi d'ailleurs une précipitation si grande ?

» C'étoit, reprend-il, l'unique moyen de guérir ses soupçons ; mais il attestoit qu'il n'en avoit point. Mais mon entrée au couvent, si elle eût été si prompte, ne lui serviroit-elle pas aujourd'hui de prétexte pour les autoriser ces soupçons ? Ne diroit-il pas que je m'empressai alors de couvrir mon opprobre des ombres de la retraite ? En lui supposant ces soupçons, pouvois-je mieux les détruire qu'en continuant de vivre dans le sein de ma famille, & aux yeux d'une ville entiere ?

» Mais enfin j'ai passé quinze jours dans la Capitale sans l'en informer.

» Mais j'y étois sous la conduite d'une tante respectable, à qui lui-même il s'en étoit rapporté pour une place dans un couvent. Elle l'instruisit de mon entrée dans celui de Bon-Secours, & il l'approuva, puisqu'il y paya le premier quartier de ma pension.

» Ici la seconde époque se termine.

» La troifieme époque annonce plus
de fureur & d'audace de là part de
mon mari. On voit bien ce qu'il défire ;
mais comment ne voit-il pas ce qu'il
doit craindre ?

» Me voilà donc encore obligée à
changer de demeure. Pour fe débar-
raffer de l'entretien & de la gêne
qu'une époufe peut occafionner , mon
mari m'avoit exclue de la maifon conjugale. Jaloux de la tranquillité dont
je jouiffois dans cette maifon , il me
force enfuite , pour me fouftraire à fes
tracafferies , de quitter cet afile fi convenable pour moi dans ces circonftances
fâcheufes. Je me flattois en vain d'en
trouver un où je puffe être à l'abri de
fes perfécutions.

» Je me retirai d'abord à Bon-Secours ;
mon mari le fut & le trouva bon alors ;
il n'a pas ignoré quelles bontés on y
eut pour moi.

» Il régnoit entre elle & le fieur I... ,
» continue-t-il , un commerce de let-
» tres. On n'en a qu'une.

» Mais elle peut faire juger des au-
» tres : la paffion la plus vive a pu
» feule en dicter les expreffions , &

L iv

» mon époufe n'a pu nier qu'elle fût
» de fa main «.

» Toujours incapable de déguifer la
vérité , oui j'ai reconnu mon écriture
dans cette lettre , & le tort que j'avois
eu de l'écrire.

» Mais j'ai prié mes Juges d'obferver
qu'à peine âgée alors de vingt-un ans,
& déjà , depuis trois ans , perfécutée
par un mari qui fembloit n'avoir voulu
le devenir que pour mon malheur ,
mon peu d'expérience , & la dureté de
ma fituation , devoient couvrir en partie
ce qui auroit pu m'échapper dans cette
lettre de trop fort. J'ai obfervé que
cette lettre , toute forte qu'elle paroît ,
ne montroit que des fentimens condam-
nables fans doute , mais ne donnoit
aucun indice, ne laiffoit aucune trace
d'un commerce criminel.

» J'ai obfervé que , depuis ce temps ,
je n'ai eu aucune liaifon , aucune correfpondance avec le fieur I...

» Toutes ces confidérations diminuent
au moins la faute de cette lettre , fi
elles ne l'effaçent pas entiérement. Eh
quoi ! tandis que mon mari s'attachoit
à me pourfuivre en tyran , eft-il bien

étonnant que , dans l'accablement où il me réduifoit , je me fois rappelé *un moment* avec complaifance des fentimens qu'autrefois j'avois pu regarder comme légitimes , & qui l'étoient en effet.

» Mais j'ai envoyé dans ce temps au fieur I..., un nœud d'épée ; j'en conviens encore ; j'y réponds de même , & j'ajoute que depuis cet envoi, je ne l'ai point revu.

» Mais peut-on donner une meilleure preuve de mon inconduite , que la groffeffe de la femme de chambre que j'avois alors , & dont je continuois de me fervir , malgré le fcandale qu'elle donnoit ? Sur quel fondement veut-on me rendre garante de cette fille ? Dès que je m'apperçus de fon état, je la fis fortir du couvent ; mais je ne crus pas devoir l'abandonner dans fa fâcheufe pofition ; j'eus pour elle , malgré fa faute , les foins... que mon mari avoit refufés à fon époufe innocente. Eft-ce là un crime ? Que peut-on blâmer dans cette conduite ? Après fon rétabliffement, je la congédiai.

» Mais je fortois fouvent , & dans un état de parure peu décent ; je me fuis

L v

par-là fait remarquer aux Tuileries.
Je le nie, & je demande où font les
preuves.

» Tous ces faits, continue mon mari,
» dont je fus inftruit par une lettre ano-
» nyme, étant venus à la connoiffance
» de M. l'Archevêque de Paris, il exi-
» gea que mon époufe fortît de Bon-
» Secours.

» C'eft encore fur une lettre anonyme que s'appuie ici mon mari; &
ce ne fera pas la derniere qu'il fe fera
adreffer. Pour celle-ci il ne fera pas
difficile d'appercevoir la main d'où elle
vient.

» J'ai parlé plus haut d'une dame
Bourdin que j'avois vue, & avec qui
j'étois liée dans les premiers temps de
ma demeure à Bon-Secours. Je ceffai
bientôt toute liaifon, dès que je la
connus mieux. Elle fe plaignit à M.
l'Archevêque. Il eft fi facile de prévenir les Supérieurs les mieux intention-
nés ! Ce Prélat furpris, manda à madame l'Abbeffe, que mes divifions avec
la dame Bourdin ayant occafionné la
fortie de celle-ci, il falloit auffi que
je fortiffe, afin que le traitement fût
égal.

» Il eût été facile de montrer combien la conduite de l'une & de l'autre
étoient différentes. Mais mon mari
commençoit alors ses poursuites juri-
diques contre moi ; & pour se préparer des témoins au besoin, il ne cessoit de faire répandre aux environs de
Bon-Secours les calomnies dont il me
charge. Je me décidai, de l'avis de
ma famille, à sortir de cette maison,
dont j'emportai les regrets & l'estime;
je ne crains pas que les informations
me démentent.

» De-là, je me rendis à Bauran ; la
médiocrité de la pension & la solitude
du lieu m'y déterminerent. Celle-ci
me devoit soustraire aux calomnies de
mon mari. Celle-là devenoit un soula-
gement pour ma famille, à qui mon
mari, qui cependant jouissoit de ma
dot, faisoit supporter toute la charge
de ma pension & de mon entretien.

» Il ne s'en tint pas là. La conduite
de mon épouse ne fut pas, dit-il,
plus réguliere à Bauran qu'à Bon-Secours. C'est ainsi qu'il insulte gratuitement les Supérieures respectables de
ces maisons. Qu'a-t-il donc à me reprocher ?

L vj

» Je me promenois souvent, dit-il, avec un jeune homme.

» Ce jeune homme étoit neveu de madame la Prieure. Il avoit une sœur pensionnaire au couvent ; il venoit de temps en temps la voir. Dans ces intervalles, j'ai quelquefois été à la promenade avec lui ; mais sa sœur y étoit toujours, & souvent d'autres pensionnaires.

» Ce jeune homme, ajoute-t-il, s'est introduit dans le monastere dans une voiture de foin. C'est une étourderie dont je n'étois pas l'objet, & à laquelle je n'eus point de part. Il entra, il est vrai, parut aux yeux de presque toute la Communauté assemblée pour la récréation, fit avec elle le tour du jardin, entra dans quelques chambres, passa dans la mienne où j'étois à travailler, y fut à peine *deux ou trois minutes*, & ressortit aussi-tôt de la clôture. Est-ce là un fait à relever & à m'imputer ?

» Mais j'ai reçu un portrait dans ce couvent ; c'étoit celui d'une de mes amies. Qui m'interdisoit de le recevoir ? Et que de tels reproches sont propres à faire connoître celui qui veut en étayer une accusation si grave ? Mais d'où les tire-t-il encore ? d'une lettre anonyme. Ce sont-là ses moyens favoris.

» Il n'en négligeoit pas un autre aussi digne de lui. Ses émissaires semoient autour de Bauran les bruits qu'il avoit fait répandre ailleurs. Ma famille le sut, & crut devoir me placer dans une autre maison.

» Ma famille avoit fait choix de la maison de Saint-Eutrope, près Arpajon; mon pere m'y conduisit; j'eus bientôt la satisfaction d'y trouver les mêmes dispositions à mon égard, que j'avois eu l'avantage d'éprouver ailleurs. J'eus l'avantage plus rare d'y jouir d'une sorte de repos, que jusqu'alors je n'avois pas encore goûté. C'est le seul de mes séjours que mon mari ait respecté, & sur lequel son imagination ne lui ait point suggéré d'anecdotes.

» Cependant il poursuivoit l'action d'adultere qu'il avoit intentée contre moi. Je fus obligée de me rendre à Paris pour les procédures. J'y présentai Requête, & j'obtins Sentence pour être autorisée à me mettre au couvent de

Saint-Michel. Ce n'étoit donc pas par autorité, mais sous l'autorité de la Justice, & par choix, que j'y entrois ; j'y étois donc librement, & mon but étoit de m'y assurer un titre, pour forcer mon mari au payement de ma pension, qu'il refusoit toujours.

» Pendant mon séjour dans cette maison, j'obtins une Sentence au Châtelet, qui me renvoyoit de l'accusation intentée par mon mari, & le condamnoit en des dommages & intérêts. L'appel que celui-ci en avoit interjeté, paroissant suspendu par la situation des affaires, & la décision ultérieure assez éloignée, je crus devoir, pendant l'intervalle, me retirer dans une maison moins dispendieuse. Je m'adressai à la maison de Saint-Eutrope, où j'avois déjà demeuré. On m'y promit un appartement ; je devois aller le voir, & y aller avec une dame pensionnaire aussi à Saint-Michel, qui vouloit de même se retirer à Saint-Eutrope.

» Deux jours avant celui que nous avions choisi pour notre voyage, nous apperçûmes, dans un parloir, un tour qui donnoit dans l'extérieur du couvent, & qui n'étoit fermé qu'avec une targette ; il nous vint en idée de profiter de cette découverte pour notre voyage, afin de surprendre à notre retour les autres pensionnaires, par le récit d'une course dont elles n'auroient rien su. Nous sortîmes en effet par ce tour, laissant dans nos appartemens nos femmes de chambre, pour instruire madame la Supérieure, si l'on s'appercevoit de notre sortie.

» On s'en apperçut, & l'on donna à la Supérieure tous les éclaircissemens qu'elle pouvoit désirer. Elle pouvoit s'assurer des faits aisément ; elle aima mieux écrire à mon mari, & le fit dans des termes qui marquent bien la prévention.

» Malgré les peines que vous avez » déjà assez grandes, lui dit-elle, je » suis obligée de vous donner avis » d'une sortie furtive de ma maison, » qui s'est faite hier, quoique toutes » les portes fussent fermées ; je ne puis » deviner si c'est par de fausses clefs ou » par les murs «.

» Que de prévention dans cet écrit ! De quel droit la Supérieure, d'ailleurs très-respectable, s'érige-t-elle en Juge, entre mon mari & moi, dans une

Cause soumise à la Justice, & où j'avois
déjà un Jugement en ma faveur ? Pourquoi traite-t-elle de fugitive la sortie
d'une personne qui jouissoit de sa liberté ? Pourquoi feint-elle d'ignorer
comment s'est opérée cette sortie, tandis qu'elle devoit savoir que son peu
de vigilance y avoit donné lieu ? Le
même jour elle fit murer la porte du
parloir.

» Mon mari rendit plainte de cette
sortie, & m'en a fait un crime. Il y
a eu de l'imprudence de ma part, je
l'avoue ; mais où est le délit, puisqu'encore une fois j'étois libre ?

» Je revins à Saint-Michel, & n'eus
pas de peine à me justifier auprès de
la Supérieure, qui me reçut avec plaisir,
& ne négligea rien pour me retenir.

» Mais qu'ai-je fait pendant cette
absence ? Comment & où ce temps
s'est-il passé ? j'étois allée, je l'ai dit,
à Saint-Eutrope ; mon mari ne l'ignore
point ; je n'ai employé que le temps
nécessaire pour le voyage, & mon mari
n'affecte des doutes qu'afin d'exciter des
soupçons qu'il n'a point.

» Quoique depuis mon retour, je fusse
sortie encore plusieurs fois, la Supé-

rieure voulut s'oppofer à mon départ
pour Saint-Eutrope : je fus obligée de
la faire fommer pour m'ouvrir les
portes; elle fe rendit, & j'arrivai à Saint-
Eutrope, après l'avoir fait fignifier à
mon mari.

» Il traite cette feconde fortie d'attentat de ma part, & à l'autorité de la
Juftice, & à fes propres droits dont j'ai
méconnu l'étendue.

» J'ai répondu d'avance au premier,
en faifant voir que j'étois entrée au
couvent de Saint-Michel fur une autorifation que j'avois moi-même demandée, & qui par conféquent ne me
lioit pas.

» Quant au fecond reproche, je croyois
& je penfe encore l'avoir fuffifamment
prévenu, en dénonçant à mon mari
que je me retirois au couvent de Saint-
Eutrope. Que devoit-il exiger de plus ?
Ne s'eft-il pas dépouillé de fes droits
en me déférant à la Juftice comme
criminelle ? Ne m'a-t-il pas ainfi placée
fous la protection immédiate des Loix ?
Et pouvoient-elles, ces Loix fages, me
livrer au pouvoir de mon accufateur,
& d'un tel accufateur ?

» Aussi , sur ses poursuites, a-t-on ordonné que je me retirerois , non dans
le couvent qu'il lui plairoit de me fixer,
mais dans celui que me nommeroit M.
l'Archevêque.

» Mais je n'avois point de permission
pour entrer à Saint-Eutrope. Ce ne
seroit pas à lui de me faire ce reproche ; d'ailleurs il est sans fondement.
M. l'Archevêque avoit consenti que je
demeurasse , au moins en attendant ,
dans cette maison.

» Mais, dit-il encore, j'ai différé long-
temps de me rendre à Saint-Mandé ,
que ce Prélat m'avoit désigné depuis
l'Arrêt : mais encore une fois, seroit-ce
à lui à se plaindre de ce retard ?

» Mais ce retard , dont il se plaint ,
lui-même l'a occasionné en trompant
M. l'Archevêque , & l'engageant, par
ses rapports infideles , à me refuser pour
mon entrée , les choses les plus ordinaires , les plus équitables.

» Mais enfin , ce retard , à quoi mon
mari l'a-t-il employé ? A prévenir con-
tre-moi la digne Supérieure & la Communauté de Saint-Mandé : il m'avoit
peinte à leurs yeux comme la femme

la plus intrigante, la plus dangereuse, la plus criminelle : aussi, en me traitant avec bonté, que de précautions ne prenoit-on pas en secret contre moi ? & quelles précautions ! J'ai bientôt eu l'avantage de dissiper ces fausses idées ; on m'a connue, on m'aime, j'ose le dire, on m'estime. Que mon mari juge par-là des sentimens qu'il mérite.

» Après m'avoir injustement accusée, sa derniere ressource est d'éloigner le moment de ma justification ; c'est un nouveau genre de persécution que le détail de la procédure va rendre sensible.

» Ce fut le premier Août 1767 que mon mari rendit plainte contre moi : l'information fut lente, malgré toute sa vivacité, je pourrois dire *sa fureur*.

» Le plaignant se trouvoit arrêté à chaque pas & jamais satisfait, malgré le temps & les soins qu'il avoit pris pour préparer des témoins, & se concerter avec la dame Bourdin, dont on a déjà parlé avec toute la discrétion que pouvoit souhaiter mon mari.

» Cette information ne fut en état qu'au commencement de l'année suivante, & ne donna lieu qu'à un décret d'affigné pour être ouï, du 4 Février 1768. On peut juger, par la nature de ce décret fur une plainte d'adultere, & d'après l'information faite à la diligence du plaignant, & non contredite encore, combien les charges étoient peu aggravantes.

» Le décret me fut fignifié le 22 du même mois. Ma famille, perfuadée que mon mari fe rendroit juftice à lui-même, & abandonneroit une pourfuite qui lui annonçoit fi peu de fuccès, m'empêcha de fatisfaire à ce décret, que j'aurois fans doute fait tomber en comparoiffant.

» De fon côté, mon mari parut entrer dans ces vûes, fi conformes à fes intérêts : une année fe paffa dans la plus grande inaction de fa part, du moins pour les procédures ; car d'ailleurs fa fureur me pourfuivoit toujours.

» Mais ayant appris que j'étois partie de Bauran pour me rendre au couvent de Saint-Eutrope, la circonftance lui parut favorable pour renouveler fes tracafferies : il multiplia fes fignifications au domicile que je venois de quitter, demanda la converfion du décret d'affigné pour être ouï en décret d'ajournement perfonnel, & l'obtint, parce qu'elle étoit de droit. Ce nouveau décret me fut signifié à Saint-Eutrope.

» J'avois besoin, pour y satisfaire, des secours de ma famille & de la présence de mon père. Il étoit alors en voyage pour son commerce.

» Je fus obligée de hâter la procédure, de presser la conclusion de l'information commencée depuis près de deux ans à la requête de mon accusateur.

» Enfin, le 13 Juillet 1770, est intervenue Sentence au Châtelet, qui me décharge de l'accusation, condamne mon mari en 50 livres de dommages-intérêts & aux dépens, & permet l'affiche à Paris, à Auxerre & Orléans.

» Mon mari déclame indécemment contre cette Sentence. Mieux vaudroit en presser la réformation, s'il l'espère.

» Ma sortie de Saint-Michel lui fournit un premier prétexte ; il le saisit. Le voilà qui rend plainte, fait informer ; mais au lieu de s'adresser, pour son information, à la Cour, que son appel avoit saisie de l'affaire, il retourne par-devant le sieur Lieutenant-Criminel, dont il s'étoit plaint si amérement.

» Il y fait rendre une Sentence, sans

m'avoir rien fait fignifier ; rien com-
muniquer. Enfuite il fe pourvoit par
appel contre cette Sentence, & fur cet
appel, il me fait intimer après s'être
préfenté feul aux premiers Juges. Quelle
marche bizarre ; & qu'y découvre -ton,
finon le plan odieux de prolonger un
procès plus odieux encore ?

» Sentant néanmoins que cet incident
ridicule pourroit bien ne pas répondre
affez à fes vûes de vexations, il ima-
gine un autre détour. Il avoit rendu
plainte contre moi en 1767 ; fait informer à fa pourfuite, fait entendre
les témoins qu'il lui avoit plu, fans
que ma famille ni moi en euffions la
moindre connoiffance : il vient de rendre plainte en fubornation ; & contre
qui ? contre fes propres témoins. J'é-
tois autorifée feule à former cette action ; je n'y aurois été que trop fondée.
J'ai négligé cet avantage de ma Caufe :
il effaie d'en profiter, non pour rendre
la fienne plus favorable, mais uniquement pour en retarder la décifion.

» Que veut-il donc ? Peut-on fe le
diffimuler ? me laffer, épuifer ma famille, qui depuis huit ans eft obligée

de me foutenir, tandis qu'il jouit de ma dot. Peut-être fe flatte-t-il, par ces indignes reffources, de me conduire au moment faral qui m'enleveroit les feules qui me reftent dans la tendreffe du plus digne des peres. Peut-être le défire-t-il cè moment funefte, que je voudrois retarder aux dépens de tous mes jours.

» De telles voies répondent bien à une telle Caufe ; mais tant d'efforts pour en écarter le jugement, ne font qu'anoncer mieux combien il le redoute. Les moyens vont achever de le confondre.

» Ces moyens s'expliquent en peu de mots ; ils naiffent des faits ; ils n'en font que le réfultat & la conféquence inévitable.

» Mon mari m'accufe d'inconduite, de libertinage, d'adultere ; mais où font fes preuves, fes indices, fes préfomptions ?

» Je viens de rapporter ce qu'il m'objecte. Et qui voit-on ? des écrits clandeftins & ténébreux ; des dépofitions vagues & impuiffantes, des imputations abfurdes & qui fe détruifent d'elles-mêmes : voilà fes armes.

» C'eft fur des libelles anonymes qu'il

appuie fa plainte. Son information fe
réduit à des ouï-dire préparés par fes
artifices. La dame Bourdin les aggrave,
il eft vrai ; mais elle fe dément. Il n'en
perfifte pas moins à me charger des
horreurs que leur premier auteur avoit
rétractées : voilà fa marche.

» Faut-il ouvrir des livres, citer des
Loix , employer des raifonnemens ,
pour réfuter un fyftême d'accufation
fi révoltant & fi contraire à toutes
les Loix , à tous les principes ? Ce
n'eft jamais qu'à regret , qu'à la derniere extrémité , & par la néceffité feule
de repouffer l'opprobre dont le couvriroit une époufe infidelle , qu'un mari
doit en venir à dénoncer fes infidélités
à la Juftice , & intenter contre fa femme , cette trifte accufation , prefque
auffi affligeante pour celui qui la forme,
que pour celle qui en eft l'objet.

Et alors il faut qu'il articule les
temps , les lieux & les complices des
crimes qu'il impute à fon époufe. Alors
il faut qu'il adminiftre des préfomptions violentes , des indices frappans :
ce n'eft pas affez ; des preuves claires &
certaines des délits dont il la charge.
Ce ne fera que fur ces preuves , que

cette

cette épouse pourra être condamnée,
& non sur des lettres sans signatures,
sur d'infideles rapports , sur les soupçons injustes d'un mari , trop souvent
intéressé à la perdre.

» D'apres ces regles, regles sûres, regles
inviolables, regles sacrées, ainsi doit-on
nommer toutes celles qui tendent à
conserver la vie & l'honneur des citoyens, analysons l'accusation infamante
à laquelle mon mari m'a soumise. Il
traduit comme coupable d'adultere ,
une épouse qui jouissoit d'une réputation *justement méritée* ; une épouse que
dans une cohabitation assez courte , il
avoit rendue souvent la victime de ses
emportemens & de ses fureurs ; une
épouse que, sans avoir aucun reproche
à lui faire , il avoit bannie de la maison conjugale ; une épouse à qui, dans
la situation la plus pressante, & durant
leur union, il a refusé des secours indispensables , & pour qui , depuis la
séparation, il n'a payé pour pension &
entretien que 1400 liv. au plus, c'est-
à-dire, un peu moins de 200 liv. par
an , quoiqu'il en ait reçu une dot de
40000 livres : déjà que de préjugés
contre lui & en ma faveur !

Tome VIII.   M

» Mais écartons-les, j'y consens; sup-
posons-nous seuls aux pieds de nos Juges. Là il faut qu'il me dise, qu'il me
prouve quand, où, comment & avec
qui je me suis rendue coupable des
crimes qu'il ose me reprocher.

» Je vais les reprendre en peu de
mots, ces époques sur lesquelles il s'est
étendu avec tant de complaisance, &
qu'il m'a fallu repasser avec tant d'a-
mertume.

» Est-ce dans la premiere époque &
durant notre cohabitation, qu'il prétend placer ces crimes & en trouver des
preuves ?

» Cependant, on ne peut trop l'observer, c'est à la fin de cette époque
qu'il m'a interdit sa maison, qu'il
m'en a exilée.

» Par-là, ne se seroit-il pas rendu
coupable le premier des égaremens où
j'aurois pu tomber dans la suite ? C'est
vous, aurois-je été en droit de lui dire,
mari cruel, époux intraitable, c'est
vous qui avez engagé, qui avez conduit, qui avez précipité votre épouse
malheureuse dans le déréglement, en
la dépouillant de son état, de ses
droits, de sa demeure. Mais je n'ai

pas besoin de cette excuse humiliante : je puis me plaindre de sa conduite ; il n'aura point à rougir de la mienne.

» Est-ce dans la seconde époque & pendant mon séjour chez mon pere, qu'il voudra me convaincre d'avoir manqué aux engagemens qu'il avoit lui-même si solennellément méconnus & violés ?

» De quoi m'y charge - t - il ? 1°. d'une liaison intime avec un sieur.... 2°. d'avoir écouté de la part du même, des propositions de me défaire de mon époux : 3°. d'une grossesse publique & d'un accouchement clandestin.

» Mais, 1°. ces liaisons avec.... , il prétendoit en faire résulter la preuve de mes aveux, & j'ai dit tout le contraire, & pas un témoin ne m'en charge.

» 2°. Ces propositions affreuses qu'il m'impute d'avoir écoutées, & de la part du sieur......, qui jamais ne m'a tenu de semblables propos, la dame Bourdin seule en avoit déposé ; cette femme si suspecte par sa haine contre moi & ses liaisons trop connues avec mon mari, & elle s'en est rétractée, & mon mari ne l'ignore pas.

» 3°. Cette grossesse publique, dont

M ij

pourtant personne ne s'est apperçu ;
cet accouchement si clandestin , qu'il
n'en reste pas la moindre trace , c'est
sur une lettre anonyme que tout le
convainc de s'être fait adresser , c'est
sur des ouï-dire dont l'origine remonte
à lui seul.

» Sont-ce là des moyens faits pour
convaincre ?

» Seroit-ce enfin dans la troisieme
époque , & tandis que j'ai demeuré en
différentes Communautés , qu'il se
flatteroit d'établir la conviction de ma
honte ? Que m'y reproche-t-il donc
encore ?

» 1º. D'y avoir reçu un jeune homme
déguisé en Tapissier.

» Mais ce jeune homme étoit son
propre frere. Il est entré *à mon insçu,*
& je ne l'ai vu qu'en compagnie ; il
le sait.

» 2º. D'avoir écrit une lettre. J'en
conviens ; j'eus tort ; mais cette lettre
n'annonce que des sentimens & point
de commerce. C'est à ses vexations qu'il
doit s'en prendre , plus qu'à mes dispositions.

» 3º. D'avoir admis dans ma chambre à Bauran , un sieur... ; mais il

étoit entré dans la clôture par étourderie, & non pour moi ; il ne parut
dans ma chambre qu'*un inſtant*, accompagné de toute la Communauté,
qui le conduiſit au même moment à
la porte.

» 4°. D'être ſortie de Saint-Michel
par une porte négligée & donnant
dans l'extérieur : c'eſt une imprudence,
& non un crime.

» 5°. D'avoir paſſé deux jours hors
de cette maiſon. J'étois dans celle de
Saint-Eutrope, *pour le moins* auſſi réguliere.

» Voilà ce qu'il a vu dans les informations qu'il ſe permet d'altérer, de
tronquer, de falſifier. Et combien de
témoignages n'a-t-il pas dû y voir en
ma faveur ! Qu'il les interroge ces reſpectables Communautés où j'ai demeuré, ces perſonnes eſtimables avec qui
j'ai eu l'avantage de vivre ; qu'il rapporte ce qu'il en a appris de ma conduite : je n'aurai plus à me défendre,
je trouverai autant d'apologiſtes que j'ai
eu de témoins.

» Que deviennent donc à préſent les
imputations dont il m'a noircie, ces
crimes dont il m'a chargée ? Ils ſe

M iij

font évanouis, ils font difparus. Mais
il connoît mon innocence, & il me
pourfuit malgré la conviction qu'il
en a.

» Je ne puis donc que le confondre, & le fuccès augmentera mes peines & mes douleurs; il m'avoit chaffée
de ma maifon, forcée de me retirer
dans des cloîtres; il m'envie la forte
de repos que j'y trouvois, l'eftime &
l'honneur que j'y confervois; il effaie
de m'enlever l'une & l'autre; rien ne
lui coute pour y réuffir, rien ne l'arrête, rien ne l'effraie. N'eft-il pas
temps enfin que la Juftice mette des
bornes à des vexations fi dures, fi
criantes? Et s'il n'eft plus de bonheur qu'elle puiffe me rendre, du
moins qu'elle venge, qu'elle affure
mon honneur «.

Après plufieurs procédures faites au
Parlement, la Sentence du Châtelet,
du 13 Juillet 1770, fut confirmée,
& par conféquent la femme déchargée
de l'accufation en adultere.

La dame de Saint-M... ayant réclamé
l'éducation de fa fille, il fut ordonné
que fon mari feroit tenu de déclarer,
dans trois jours, l'endroit & la maifon

où il la faifoit élever, & que, dans
le cas où il changeroit cet enfant
de maifon, il feroit tenu de déclarer
à fa femme le lieu de fa nouvelle
demeure.

Depuis il s'eft élevé différentes conteftations entre la dame de Saint-M...
& fon mari. Elle s'eft empreffée de demander fa féparation de corps & de
biens, & elle a été prononcée par Sentence du Châtelet du 18 Décembre
1773, qui a été depuis confirmée fur
l'appel que le fieur de Saint-M... en
avoit interjeté.

Par une fuite néceffaire de fa féparation, la dame de Saint-M.... avoit
obtenue la reftitution de fa dot ; le
fieur de Saint-M.... ne rempliffant
point cette obligation, fon époufe l'a
pourfuivi avec rigueur ; & pour le
forcer à l'exécuter, elle a eu recours
au moyen extrême de la contrainte par
corps.

Alors le fieur de Saint-M... a renou-
velé fes plaintes, & les a fait entendre
dans les Tribunaux.

Nous puiferons les détails de cette
derniere conteftation dans un Précis que

M iv

M. Samson Duperron a fait imprimer
pour le sieur de Saint-M...

» C'est toujours (disoit-il) à regret
qu'un mari, pour venger les outrages
faits à son honneur, est forcé de publier la honte & les désordres de sa
femme. Si le sieur de Saint-M... qui
s'est vu réduit à cette dure nécessité,
a eu le malheur de ne pas réussir dans
l'accusation qu'il a formée contre la
sienne, ce n'est pas certainement dans
la fausseté de cette accusation, ni dans
le défaut de preuves qu'il faut en chercher la cause : pour un crime obscur,
& dont les coupables ont toujours soin
de s'envelopper des ombres les plus
épaisses, il n'est pas possible d'admi-
nistrer de preuves plus nombreuses &
plus fortes que n'a fait le sieur de
Saint-M...

» Soit que l'on consulte les dépositions d'une foule de témoins oculaires,
soit qu'on veuille lire la correspondance entre la dame de Saint-M... &
l'objet de sa passion adultere, soit enfin
que l'on fasse attention aux aveux
multipliés qui lui sont échappés dans
ses interrogatoires, il est impossible

de ne pas la regarder comme coupable.

» Quoi qu'il en foit cependant, la dame de Saint-M... eft parvenue à obtenir fa féparation, & à faire ordonner la reftitution de fa dot.

» Elle s'eft livrée enfuite fans réferve à fon reffentiment, pour caufer à fon mari les chagrins les plus fenfibles ; elle a même étendu les effets de fa vengeance jufque fur la perfonne de fa fille. Après l'avoir oubliée pendant dix ans entiers, elle ne s'en fouvient, au bout de ce long intervalle, que pour la conftituer prifonniere dans le couvent où elle demeuroit, en faifant faire, de fon autorité privée, défenfe à la Supérieure de ce couvent de la laiffer fortir *fans un ordre exprès du Roi.* Perfonne affurément ne prendra le change fur le véritable motif de *ces défenfes* ; elles n'en avoient d'autre, fans doute, que la haine de la dame de Saint-M... pour fon mari & pour fa fille.

» Si l'on pouvoit douter encore jufqu'à quel point elle eft prédominée par ce fentiment odieux, on en fera bientôt convaincu, quand on faura

M v

la conduite qu'elle a tenue, fur la fin de l'année derniere, à l'égard de fon mari.

» Déjà elle avoit formé fa demande à fin de le faire condamner par corps à la reftitution de fa dot : & déjà fon mari avoit, dans une Requête imprimée, combattu cette demande, & prouvé qu'elle étoit indécente & injufte, réprouvée par les Loix & profcrite par les Arrêts.

» La dame de Saint-M... défefpérant du fuccès de cette demande, ou impatiente de l'attendre trop long-temps, a pourfuivi contre fon mari le payement des dépens prononcés contre lui; elle s'eft pourvue d'exécutoires & d'Arrêts d'*iterato*, qu'elle s'eft hâtée de mettre à exécution.

» Pour prévenir l'effet de cette contrainte, le fieur de Saint-M... avoit formé oppofition à ces Arrêts; mais la dame de Saint-M... eft venue à bout, à force de déclamations, de faire débouter le fieur de Saint-M... de fon oppofition.

» Alors fa famille eft venue à fon fecours; elle a fait faire à la dame de Saint-M... au domicile de fon Procureur, des offres de lui payer tous les dépens qu'elle demandoit, *si elle vou- loit entrer dans une maison reli- gieuse.*

» Cette condition, que la famille du sieur de Saint-M... imposoit à son épouse, n'auroit pas dû sans doute être rejetée, & ne doit étonner personne de ceux qui connoissent cette femme ; mais la dame de Saint-M... jalouse de conserver son indépendance sans aucune espece d'entraves, a refusé d'entrer dans un couvent, plutôt que de manquer l'occasion de priver son mari de sa liberté.

» Il semble même, par les précautions qu'elle a prises, qu'elle craignoit qu'il ne lui échappât : elle a commis son frere pour accompagner le Garde du Commerce chargé de la capture, comme pour lui prêter main forte : mais il n'en a pas été besoin ; le sieur de Saint-M... n'a fait aucune résistance ; il s'est laissé paisiblement conduire au lieu de sa captivité. Il n'a pas même daigné faire au frere de la dame de Saint-M..... aucun reproche sur le rôle avilissant qu'il jouoit en ce moment.

M vj

» La détention du fieur de Saint-M...
n'a pas été longue : heureufement un
de fes amis a configné au Greffe
de la prifon, les fommes pour lefquelles
il y avoit été renfermé ; ainfi le fieur
de Saint-M.... a recouvré fa liberté
le lendemain du jour qu'il l'avoit
perdue.

» Il n'eſt perſonne ſans doute qui ne
blâme, qui ne défapprouve cette entreprife de la dame de Saint-M... fur
la liberté de fon mari ; mais c'eſt aux
Magiſtrats qu'il appartient de l'en venger ; ils ne pourront s'y refufer, pour
peu qu'ils daignent confidérer fur qui
& à la requête de qui cette contrainte
a été exercée, & dans quelles circonf-
rances.

» La famille du fieur de Saint-M....
offroit à la dame de Saint-M... de lui
payer tous les dépens dont elle avoit
obtenu les exécutoires ; mais celle=ci
refufe de les recevoir de cette famille,
afin de pouvoir exercer contre fon mari
la contrainte dont elle le menaçoit. Il
eſt vrai qu'on lui impofoit la condition
de rentrer dans le couvent ; mais fa
conduite paſſée ne rendoit-elle pas cette
condition indifpenfable ? Ne devoit-on

pas craindre que la dame de Saint-M...
n'abufât des fommes qu'elle alloit toucher ? Ne devoit-on pas craindre qu'elle
n'allât les dépenfer à Orléans, pour y
reprendre les mêmes habitudes crimi-
nélles qu'elle y avoit eues auparavant ?
Il n'y avoit que la retraite de la dame
de Saint-M... dans le couvent, qui
pût calmer ces craintes, malheureufement trop bien fondées.

»Mais il y a plus : quand bien même
on fuppoferoit, dans la condition im-
pofée, ou plutôt propofée à la dame
de Saint-M... par la famille de fon
mari, autant d'injuftice qu'il y avoit
au contraire de juftice, de décence
& de raifon ; quel eft l'homme honnête & fenfible, qui ne défapprouve
encore la dame de Saint-M... de ne
pas l'avoir acceptée ? Entre l'alterna-
tive, ou du couvent pour elle, ou de
la prifon pour fon mari, devoit-elle
balancer un moment dans fon choix ?
Ne devoit-elle pas préférer d'aller prendre des leçons de vertu dans un afile
confacré à la Religion, plutôt que de
faire traîner fon mari dans un féjour
ténébreux deftiné à la punition des
crimes ?

» Il est bien important au sieur de Saint-M... d'effacer cette tache qui a flétri un instant de sa vie. Sa qualité de Négociant, & plus encore sa qualité de pere, lui en imposent rigoureusement le devoir.

» Son commerce pourroit souffrir, son crédit pourroit diminuer & se perdre entiérement, si son nom étoit conservé sur la liste ignominieuse des banque-routiers frauduleux, ou au moins des malheureux débiteurs qui ne peuvent faire face à leurs affaires : sa fille au-roit à rougir également d'y trouver le nom de son pere.

» Si cet enfant, ce fruit unique du plus infortuné des mariages, est destiné à gémir sur la destinée de ceux qui lui ont donné le jour, il faut au moins qu'elle n'ait à plaindre son pere que des malheurs dont il a été la victime, & que sa sensibilité n'a fait qu'aggraver encore.

» C'est sur ces considérations impor-tantes que le sieur de Saint-M... appuie la demande qu'il a formée par sa Re-quête du 3 Février de cette année, à fin de nullité de son emprisonnement & de radiation de son écrou ; elles ne peuvent manquer d'être accueillies, si

M. l'Avocat-Général, que son ministere auguste constitue essentiellement
le gardien des mineurs, daigne prendre la défense de la demoiselle de Saint-
M...: c'est à cet éloquent Magistrat (a),
chargé de maintenir l'ordre & l'honnêteté publique, qu'il appartient de
s'élever avec force contre la dame de
Saint-M... qui a blessé l'un & l'autre
en exerçant sur son mari la contrainte
par corps, pour des dépens qu'on avoit
offert de lui payer.

» Le sieur de Saint-M... pourroit renfermer sa défense dans ce développement: mais, pour ne laisser rien à désirer, il va discuter les différentes questions qui sont soumises à la décision
des Magistrats.

» Une de ces questions est de savoir *si la dame de Saint-M... peut
obtenir la contrainte par corps contre son mari pour la restitution de sa
dot.*

» Le sieur de Saint-M... pourroit établir la négative de cette proposition,
par une foule d'autorités également dé-

_____

(a) M. Seguier, Avocat-Général.

cifives & refpectables ; mais il fe con-
tentera de rapporter les paroles de
M. l'Avocat-Général Bignon, dans une
Caufe pareille, jugée en 1635 fur fes
conclufions.

„ Cette Caufe eft toute publique
„ (difoit ce Magiftrat) ... en laquelle
„ il s'agit de favoir fi un mari peut être
„ contraint par corps pour la reftitution
„ de la dot de fa femme, ce qui n'eft
„ point raifonnable. Les Loix Romaines
„ n'ont pas même trouvé jufte qu'il pût
„ être contraint en fes biens, finon *in*
„ *quantum facere poffit* : que fi ces Loix,
„ qui ont été faites en cas de divorce,
„ ont voulu néanmoins que l'on portât
„ tant de refpect au mari, *in honorem*
„ *tranfacti matrimonii* ; à combien plus
„ forte raifon doivent-ellesêtre obfervées
„ parmi les Chrétiens, qui n'admettent
„ point de divorce, mais feulement la
„ fimple féparation de biens & d'habi-
„ tation, nonobftant laquelle le mariage
„ dure toujours, n'étant que refroidi par
„ quelque difgrace, qui ne doit pas pro-
„ duire une haine fi forte qu'elle exige
„ la contrainte & l'emprifonnement d'un
„ corps qui doit être cenfé faire partie

» de la perfonne qui le défire ? Il n'y
» a point d'apparence d'adhérer à cette
» dureté «.

» En conféquence , & en conformité
de ces conclufions , la Cour , fur
la demande à fin de contrainte par
corps de la femme contre fon mari,
mit les Parties hors de Cour & de
Procès. (a).

» La Cour jugera fans doute dans la
Caufe actuelle, comme elle fit en 1635,
& avec d'autant plus de raifon, que
la dame de Saint M..., qui ne peut
toucher fa dot qui eft mobiliere, fans
offrir & donner un emploi, attendu
qu'elle en doit conferver la propriété
à fa fille, eft encore à faire cette offre.
De plus, elle la feroit inutilement aujourd'hui, parce que la famille de fon
mari , dont la folvabilité n'eft pas
& ne peut être conteftée, fe charge
de cette dot, à des conditions très-
avantageufes pour la mere & pour la
fille.

» Une autre queftion de la Caufe eft
de favoir *à qui du fieur de Saint-M...*

_____

(a) Voyez Bardet, liv. 4, chap. 22.

*ou de la dame de Saint-M... on doit
confier l'éducation de leur fille.*

» Le fieur de Saint-M... a prouvé que
c'eſt à lui qu'appartenoit, fans reſtric-
tion, le foin de l'éducation de fa fille :
les Loix naturelles & civiles font d'accord
à cet égard, dans la theſe générale ; mais
ce qui décide dans l'eſpece particuliere,
c'eſt le motif qui a déterminé la ſépa-
ration des deux époux ; c'eſt la conduite de la mere, c'eſt ſon indifférence,
ou plutôt ſon oubli total de ſa fille pendant
dix ans entiers : on ne croira jamais que la
dame de Saint-M... qui a répété tant de
fois dans ſes lettres, adreſſées à un étranger, *que lui ſeul pouvoit l'intéreſſer, &
que perſonne ne pouvoit jamais l'af-
fecter* que lui, ait conſervé pour ſa fille
l'amour que la Nature grave dans le
cœur des meres pour leurs enfans. Les
Magiſtrats qui veillent au maintien des
bonnes mœurs, & qui ſavent combien
elles dépendent de la premiere éducation, ſe donneront bien de garde ſans
doute d'abandonner celle de la demoiſelle de Saint-M.... aux ſoins de ſa
mere.

» Enfin, la troiſieme queſtion de la

Caufe, celle qui paroît préfenter le plus de difficulté , confifte à favoir *jufqu'à quel point un mari conferve d'autorité fur fa femme , même après la féparation de corps.*

» Pour décider cette queftion , il fuffit de confidérer la nature du contrat de mariage, & les effets que produit la féparation.

» Le mariage n'eft point , dans nos mœurs, un fimple contrat civil , que la volonté de ceux qui s'y engagent puiffe brifer à leur fantaifie : libre pour former cette union , on ne l'eft pas pour la rompre.

» L'engagement de deux époux forme une fociété qui ne peut finir entiérement qu'à la mort de l'un ou de l'autre : fon indiffolubilité , fondée fur la Loi divine, l'eft auffi fur l'utilité politique. Après avoir fatisfait au vœu de la Nature en donnant le jour à des enfans , la fociété particuliere dont ils font le gage & le fruit , doit veiller à leur procurer le développement & la maturité dont ils font fufceptibles, afin de les rendre utiles à la Société générale.

» Le chef de l'union conjugale eft l'é-

poux ; la raifon & la Nature lui défe-
rent cet empire. Si , dans fon gouvernement domeftique , il abufe de fon
autorité ; s'il s'y montre un diffipateur
au lieu d'être économe ; s'il y domine
en tyran par la force & par la violence ,
au lieu d'y régner par la douceur & la
modération , les Loix viennent au fecours de la femme qu'elles lui ont fubor-
donnée , & lui ouvrent une voie pour
échapper aux excès de fa prodigalité
& de fes emportemens.

» De là viennent les deux efpèces de
féparations qui relâchent , mais ne
rompent pas le nœud du mariage : uniquement admifes pour mettre les biens
ou la perfonne de la femme à couvert de la diffipation ou de la violence
du mari , jamais elles ne peuvent lui
procurer une indépendance abfolue :
même après la féparation de corps , la
femme doit encore à fon mari compte
de fa conduite ; fi elle fe permettoit de
mener une vie qui compromettroit fon
honneur , le mari pourroit en pourfuivre la vengeance.

La féparation n'ôte pas entiérement
au mari la puiffance qu'il a fur les biens
& fur la perfonne de fa femme ; elle

lui ôte feulement la faculté d'abufer de cette puiffance. Mais il feroit abfurde d'accorder à la femme ce que l'on ôte à fon mari ; il feroit abfurde de permettre à la femme féparée d'abufer de fes biens & de fa perfonne.

» La féparation d'habitation , dit » Pothier (Traité du contrat de maria- » ge , partie 6 , chap. 3) ne rompt » pas le lien du mariage ; elle donne » feulement atteinte aux effets qu'il » produit. Le mari conferve même » encore après la féparation d'habita- » tion , quelque refte de la puiffance » maritale , la femme féparée ayant be- » foin , pour les actes qui tendroient à » l'aliénation de fes immeubles , de » l'autorifation de fon mari ; fur fon » refus , de celle du Juge qui en eft re- » préfentative «...

» La féparation de corps , dit Du- » pleffis (Traité de la communauté , » liv. 1 , chap. 4) , n'empêche pas » l'action d'adultere «.

» La féparation de corps , qui n'avoit lieu autrefois que pour les fevices & mauvais traitemens du mari , a depuis été admife dans les cas où la femme

accusée d'adultere seroit assez heureuse
pour justifier son innocence , ou même
pour n'être pas condamnée. Cela étoit
juste ; le mari lui-même avoit provoqué cette séparation par sa plainte en
adultere : c'étoit entrer dans ses vûes
que de la prononcer ; quelquefois même
en la prononçant , c'étoit le punir de
la témérité & de la fausseté de son accusation.

Mais , lorsque la femme accusée d'a-
dultere n'échappe à la condamnation
qu'à l'abri d'une nullité de procédure ;
lorsque les preuves les plus multipliées
& les plus positives la dénoncent coupable ; lorsque ce n'est qu'un moyen
de forme qui empêche de prononcer
contre elle la peine de l'authentique ;
dans ce cas sans doute, si la femme
obtient une séparation que le mari a
désirée , cette séparation ne donne pas
à la premiere la liberté d'outrager plus
impunément le second ; la femme ne
peut en profiter pour réclamer une indépendance absolue, dont sa conduite
passée prouve d'avance qu'elle abuse-
roit à l'avenir. Il est de la sagesse des
Loix & de celle de ses Ministres , de

prévenir le crime en le rendant plus difficile à commettre , plutôt que de s'expofer à la nécessité de le punir , pour n'avoir pas voulu l'enchaîner d'abord.

» C'eft fur ces puiffans motifs que s'appuie le fieur de Saint-M.... ; en demandant que fa femme foit tenue de fe retirer dans une maifon religieufe, Malgré leur féparation de corps, il conferve encore fur fes mœurs un droit d'infpection qu'il ne perdra qu'avec la vie ; elle lui doit compte de fa conduite.

» Si même avant la féparation elle n'a pas craint de mener une vie déréglée, que ne fe permettra-t-elle pas après la féparation ? Si dans la ville même où elle a pris naiffance, fous les yeux de fa famille, elle s'eft livrée aux écarts d'une paffion criminelle , qui pourra la contenir dans le devoir, fi on l'abandonne à elle-même au milieu de la Capitale, où le vice n'a que trop de facilité pour fe cacher ? Le refus même que fait la dame de Saint-M.... de fe retirer dans un couvent, ne prouve-t-il pas lui feul la néceffité de l'y contraindre ? Ne prouve-t-il pas qu'elle veut fecouer le joug de toute eſpece de ſubordination & de dépendance ? Et pourquoi, ſi ce n'eſt pour ſuivre ſans gêne ſes penchans & ſes goûts ?

» Mais, dira peut-être la dame de Saint-M...., que demanderiez-vous de plus rigoureux contre moi, ſi j'avois été convaincue & condamnée ? J'aurois été renfermée dans un monaſtere ; je ne dois donc pas ſubir la même peine, après avoir été déchargée de l'accuſation.

» Pluſieurs réponſes détruiſent cette objection. La dame de Saint-M... n'a évité la condamnation & les peines qui devoient la ſuivre, que par le moyen d'une nullité de procédure entiérement incapable d'anéantir les preuves multipliées qui dépoſoient contre elle.

De plus, il faut faire une grande différence entre la retraite dans un couvent que demande aujourd'hui le ſieur de Saint-M.... pour ſa femme, & la retraite qui auroit été ordonnée par un Jugement de condamnation : celle-ci ſeroit une récluſion, une peine du crime qu'elle a commis & dont elle auroit été déclarée convaincue ; au lieu que celle là n'eſt qu'une précaution ſage fage & néceffaire, pour prévenir des défordres ultérieurs.

» Cette retraite de la dame de Saint-M...... dans un couvent eft d'autant plus indifpenfable, que non feulement l'honneur de fon mari y eft intéreffé , mais encore fa vie.

» En effet , l'un des chefs de fa plainte contre elle concernoit des *propofitions qui lui lui avoient été faites pour la défaire de fon mari.*

» Le fieur de Saint-M... avoit préfenté une Requête tendante à faire ordonner que la dame de Saint-M... feroit tenue de nommer ceux qui lui avoient fait ces criminelles propofitions ; mais cette Requête a été rejetée ; ce qui paroîtra fans doute étonnant, fur-tout fi l'on fait attention aux aveux faits par la dame de Saint M.... dans fes interrogatoires : elle y eft en effet convenue que ces propofitions lui avoient été faites ; elle a eu l'impudence même d'excufer ceux qui les lui avoient faites , & elle a été jufqu'à dire *qu'elle ne peut & ne doit les nommer.*

» Il n'en faudra pas davantage fans doute pour exciter le zele du Miniftere public , & le porter à fe joindre au

Tome VIII.   N

sieur de Saint-M..., afin de mettre ses jours en sûreté, en requérant la retraite de la dame de Saint-M..... dans un couvent, & lui interdisant par ce moyen toute communication avec ceux qui pourroient lui proposer encore *de la défaire de son mari, soit en se battant avec lui, soit par une autre voie.*

„ Si l'honneur & la vie du sieur de Saint-M... sollicitent fortement en sa faveur la retraite de sa femme dans le couvent, on peut ajouter qu'il est même de l'intérêt de celle-ci de ne pas s'y refuser.

S'il lui reste encore un peu d'estime d'elle-même, un peu de respect pour ses devoirs ; si son cœur est capable encore du désir de retourner à ses premiers & légitimes engagemens, & de rentrer dans la maison de son mari : quel moyen plus assuré pour y parvenir, que celui qu'on lui propose ?

„ Tout se réunit donc pour déterminer la Cour à ordonner que la dame de Saint-M... se retire dans une maison religieuse ; l'honneur & la vie du mari, l'honneur & l'intérêt même de la femme : c'est là qu'elle pourra se rendre digne de reprendre un jour les droits que la Nature lui avoit donnés sur l'éducation de sa fille, mais dont elle doit être privée aujourd'hui ; c'est là qu'ayant toujours sous les yeux des modeles de sagesse & de vertu, elle oubliera insensiblement ses goûts & ses penchans ; c'est là enfin que le repentir succédant dans son ame à la passion qui l'a souillée, elle pourra mériter de son mari le pardon de ses fautes, & faire oublier ses égaremens comme des foiblesses de son âge & de son sexe.

» La dame de Saint-M. . . . . répondoit ainsi au Précis imprimé de son mari.

Ce Précis, disoit-elle, comme tous les autres écrits du sieur de Saint-M.... ne présente de sa part que la plus odieuse diffamation contre sa malheureuse épouse, les plus frauduleuses machinations pour lui enlever le seul moyen de subsistance qui lui reste, & une sorte de dérision de l'autorité si respectable des Magistrats.

Malgré les Arrêts qui ont si solennellement déchargé la dame de Saint-M.... de l'accusation criminelle que

fon mari n'avoit pas craint d'intenter
contre elle, il ne s'en permet pas moins
de reproduire en public & jufqu'aux
pieds des Tribunaux fes inculpations
déjà proferites. La dame de Saint-M....
n'a plus à fe juftifier; c'eft à la Cour
à la venger d'une pareille injure, comme elle y a déjà conclu, & à réprimer
une conduite auffi répréhenfible.

Malgré la féparation de corps & de
biens prononcée contradictoirement entre elle & fon mari, celui-ci, après avoir
frauduleufement fouftrait fa fortune aux
juftes pourfuites de fon époufe, femble
défier la Juftice de pouvoir le contraindre à reftituer une dot qu'il a reçue,
ou du moins il prétend, fous les yeux
de la Cour, fe rendre l'arbitre de l'exécution des Arrêts, & ne s'y foumettre qu'autant qu'il voudra.

Que l'on fuive fa marche: à peine
eut-il intenté contre fon époufe fon
accufation, qu'il s'empreffa de vendre
les biens-fonds qu'ils s'étoient confti-
tués dans fon contrat de mariage. Dans
le partage qu'il fit enfuite avec fes freres & fœurs des biens paternels & ma-
ternels, il ne prit que des effets mobiliers; il mit enfin fous le nom d'un de

fes freres qui voulut bien s'y prêter, tous fes meubles meublans. Rien ne paroiffoit ainfi fous fon nom. Il n'en dit pas moins, & n'en fit pas moins imprimer lors du procès en féparation, qu'il lui reftoit une fortune confidérable : après le jugement de ce procès, il déclara avoir épuifé cette fortune au payement de fes dettes ; il n'avoit oublié que la dot & les reprifes de fon époufe.

Quelle fatisfaction pour lui, après avoir affligé, tourmenté, vexé pendant plus de dix ans fon époufe, de ne laiffer à cette trifte victime aucune reprife, aucune reffource ! C'étoit le fuccès fubfidiaire dont il s'étoit au moins flatté dans fa cruelle entreprife : s'il ne pouvoit pas faire condamner fon époufe, toujours s'affuroit-il de la réduire à l'indigence. Il a déjà conftaté ce projet relativement aux dépens auxquels il avoit été condamné ; il a fallu qu'elle obtînt des exécutoires, des Arrêts d'*iterato*, & la contrainte par corps : il a fallu qu'elle la fit exécuter.

Mais avec quel empreffement, ofe avancer le fieur de Saint-M.... ; *à peine cette contrainte eft décernée qu'elle*

N iij

fut mise en exécution. Il est aisé de prouver combien cet exposé est loin de la vérité, & qu'au lieu d'empressement de la part de la dame de Saint-M.... à la faire exécuter, elle ne s'y est déterminée qu'à la dernière extrémité, & faute d'autre ressource, puisque les Arrêts de prise de corps sont en date du 23 du mois de Décembre de l'année 1774, & n'ont été mis à exécution que le 29 Novembre 1776, deux ans après.

Cette exécution de l'Arrêt, ajoute le sieur de Saint-M...., *pouvoit porter le plus grand coup à mon crédit, à mon commerce ; j'étois perdu, si un de mes amis n'eût payé pour moi.* Mais le sieur de Saint-M.... (comme on vient de le prouver ci - dessus) a eu un délai assez long, depuis l'Arrêt rendu jusqu'à son exécution, pour faire cette somme, & l'on sait assez en conséquence quel est l'ami compatissant dont il parle ; d'ailleurs, lui qui tous les jours répond à son épouse, répond dans les Tribunaux qu'il n'a rien, a-t-il bien fait attention qu'il nous apprend enfin ici qu'il a du crédit, qu'il a un commerce ? Il a donc, & a su faire connoître à ses

Correspondans des fonds & des ressour-
ces qu'il cache à sa femme , & qu'il
a jusqu'ici dérobés à la Justice.

Mais le respect du lien conjugal ,
poursuit le sieur de Saint-M...., *permet-*
il d'accorder à la femme la contrainte
par corps contre son mari ?

Seroit-ce à lui de le réclamer *ce respect*
du lien conjugal qu'il a si peu connu ,
qu'il a tant outragé ? Les Arrêts de la
Cour , en vertu desquels il a été contraint par corps au payement des dépens qu'il a forcé de mettre en exécution , n'ont-ils pas prouvé que la qualité de mari ne doit pas arrêter l'exécution de la justice ? la dot des femmes
seroit-elle moins sacrée que des dépens ?

Elle refuse , il est vrai, la contrainte
par corps , même pour la restitution de
la dot , lorsque sans fraude & sans
faute de sa part, le mari ne peut la restituer : mais un mari qui , après avoir
employé la calomnie la plus affreuse
pour perdre une épouse innocente , &
la fraude la plus manifeste pour lui enlever les gages connus de sa dot , ne
se refuse à la restituer que par une suite
de vexations , & par le cruel plaisir de

N iv

la réduire à la plus affreufe indigence, peut-il compter fur l'indulgence des Loix, & n'en mérite-t-il pas au contraire toute la févérité ?

On pourroit citer une foule d'autorités pour établir qu'en ces fâcheufes circonftances, la contrainte par corps eft à la vérité une trifte reffource, mais la feule cependant qui refte aux femmes, & que les Loix mêmes leur affurent. Mais on fe bornera à l'autorité d'un Arrêt tout récent, par lequel, *après une plaidoirie du 27 Octobre 1775, attendu le dol employé par un mari pour enlever à fa femme le gage de fa dot, & le défaut d'autre reffource de la femme pour fubfifter, la Cour a comdamné le mari par corps au payement de la dot.* Le malheur dont la Cour a voulu garantir cette femme, menace la dame de Saint-M.... Son pere eft épuifé par la pourfuite de ce procès. Elle n'a de reffource pour elle & pour fa fille née de ce mariage, que fa dot; fi cette dot n'eft reftituée, la mere & l'enfant font voués à l'indigence; & fi ce n'étoit pour affurer la fubfiftance de la mere, ce feroit pour affurer la fubfiftance de l'enfant

que la contrainte par corps feroit accordée *par les Magiſtrats , tuteurs
nés des enfans mineurs* , puiſque les
riſques leur font communs : or , ſi l'on
ne peut ſe promettre de reſtitution de
la part du ſieur de Saint-M... , qu'au
moyen de la contrainte par corps , comme il l'a prouvé au ſujet des dépens
qu'il a enfin acquittés dans la priſon ;
s'il a pu s'y fouſtraire juſque-là , comme on a vu , lui fera-t-il permis de
braver la Loi , & vis-à-vis de ſa femme,
& vis à-vis de ſa fille ; n'emploiera-t-elle
pas au contraire tous les moyens de con-
ſerver à l'une & à l'autre les feuls moyens
de ſubſiſtance qui leur reſtent ?

Mais, ajoutera le ſieur de Saint-M... ,
pourquoi mon épouſe ſe refuſe-t elle à
l'offre que lui fait ma famille *de cau-
tionner le fonds de ſa dot , & d'en
payer les- intérêts fous la condition
qu'elle ſera obligée de finir ſes jours
dans un couvent au choix de M. l'Archevêque ?*

19. La dame de Saint-M.... , fatiguée
des malheurs dont ce procès l'accable
depuis dix ans , ainſi que ſon pere , qui
s'eſt épuiſé pour le foutenir , & deſi-
rant enfin d'en rompre le cours , étoit

N v

très-décidée à accepter cette proposition, quelque deshonorante qu'elle fût, si les ordres d'une famille honnête, & si les conseils d'amis sages & éclairés ne s'y étoient opposés, avec d'autant plus de fondement, qu'une pareille résignation ne mettant aucune différence entre l'épouse justifiée & l'épouse criminelle, qu'aux yeux d'un petit nombre d'amis instruits du jugement, ne seroit regardée du reste du Public peu intéressé à approfondir, que comme la peine infligée au crime dont elle étoit accusée par son mari, & rejailliroit infailliblement sur l'état de sa fille ; & qu'en conséquence ce qu'elle auroit accepté ne considérant qu'elle, elle doit le refuser en considération du tort qu'un pareil acquiescement peut faire à sa fille.

2°. Le sieur de Saint-M.... n'annonce, par cette condition mal-honnête & déshonorante, que de la mauvaise foi, puisque la famille ne garantiroit sans doute la dot de son épouse, que d'après les gages qu'il lui auroit secrétement fournis : il est donc en état de payer.

D'un autre côté, de quel droit cette famille étrangere à la Cause, ou plutôt

le fieur de Saint-M.... vient-il fe placer
entre l'Arrêt & fon exécution ; & pré-
tend-il foumettre celle-ci aux conditions
qu'il lui plaît de dicter ? Eft-ce donc
à lui à modifier, à rectifier les Arrêts,
& leur effet dépendra-t-il de fon caprice ?

Cette condition, quoi qu'en puiffe
dire M. de Saint-M...., ne peut être
regardée comme honnête, ni comme
condition ; ni d'après le motif dont il
la appuyée dans fon Précis ; les motifs
au contraire du refus de la dame fon
époufe feront approuvés de tout le
monde.

Que le fieur de Saint-M... ceffe donc
d'exiger cette condition, dont les motifs n'annoncent que fa haine ; comme
les refus, s'il perfifte à l'exiger, n'annoncent que fa fraude.

M. Sanfon Duperron fit paroître une
réponfe fous le nom de la demoifelle
de Saint - M....., dans laquelle elle
adreffoit aux Magiftrats le difcours fuivant.

» Vous me voyez entre ceux à qui
je dois le jour ; je voudrois bien fincé-
rement qu'ils me duffent leur réconciliation. S'il m'eft impoffible de les

N vj

amener au point d'y confentir, au
moins qu'il me foit permis de propofer les moyens que je crois propres, finon à cimenter leur paix, du
moins à faire ceffer leur méfintelli-
gence trop publique, & à leur procurer autant de repos & de bonheur
qu'ils peuvent en attendre de l'état
où ils fe trouvent.

» A Dieu ne plaife que j'ofe jamais
demander à ma mere compte de fa
conduite, quand même j'en aurois le
droit ! J'aime à croire qu'elle n'a
commis que des indifcrétions ou fait
des étourderies, même en écrivant
à un autre que fon mari, qu'elle
n'aimoit que lui dans le monde.

» D'un autre côté, je ne peux pas
regarder mon pere comme un calomniateur : fa délicateffe aura eu lieu
d'être alarmée des démarches que fon
époufe appelle indifcrétions ou étourderies : elles auront été affez graves
& affez multipliées pour lui donner
lieu de fe plaindre, & il n'en aura
pas offert des preuves ou affez évi-
dentes, ou affez régulieres pour des
Juges.

» Pourquoi n'efpérerois-je pas, d'un

Arrêt de la Cour, la liberté de mon pere ? Il n'y a nulle raison de l'en priver. Où est le dol qu'il a commis, où est la fraude qu'il a pratiquée, pour être contraint par corps à restituer la dot de son épouse ? Ma mere a-t-elle le plus léger intérêt à former cette demande ? Elle ne pourroit toucher le capital de cette dot sans en faire un emploi ; & il est impossible qu'elle trouve à la placer & plus sûrement & plus avantageusement. Plus sûrement ; les freres de mon pere , & de plus un de leurs amis , dont la richesse est connue , s'en sont rendus cautions : plus avantageusement ; on lui en payera les intérêts au denier vingt-cinq, sans aucunes retenues. De plus , les 600 livres qui seront prises tous les ans dessus pour ma pension & mon entretien , seront accumulées chaque année , jusqu'à mon mariage , pour former un capital dont mes oncles me feront présent alors.

» Ma mere me paroît avoir d'autant moins de raison d'insister sur la contrainte par corps , qu'elle n'est pas réduite , comme on le lui fait dire sans son aveu , à sa dot seulement ; elle jouit d'un bien de 40 à 50000 liv. à la

porte d'Orléans, fur le bord de la Loire.
Il y a lieu de penfer que le revenu en
eft affez confidérable ; puifqu'il lui a
fuffi depuis quelques années pour vivre
au milieu de Paris.

» Il ne refte donc à ma mere aucune
des raifons qu'on invoque en fon nom,
pour faire prononcer la contrainte par
corps contre fon mari ; l'impoffibilité
abfolue où il eft maintenant de reftituer la dot, ne provient ni de fon dol,
ni de fa fraude ; elle eft la fuite des
pertes & des dépenfes qu'il a effuyées :
ma mere n'eft pas heureufement dans
l'état de détreffe où on la repréfente :
enfin, moi, qui fuis leur fille commune
& leur fille unique, moi, pour qui ma
mere ne ceffe de protefter qu'elle a
de l'amitié, je trouve de l'avantage
dans les offres de mes oncles, en ce
qu'il en réfultera une augmentation de
dot en ma faveur : tout cela me paroît plus que fuffifant pour déterminer
ma mere à accepter ces offres, & à
ceffer d'infifter fur la contrainte par
corps.

» Il eft vrai que mes oncles appofent
pour condition à leurs offres, que ma
mere fe retirera dans un couvent.

» Comme je crois que les mœurs indiquent le couvent pour retraite à une femme qui n'habite pas avec son mari ni avec ses pere & mere, j'ai lu avec plaisir, dans la réplique imprimée pour ma mere, *qu'elle étoit très-décidée à accepter cette retraite.* Ce qui l'arrête dans l'exécution d'un projet si louable, c'est qu'elle craint qu'on ne regarde cette retraite *comme la peine infligée au crime dont elle étoit accusée.* Il est aisé de la rassurer à cet égard. Tous ceux qui savent qu'elle a été accusée, n'ignorent pas quel a été l'événement de l'accusation : ils ne pourront donc se méprendre sur le motif de sa retraite dans le couvent. Quant à ceux qui n'ont pas été instruits de l'accusation, ils ne peuvent pas soupçonner quelle aura été la cause de cette retraite ; ainsi ma mere peut sans répugnance se livrer à son désir ; elle peut faire sa demeure dans un couvent, sans craindre de compromettre ni son honneur ni sa réputation : il me semble au contraire qu'il n'y a pas de meilleur moyen de les mettre l'un & l'autre à l'abri de la critique & de la calomnie.

» Après avoir entretenu la Cour de ce qui, dans cette Caufe, regarde plus directement mon pere & ma mere, me feroit-il permis d'ajouter quelques réflexions fur ce qui me concerne perfonnellement ?

» Depuis ma naiffance jufqu'au moment actuel, je ne dois qu'à mon pere les foins de mon éducation & les frais de mon entretien : j'ai été élevée dans un couvent de la ville d'Auxerre, au milieu de la famille de mon pere ; je n'en fuis jamais fortie que pour peu de jours, pour rétablir ma fanté, & quelquefois pour jouir de la compagnie de mon pere.

» Sur quel fondement ma mere peut-elle demander à la Cour qu'il me foit fait défenfe de fortir du couvent, *fans un ordre exprès du Roi ou de la Juftice* ? Pourquoi étendre jufque fur moi l'effet d'un reffentiment dont je ne puis aucunement être la caufe ? Cette demande de ma mere ne fe concilie pas avec cet amour vif & tendre qu'elle affure avoir pour moi ; qu'elle fe contente donc de favoir le lieu que j'habiterai, afin de pouvoir m'y faire parvenir des marques de fon attachement, fi elle veut m'en donner.

» Il me reste enfin une grace à demander à la Cour. Mon pere, pour la liberté duquel j'ai tâché d'émouvoir sa sensibilité, l'a déjà perdue une fois; je n'ose dire que ç'a été sur la poursuite de ma mere, dans la crainte d'exciter contre elle l'indignation de la Cour, à mesure que sa commisération augmenteroit pour mon pere : son nom se trouve écrit à côté de ceux de personnes, ou déshonorées par le crime, ou prévenues du soupçon humiliant d'être banqueroutiers frauduleux ; je supplie la Cour de ne pas permettre que le nom de mon pere reste plus long-temps sur une liste aussi ignominieuse, & d'ordonner qu'il en sera rayé «.

Sur ces moyens opposés, il est intervenu, le 4 Juin 1777, Arrêt sur les conclusions de M. Seguier, Avocat-Général, qui n'eut aucun égard aux oppositions formées contre le jugement qui avoit déchargé la femme de l'accusation en adultere. Le même Arrêt autorisa le sieur de Saint-M... à voir sa fille, soit au parloir, soit hors du couvent où elle étoit, comme il le jugeroit à propos, & que la Supérieure du couvent l'estimeroit convenable. Il

fut autorifé en outre à la retirer de ce
couvent, & à la placer, foit dans un
autre couvent, foit dans tout autre
lieu que bon lui fembleroit, à la
charge feulement d'indiquer fa nouvelle demeure à la mere. Il fut ordonné que les termes injurieux, répandus dans les Requêtes & Mémoires
du fieur de Saint-M... contre l'honneur
& la réputation de fa femme, feroient
& demeureroient fupprimés, avec défenfes de récidiver.

Sur la demande à fin de contrainte
par corps, formée par la dame de Saint-
M... contre fon mari, pour la reftitution
de la dot, les Parties furent mifes hors
de Cour, fauf à la dame de Saint-
M... à accepter les offres qui lui avoient
été faites par les freres de fon mari &
un de leurs amis; favoir, de lui cau-
tionner le fonds de fa dot, de lui en
payer les intérêts à fix pour cent fans
retenue, à la charge de retenir 600
livres par an pour la nourriture & entretien de l'enfant; lefquelles 600 livres
feront accumulées jufqu'au mariage de
cette petite fille, pour lui former un
capital qui alors lui fera remis par fes
oncles; le tout néanmoins fans que

la dame de Saint-M... soit tenu de se soumettre à la condition apposée à ces
offres, de se retirer dans un couvent
indiqué par l'Archevêque de Paris. Il
est ordonné que la dame de Saint-
M..... sera tenue d'accepter ces offres
dans un mois, du jour de la signification de l'Arrêt; sinon, & ce terme
expiré, elle sera déchue de la faculté
d'accepter ou de refuser. Sur les autres
demandes, les Parties furent mises hors
de Cour, & le mari condamné en tous
les dépens.

QUESTION DE DOMICILE.

UN riche Banquier, Juif, de la ville de Bordeaux, a demandé la nullité du mariage qu'il a contracté à Londres avec une Angloise, née comme lui de parens Juifs. Il a formé cette demande au Châtelet de Paris. Sa femme a prétendu que ce Tribunal n'étoit pas compétent, & que le Sénéchal de Guienne étoit le Juge naturel des Parties & de leur véritable domicile. Cette prétention a donné lieu à une instance en réglement de Juges.

Ordinairement ces sortes d'incidens ne portent que sur des contestations peu intéressantes; mais le réglement de Juges dont nous allons rendre compte, a donné lieu à la discussion d'une question importante. Voici de quelle maniere le Défenseur (a) de la femme présentoit cette affaire.

» Un Banquier de Bordeaux, di-

_____

(a) M. Guilhier, Avocat aux Conseils du Roi.

soit-il, que les affaires de son commerce & son goût pour les plaisirs de la Capitale ont déterminé à faire un séjour momentané à Paris, a-t-il pu former une demande en nullité de son mariage au Châtelet, & assigner son épouse dans la maison qu'il a louée dans cette ville; tandis que son épouse habite dans son véritable domicile à Bordeaux, qu'elle y vit au milieu de sa famille, qu'elle est entourée de ses enfans, qu'elle est dans le lieu où existe la fortune de son mari, & où est le siége principal de son commerce? Il suffit de présenter une pareille question, pour la résoudre en faveur de l'épouse; cependant, malgré son évidence, il n'est point d'efforts que le mari ne fasse pour tâcher de justifier la procédure illégale qu'il a faite au Châtelet de Paris.

» Le récit des faits dévoilera les motifs secrets qui ont déterminé le sieur Peixotto à fuir la présence de son Juge naturel, & à se soustraire aux regards de ses concitoyens.

» La dame Peixotto, originaire de Londres, y est née de parens Juifs: le sieur Peixotto, natif de Bordeaux, est également issu de parens Juifs ; la famille de la dame Peixotto faisoit la banque en Angleterre, & celle du sieur Peixotto faisoit le même commerce à Bordeaux. Ces deux familles avoient entre elles des relations d'affaires que la conformité de Religion rendoit plus étroites.

» La mere du sieur Peixotto voulant faire voyager son fils, & le mettre en état de remplacer son pere dans le commerce immense qu'il faisoit à Bordeaux, l'envoya à Londres, & l'adressa aux parens de la dame Peixotto.

» Les qualités de la demoiselle Sara-Mendès d'Acosta, les agrémens de sa figure, & sur-tout l'éducation qu'elle avoit reçue, firent impression sur le cœur du sieur Peixotto. Il en fit la demande, & fut agréé.

» Les cérémonies du mariage du sieur Peixotto avec la demoiselle d'Acosta furent remplies avec toute la publicité & la régularité prescrites par les Loix, au mois de Mars 1762. Le sieur Peixotto, heureux de posséder le cœur de sa nouvelle épouse, sentit qu'il manquoit à sa félicité le plaisir de la présenter à sa mere & à sa famille ; il s'empressa donc de partir de Londres pour se rendre à Bordeaux : son épouse y fut reçue de la maniere la plus flatteuse de la part de sa belle-mere & de tous ses parens.

» Le sieur Peixotto monta sa maison à Bordeaux, & y établit une banque qui a été suivie des plus grands succès ; son épouse n'a cessé de partager avec lui les soins de cet établissement. Pendant une longue suite d'années, leur union a été sans nuages ; les sieur & dame Peixotto se donnoient mutuellement les marques de la plus grande tendresse ; plusieurs enfans nés dans ces temps heureux, sont autant de gages de cette union bien assortie. Elle fut troublée par le goût du sieur Peixotto pour les plaisirs. La Capitale en est le centre. Pour s'y livrer plus facilement ; il établit une maison de correspondance à Paris.

» Aveuglé par des conseils perfides que des ames mercenaires & avides lui ont donnés, il n'a pas rougi de former une demande en nullité de son mariage.

» Pour tâcher de diminuer l'horreur d'une pareille démarche, il a fait un roman, dans lequel il a voulu persuader qu'un Gouverneur mercenaire, que fa mere lui avoit donné pour l'accompagner dans fes voyages & pour veiller fur fa conduite, avoit ourdi une trame criminelle, de concert avec la famille de fon épouse, pour le déterminer, dans fa minorité, à former une union pour laquelle il avoit la plus grande répugnance. On fe bornera à lui répondre ici, que fon roman n'eft pas vraisemblable ; & on lui prouvera quand il en fera temps, qu'il n'a d'autre bafe que l'imposture & la calomnie la plus noire. Mais comme il ne s'agit dans cet inftant que de démontrer l'irrégularité de la procédure qu'il a faite au Châtelet de Paris, & l'incompétence de ce Tribunal pour connoître de la demande en nullité de mariage qu'il a formée, on va fe renfermer dans le récit des faits particuliers à l'inftance de réglement de Juges.

» Si le fieur Peixotto n'eût pas craint de foumettre fa conduite au blâme de fes concitoyens, s'il n'eût pas redouté les réclamations puiffantes de fa famille ; enfin, s'il n'eût pas voulu rendre, pour ainfi dire, les Loix complices de l'injufte perfécution qu'il

avoit

avoit deffein de faire éprouver à fon
époufe, il ne fe feroit pas adreffé à
des Juges qui n'ont aucune connoiffance de la publicité de fon mariage,
de fa cohabitation paifible pendant une
longue fuite d'années, & des circonftances qui ont précédé, accompagné
& fuivi fon union avec la demoifelle
d'Acofta; il auroit porté fa demande
en nullité devant fes Juges naturels,
ceux de Bordeaux; mais il a cru qu'il
pouvoit, par des manœuvres ténébreu-
fes, fe fouftraire aux regards impofans
des témoins de fa conduite, & éviter
la Jurifdiction du Sénéchal de Guienne.
C'eft dans cette vûe qu'il a préfenté
Requête au Lieutenant Civil du Châtelet de Paris, le 3 Octobre 1775,
pour lui demander permiffion de faire
affigner fon époufe, pour voir déclarer leur mariage nul & non valablement contracté; en conféquence, que
...enfes feroient faites à la demoifelle
d'Acofta de fe dire fa femme; qu'il
lui feroit ordonné de fortir de fa maifon, aux offres qu'il a faites de lui laiffer
emporter tout ce qui peut lui appar-
tenir, tant en linges, bijoux, hardes,
qu'autres biens qu'elle juftifieroit lui

Tome VIII.   O

avoir apportés ; & de se charger de la
nourriture, entretien & éducation des
deux enfans dont elle étoit accouchée
depuis leur mariage ; & en cas de contestation, qu'elle seroit condamnée aux
dépens «.

M. le Lieutenant Civil, ignorant
les circonstances, se crut Juge des Parties, & permit au sieur Peixotto de
faire assigner son épouse.

» On imaginera sans doute que,
pour exécuter cette ordonnance, il l'a
fait assigner à Bordeaux, où il l'a laissée
dans son domicile lorsqu'il est venu
à Paris ; mais cette démarche naturelle auroit pu faire échouer son
projet. Ses agens lui ont persuadé
que, dès-lors qu'il demeuroit à Paris,
son épouse étoit censée habiter avec
lui, & que, ne pouvant avoir d'autre
domicile que celui qu'il a pris dans
cette ville, il avoit le droit de l'assigner
dans la maison où il loge. Ce conseil
a été reçu avec empressement par le
sieur Peixotto, & exécuté.

» La dame Peixotto n'ayant eu aucune connoissance de cette assignation,
il fut facile à son mari d'obtenir une
Sentence par défaut, qui lui accorda les

conclusions qu'il avoit prises contre elle : cette Sentence, qui a été rendue le 30 Décembre 1775, a déclaré le mariage nul.

» Cette Sentence fut également signifiée à son épouse dans la maison qu'il habite dans cette ville.

» Cependant, il faut l'avouer, comme le sieur Peixotto croyoit avoir obtenu le succès qu'il désiroit, il eut la générosité de faire parvenir cette signification à son épouse, dans son véritable domicile à Bordeaux, par la voie de la poste. Cette épouse infortunée courut aussi-tôt se jeter dans les bras de sa belle-mere; les cris de sa douleur frapperent à l'instant ses parens & ceux de son mari; & tous (elle le publiera avec plaisir) s'empresserent de lui donner les preuves les plus marquées de leur attachement; elle peut même dire qu'il s'éleva dans la ville de Bordeaux, au bruit de cette nouvelle, un cri général d'indignation contre la conduite odieuse du sieur Peixotto.

» La dame Peixotto, vengée par ces hommages flatteurs rendus à la vertu injustement persécutée, eut re-

O ij

cours aux lumieres des Jurifconfultes
les plus célebres de la ville de Bordeaux. Tous fe réunirent à lui con-
feiller de recourir à l'autorité du Parlement de Bordeaux, que le fieur Peixotto avoit méconnue & méprifée, en
affignant fon époufe devant un Tribunal qui lui étoit étranger.

» La dame Peixotto fuivit ces confeils, & préfenta Requête au Parlement
de Bordeaux.

» Par Arrêt du 8 Janvier 1776, cette
Cour a déclaré l'affignation du fieur
Peixotto nulle, ainfi que tout ce qui
s'en étoit enfuivi comme ayant été fait
par tranfport de jurifdiction & en dif-
traction de reffort, & a fait défenfes
aux Parties de procéder ailleurs, pour
le fait dont il s'agiffoit, que devant
le Sénéchal de Guienne, à peine de
nullité, 1000 livres d'amende, & de
tous dépens, dommages & intérêts.

» La dame Peixotto crut ne pas devoir imiter la conduite ténébreufe
qu'elle reprochoit à fon mari. Elle lui
a fait fignifier l'Arrêt dans la maifon
où il loge, rue Vivienne ».

Le fieur Peixotto, pour tâcher de fe
fouftraire à l'empire de l'Arrêt du Par-

lement de Bordeaux , s'est adressé au Parlement de Paris , dont il a obtenu un Arrêt le 7 Février 1776 , qui , sans s'arrêter à l'Arrêt du Parlement de Bordeaux , a ordonné que la Sentence rendue par défaut par le Châtelet de cette ville seroit exécutée selon sa forme & teneur , sauf à la dame Peixotto à y former opposition , ou à en interjeter appel au Parlement de Paris.

Le même jour , le sieur Peixotto a fait signifier cet Arrêt à son épouse, rue Vivienne.

C'est ainsi que s'est formé le conflit qui a donné lieu au réglement de Juges.

Tels sont les faits dont la dame Peixotto a fait usage au Conseil. C'est ici le moment de leur opposer les circonstances sur lesquelles son mari appuyoit sa défense (1).

» Le sieur Peixotto, né François, fit un voyage à Londres , à peine âgé de dix-neuf ans. L'intention de sa mere & celle de sa famille en le faisant voya-

_____

(a) M. Dumesnil de Merville, Avocat aux Conseils du Roi, étoit le Défenseur du sieur Peixotto.

ger, étoit de lui acquérir des lumieres
& des connoiffances fuffifantes pour
fuivre le commerce immenfe auquel
il fe trouvoit deftiné par la perte qu'il
avoit malheureufement faite de fon
pere.

» On lui donna un gouverneur, qui
profita de la jeuneffe & de l'inexpé-
rience de fon pupille, pour débarraf-
fer la famille d'Acofta d'une fille âgée
de plus de trente-trois ans, & lui faire
partager la fortune immenfe du fieur
Peixotto. Le perfide gouverneur, cor-
rompu par les parens de la demoifelle,
ne craignoit pas de préparer avec eux,
en préfence de la victime même, le
piege dans lequel on vouloit le faire
tomber. Le fieur Peixotto n'avoit aucune connoiffance de la Langue An-
gloife.

» Enfin, fans s'embarraffer s'il étoit
fujet du Roi de France, ce qui l'em-
pêchoit de fe marier dans un Royaume
étranger, fans la permiffion de fon
Prince, fans s'embarraffer du confentement de fa mere qui étoit fa tutrice,
on lui fit foufcrire un prétendu contrat,
portant promeffe de mariage, & quatre
jours après un acte de prétendue célé-

bration ; ces deux actes étoient rédigés
dans une Langue que le sieur Peixotto
n'entendoit pas : ainsi , *à l'âge de dix-
neuf ans* , & possesseur d'une fortune
assez considérable , qui le mettoit dans
le cas de se choisir une compagne qui
lui convînt à tous égards , *il se trouva
chargé d'une vieille fille* sans savoir
sous quelles conditions il avoit contracté un engagement dont il n'étoit
pas encore en état d'apprécier toute
l'importance.

» Tel est en abrégé l'historique de
l'étonnant mariage du sieur Peixotto ,
avec la demoiselle Sara Mandès d'A-
costa , dont il ne s'agit point ici de par-
ticulariser les circonstances.

» C'est au Châtelet qu'il a dirigé
son action , *d'après l'avis des plus célebres Jurisconsultes* , parce que , lui
a-t-on dit avec raison , une demande
en nullité de mariage , le supposant
existant , & n'étant pas possible d'en
préjuger la question , il falloit , jusqu'à
ce que la Justice ait prononcé , diri-
ger les différentes demandes contre la
femme dans les Tribunaux du domicile
de son mari , parce qu'ils étoient ses

O iv

Juges naturels & les feuls compétens dans l'efpece.

» Le fieur Peixotto adopta d'autant plus volontiers ce parti, qu'il ne lui étoit pas poffible de fuivre une demande auffi importante à 150 lieues du lieu qu'il habite. Il ne pouvoit fournir en la Sénéchauffée de Guienne les détails qu'un procès de cette nature exige, fans aller fe fixer à Bordeaux jufqu'au juge-ment définitif; ce qu'il ne pouvoit faire fans nuire confidérablement à fa for-tune, qui exige fa préfence pour pré-fider aux opérations immenfes qui ré-fultent & de fa banque & de fon com-merce.

» Il n'étoit pas poffible, quant à la forme, de fe plaindre du parti qu'il avoit pris d'actionner fa femme devant fes Juges naturels : auffi n'héfita-t-il point de fuivre devant eux l'effet de fa demande. Il ne plut pas à la demoi-felle d'Acofta de comparoître fur l'affi-gnation; de maniere qu'après toutes for-tes de précautions & les conclufions du Miniftere public, il intervint Sentence le 30 Décembre 1775, qui prononça la nullité du mariage du fieur Peixotto avec la demoifelle d'Acofta.

» Elle n'ignoroit aucune des procédures exercées contre elle ; & les circonstances extraordinaires de son mariage avec le sieur Peixotto ne lui permettoient pas d'espérer qu'on pût maintenir une union proscrite par les Loix du Royaume, & qui répugnoit d'autant plus audit sieur Peixotto, qu'indépendamment de ce que sa femme étoit déjà sur le retour, elle témoignoit tant de mauvaise humeur, qu'il ne pouvoit plus se promettre que des jours d'amertume & de douleur, tant qu'il laisseroit subsister une union aussi ridiculement assortie.

» Craignant que la Sentence du Châtelet ne fût définitive, la demoiselle d'Acosta s'adressa au Parlement de Bordeaux, & y surprit un Arrêt le 8 Janvier 1776, qui, sous le prétexte de prétendue distraction de ressort, révoque l'assignation donnée au Châtelet à la demoiselle d'Acosta, & ordonne que les Parties procéderont sur leurs contestations en la Sénéchaussée de Güienne.

» Cet Arrêt fut signifié au sieur Peixotto, *Banquier à Paris*, le 30 Jan-

O v

vier 1776 , *en son domicile , rue Vivienne* «.

De son côté, le sieur Peixotto s'empressa, comme on l'a dit, d'obtenir un
Arrêt du Parlement de Paris, qui a formé le conflit.

Le Défenseur de la dame Peixotto
présentoit ses moyens sous ce point de
vue.

» Le sieur Peixotto (disoit-il) a-t-
il son véritable domicile dans la Capitale ? A-t-il pu assigner son épouse
au Châtelet de cette ville ? Telle est
la question qui est soumise à la décision du Conseil. Il faut d'abord rappeler les principes de la matiere.

» Tous les Auteurs conviennent qu'en
général les questions de domicile sont
très-difficiles à résoudre , parce que la
Législation Françoise renferme peu de
regles qui puissent servir de décision à
à cet égard. On est donc obligé d'a-
voir recours, dans le silence des Loix
nationales , au Droit Romain.

» Cependant on trouve dans la Coutume de Bretagne, une disposition importante sur cette matiere : » Sera réputé résidence propre (porte l'article

449 de cette Coutume), le lieu où l'on est nourri, le lieu où l'on réside avec sa femme, & le lieu où l'on a résidé par l'espace de dix ans, continuellement prochains, devant le décès «.

D'Argentré dit, sur cet article, » que ce n'est pas la durée du temps qui peut constituer un véritable domicile, mais la volonté de celui qui a changé le domicile. S'il paroît s'être fixé sans aucun esprit de retour, alors (dit ce Jurisconsulte) le domicile de fait est le véritable domicile «.

Argou est du même sentiment. » C'est (observe cet Auteur) par les preuves de fait & les conjectures de la volonté, que l'on connoît le domicile d'un homme ; & l'un & l'autre se manifestent, si cet homme a une maison, si sa femme y habite, s'il y a ses enfans, ses affaires, ses registres, & le soin de son domestique. Là certainement, (ajoute ce Jurisconsulte) & sans aucun doute, sera le domicile de cet homme «.

Les Romains distinguoient plusieurs fortes de domiciles ; celui d'origine, celui de dignité, & celui qui pouvoit s'acquérir par l'habitation dans un lieu. Les

O vj

domiciles d'origine & de dignité n'ont aucune application à l'espece. Nous devons donc nous borner à rappeler les regles que le Droit Romain admet sur le domicile qu'on peut acquérir.

La Loi 7, *de incolis*, au code, est conçue en ces termes : *In eodem loco singulos habere domicilium non ambigitur, ubi quis larem, rerumque ac fortunarum suarum summam constituit, undè rursùs non sit discessurus si nihil avocet ; undè cùm profectus est, peregrinari videtur ; quòd si rediit, peregrinari jam destitit.*

Rousseau de la Combe, sur la Loi 27, *ad municipalem & de incolis*, §. 1, dit : *Ubi quisquam uxorem, liberos, tabulas, instrumentum rei domesticæ habeat, ibi domicilium constituisse existimandus sit.*

Ainsi, d'après les principes que nous venons de rappeler, il faut que plusieurs circonstances se réunissent pour établir un véritable domicile : il faut, 1°. une volonté marquée d'habiter un lieu ; 2°. une maison ; 3°. si c'est un homme marié, que sa femme habite la même maison, ainsi que ses enfans ; 4°. qu'il y ait établi le siège principal ſes affaires; 5°. enfin, qu'il n'ait aucun eſprit de retour. Toute habitation qui n'a pas ces caracteres eſſentiels, n'eſt point un véritable domicile ; ce n'eſt qu'une ſimple réſidence ; car il y a une grande différence entre le domicile & la réſidence, & ſur-tout le ſéjour plus ou moins long que les habitans des Provinces peuvent faire dans la Capitale. Pour qu'un pareil ſéjour puiſſe ſe tranſformer en domicile, il faut l'intention la plus marquée & la volonté la plus formelle d'établir un nouveau domicile.

Le motif de ce principe eſt fondé ſur ce que la Capitale étant le centre de toutes les affaires , quelque temps qu'on y ſéjourne , on ne peut y avoir un véritable domicile que lorſqu'on a entiérement abdiqué celui qu'on avoit en Province, & qu'on n'a montré aucun eſprit de retour.

» Paris (diſent les Auteurs du Journal du Palais) eſt la Capitale du Royaume où les Provinciaux ſont ſouvent obligés de venir & d'y ſéjourner, par la néceſſité de leurs affaires : or, comme il n'y a rien de ſi libre que la demeure , & que le ſéjour pourroit faire

douter s'ils n'ont pas eu deſſein d'y établir leur domicile permanent, on a
cru qu'alors il falloit faire la même
choſe que d'Argentré a obſervée ſur la
Coutume de Bretagne, c'eſt-à-dire,
qu'il faut un ſéjour de dix années.....
Mais (ajoutent ces Auteurs.) la circonſ-
tance du temps n'eſt pas toujours une
marque eſſentielle du domicile, comme
nous l'avons remarqué ſur ces paroles
de d'Argentré : *Nam nulla tempora
domicilium conſtituunt, aliud cogitanti.*

Il eſt donc bien important de ne pas
confondre la ſimple réſidence avec le
véritable domicile. Sans cette précaution, on riſque de s'égarer & de méconnoître les principes ; auſſi Rouſſeau
de la Combe, après avoir expliqué les
marques d'un véritable domicile, dit :
*Quamobrem qui fingendi domicilii
animum non habent, ſed uſûs neceſ-
ſitatis aut negociationis cauſâ alicubi
ſunt protinùs à negotio diſceſſuri, domicilium nullo temporis ſpatio conſti-
tuent, cùm neque animus ſine facto,
nec factum ſine animo, ad id ſuffi-
ciat.*

Ainſi, la réſidence dans une ville

(& à plus forte raifon dans la Capitale),
quelque longue qu'elle foit, ne peut
produire les effets du véritable domicile, parce que, pour établir un véritable domicile, il faut le concours de
deux circonftances effentielles ; favoir,
l'habitation réelle (avec les caracteres
que nous avons rappelés ci-devant), &
la volonté marquée de fe fixer dans le
lieu qu'on habite fans aucun efprit de
retour ; auffi tous les Auteurs convien-
nent-ils *que la volonté feule ne fuffit
pas pour perdre fon domicile, non
plus que le fait fans la volonté.
Nulla tempora domicilium conftituunt
aliud cogitanti.*

Appliquons ces principes (difoit le
Défenfeur de la dame Peixotto) à l'efpece préfente, & fixons le véritable
domicile du fieur Peixotto.

Il prétend qu'il eft domicilié à Paris ;
la dame Peixotto foutient au contraire
qu'il a fon domicile à Bordeaux, &
qu'il n'a qu'une fimple réfidence paffa-
gere dans la Capitale.

Tous les caracteres que les Loix exigent pour former un véritable domicile, fe rencontrent dans celui qu'il a
confervé à Bordeaux. Il y a une mai-

son ; il y fait la banque ; le siége principal de son commerce y a toujours été;
toute sa famille y est ; sa femme y habite avec leurs enfans ; enfin , il a toujours annoncé l'esprit de retour. Toutes
ces circonstances réunies , constituent
sans doute un véritable domicile.

On va leur opposer les circonstances qui accompagnent son séjour à
Paris.

Le sieur Peixotto est parti de Bordeaux pour suivre des affaires qu'il avoit
dans la Capitale. Il y a , il est vrai , loué
une maison pour donner plus d'étendue à sa banque. Il y réside depuis deux
ou trois ans ; mais cette résidence
n'a rien changé au siége principal de
son commerce ; il existe toujours à
Bordeaux ; il n'a jamais montré le désir
de ne plus habiter cette ville ; au contraire , il y a continué son premier établissement , & la nouvelle banque qu'il
a formée dans la Capitale , n'est qu'un
des rameaux du tronc qui subsiste dans
sa ville d'origine.

Pour démontrer que , sous quelque
point de vue qu'on envisage son système , il choque toutes les regles & tous
les principes admis en matiere de do-

micile , foumettons à une difcuffion particuliere les différens prétextes qu'il invoque , & réfutons féparément chacune des objections qu'il a faites à fon époufe.

» D'abord , dit-il , je fuis Banquier » à Paris : donc j'ai un domicile dans » cette ville «.

» La dame Peixotto ne trouve point le nom de fon mari fur la lifte des Banquiers de la Capitale ; ainfi il ne peut fe qualifier du titre de Banquier de Paris.

» Elle convient que fon mari , voulant donner plus d'extenfion à fon commerce , fait des affaires de banque dans la Capitale , & qu'il a une maifon particuliere de commerce ; mais cette maifon dépend entiérement de fon commerce principal qui exifte à Bordeaux. Donc le commerce paffager qu'il fait à Paris ne peut le faire regarder comme ayant un véritable domicile dans la Capitale.

» On conviendra avec le fieur Peixotto , qu'il a pu fe choifir un domicile particulier & de commodité pour la branche de commerce qu'il a établie depuis peu dans Paris , & qu'il peut conferver ce domicile tant qu'il reftera dans la Capitale ; mais ce domicile momentané n'eft autre chofe qu'un domicile élu , & non un domicile naturel. Les Commerçans avec léfquels il traite à Paris , peuvent le traduire dans les Tribunaux de cette ville pour les actions qui réfultent en leur faveur de la banque qu'il y fait. Il s'eft, en cette partie , choifi un domicile qui le rend jufticiable des Tribunaux de la Capitale : mais il a fi peu entendu renoncer à fon premier domicile , qu'il l'a lui-même confervé par des énonciations les plus précifes & les plus formelles dans différens actes qu'il a faits depuis fon féjour à Paris.

Nous trouvons la preuve de cette vérité dans le bail même qu'il a paffé devant Notaire , de la maifon qu'il occupe rue Viviehne. En effet, le fieur Peixotto a déclaré dans cêt acte » qu'il » eft Banquier , *demeurant ordinaire-* » *ment à Bordeaux* , étant de préfent » à Paris, logé chez M. Marin , rue » des Filles-S.-Thomas , paroiffe S. » Roch «. Ces expreffions annoncent bien clairement qu'il a conservé l'esprit de retour pour son véritable domicile.

Nous trouvons la même preuve dans les deux significations qu'il a faites de l'Arrêt qu'il a obtenu au Parlement de Paris. Dans l'une & dans l'autre, il a également déclaré qu'il demeuroit rue Vivienne, & qu'il y faisoit élection de domicile. Il a donc reconnu dans le temps même qu'il prétend avoir un domicile dans la Capitale, qu'il n'y en avoit point un véritable, puisqu'il s'en est choisi un dans la maison qu'il habite.

Il n'en faut pas davantage, concluoit le Défenseur de la dame Peixotto, pour démontrer combien le système du sieur Peixotto est ridicule ; mais continuons de réfuter les autres objections qu'il fait à son épouse.

» Une femme, dit-il, ne peut avoir » d'autre domicile que celui de son » mari. Or je suis domicilié à Paris ; » donc mon épouse ne peut avoir d'au- » tre domicile que celui que j'ai dans » la Capitale ; & par une suite néces- » saire de cette conséquence, j'ai eu

» le droit de l'affigner devant les Ju-
» ges de mon domicile «.

Nous convenons avec le fieur Peixotto , que la femme n'a point d'autre
domicile que celui de fon mari ; mais
comme le mari n'a qu'un véritable
domicile , la femme ne peut avoir que
ce domicile. Or dès-lors qu'il eft certain que le fieur Peixotto n'a point abdiqué le véritable domicile qu'il a à
Bordeaux , & qu'il l'a au contraire for-
mellement confervé , c'eft une prétention ridicule de fa part , de foutenir
que fon époufe a fon domicile dans la
Capitale.

» Mais , dit encore le fieur Peixotto ,
» il n'eft pas vrai que je faffe aucun
» commerce à Bordeaux. *La maifon*
» *que j'ai dans cette ville* eft fous le
» nom de ma mere ; donc je n'ai point
» confervé de domicile dans cette
» Ville «.

Mais, d'après fes propres expreffions,
il a donc une maifon à Bordeaux , &
c'eft cette maifon qui eft fon vrai domicile. Il y a laiffé fa femme , fes enfans , fa fortune ; les mêmes relations
qu'il y avoit fubfiftent : il s'eft, à la

vérité, formé de nouvelles correspondances & une nouvelle branche de commerce dans la Capitale ; mais le siége principal de sa fortune, & la vraie habitation de sa famille & la sienne n'en sont pas moins, aux yeux des Loix & des principes qui constituent le domicile des Citoyens, dans la ville de Bordeaux. Nous ne cesserons donc de lui opposer la décision de d'Argentré, *Nulla tempora domicilium constituunt aliud cogitanti*, & nous lui dirons toujours avec le plus grand avantage : » Vous avez une maison à Bordeaux ; cette maison est votre domicile d'origine & de droit ; vous ne pouviez le perdre qu'en marquant une volonté formelle de l'abdiquer, pour en choisir un autre. Au lieu d'annoncer cette intention claire & précise que les Loix exigent, vous avez au contraire déclaré que vous *demeuriez ordinairement dans la ville de Bordeaux, que vous étiez Banquier de cette ville* ; donc tous les sophismes que vous employez pour tâcher de persuader que vous avez un domicile dans la Capitale, sont également ridicules & illusoires «.

» Mais, dites-vous, les Jurifdic-
» tions en France font de droit public,
» & il n'appartient point aux fujets de
» Sa Majefté de fe choifir des Juges «.

Ce principe eft vrai ; la dame Peixotto
l'invoque, & c'eft fur la conféquence
naturelle qui en réfulte en fa faveur,
qu'elle foutient que fon mari n'a pas
eu le droit de lui donner d'autres Juges que le Sénéchal de Guienne , qui
eft le Juge de fon domicile. Il eft donc
démontré que le fieur Peixotto a violé
ce principe en fe choififfant un autre
Juge.

Le fieur Peixotto veut détruire l'induction accablante qui naît contre lui, de
l'habitation de fa femme & de fes enfans dans la ville de Bordeaux. Si je
n'ai pas, dit-il, mes enfans auprès de
moi, c'eft parce que mon époufe a employé la violence pour les fouftraire à
mon autorité légitime.

Cette imputation eft une fauffeté
calomnieufe. La dame Peixotto n'a jamais ufé de violence pour garder fes
enfans auprès d'elle. Le fieur Peixotto
a penfé que le féjour de la Capitale
pouvoit leur être dangereux, & il a préféré de les laiffer , pendant fa réfidence

à Paris, fous la garde de la tendreffe
maternelle. Ainfi l'habitation de fes enfans avec fon époufe eft une preuve
évidente de fa volonté perfévérante de
conferver fon véritable domicile dans la
ville de Bordeaux.

De ce que la dame Peixotto reconnoît que fon mari fait la bánque à Paris,
il conclut qu'elle avoue qu'il a fon domicile dans la Capitale.

On ne peut tirer une induction plus
fauffe d'une déclaration qui eft indifférente. En effet, que réfulte-t-il de
ce que le fieur Peixotto fait la banque
à Paris? Il en réfulte qu'il a voulu,
comme on ne ceffera de le lui répéter,
donner plus d'extenfion à fon commerce; mais il n'eft pas moins certain
que cette nouvelle maifon qu'il a établie, n'eft qu'une branche du tronc
qui exifte à Bordeaux. La preuve en
eft confignée dans fon bail même, &
c'eft là que tous fes raifonnemens viennent fe brifer.

Le fieur Peixotto prétend encore
que fon époufe a reconnu qu'il avoit
un domicile dans la Capitale, en
lui faifant fignifier l'Arrêt du Parlement de Bordeaux dans la maifon

qu'il a louée à Paris dans la rue Vivienne.

La dame Peixotto n'ignoroit pas que son mari résidoit dans la Capitale ; il lui avoit même appris sa demeure, en lui faisant parvenir la signification de la Sentence du Châtelet : elle n'a point voulu lui cacher ses démarches & suivre son exemple ; elle a cru qu'il étoit de son devoir de ne point envelopper sa conduite de ténebres, & de prendre des voies obliques. C'est dans cette vûe qu'elle a fait faire la signification de son Arrêt, en parlant à la personne même de son mari. Ainsi il est étrange que le sieur Peixotto veuille tirer avantage d'une circonstance aussi indifférente.

Après avoir détruit toutes les objections du sieur Peixotto, il ne nous reste plus, disoit le Défenseur de la dame Peixotto, que quelques réflexions à faire ; elles acheveront de porter la conviction dans les esprits sur son véritable domicile.

Suivant tous les Jurisconsultes, pour conserver un domicile déjà acquis, il ne faut que la volonté ; une simple présomption même de cette volonté suffit.

suffit. Pour perdre au contraire un domicile acquis, & surtout lorsque c'eſt
un domicile d'origine, il faut joindre
au fait la volonté la plus déterminée
& la plus précise ; parce que toutes les
fois que cette volonté n'a point été
manifeſtée, les Loix préſument que l'on
conſerve le penchant naturel de retourner dans le lieu où l'on a reçu le jour :
les Loix regardent même comme une
preuve évidente de l'eſprit de retour
qui conſerve le premier domicile, lorſqu'on eſt attiré par ſa femme, ſes enfans, ſa famille, ſes affaires, & le ſiége
principal de ſa fortune, vers ſa patrie.
Or c'eſt l'eſpece où ſe trouve le ſieur
Peixotto. Tout ſe réunit donc pour
faire rejeter ſon ſyſtême, & pour admettre la réclamation légitime de ſon
épouſe.

Le ſieur Peixotto avoue qu'il a con-
ſenti que ſon épouſe demeurât ſéparée
d'avec lui ; & cependant il lui fait un
crime de ce qu'elle n'habite point avec
lui. Il ſemble l'appeler auprès de lui
pour la faire jouir du rang honorable
d'épouſe, & pour la repouſſer enſuite
avec ignominie, & lui faire partager
le ſort affreux réſervé à la débauche &

Tome VIII. P

à la prostitution.... Ce nouvel outrage
doit remplir toutes les ames honnêtes
de la plus forte indignation contre le
sieur Peixotto.

Tels sont les moyens dont la dame
Peixotto faisoit usage. Le sieur Peixotto
lui répondoit ainsi.

La demoiselle d'Acosta (disoit son
Défenseur) ne s'est déterminée à convenir qu'elle n'avoit pas d'autre domicile que celui du sieur Peixotto, & que
les Juges naturels de ce dernier étoient
aussi les siens, qu'après que le sieur
Peixotto a établi que c'étoit le vœu de
la Loi & celui des principes univer-
sellement reçus. Il est inouï que, d'a-
près un aveu aussi formel, elle veuille
contester le véritable domicile de son
mari, & persuader qu'il n'est fixé à
Paris que momentanément, comme
s'il lui étoit permis de scruter la volonté de son chef, comme s'il étoit
possible d'admettre qu'elle sait mieux
que lui ses intentions.

En général les questions de domicile
sont très-difficiles à résoudre, comme
l'observe la demoiselle d'Acosta; mais
ce n'est jamais entre l'homme & la
femme, parce que toutes les Loix du

Royaume affujettissent cette derniere à
suivre son mari par-tout où il lui plaît
de se fixer; ainsi il ne peut s'élever
un doute sur le domicile de la femme,
quand le mari en a un certain; il lui
suffit même de l'indiquer, parce que
sa seule volonté déterminant son domicile, cette même volonté détermine
également celui de sa femme.

La liaison de la femme avec son mari
faisant un seul tout de l'un & de l'autre,
le domicile du mari est celui de la
femme, & elle ne peut en avoir d'autre;
ainsi une femme qui avoit son domicile
en autre lieu que celui où étoit le domicile
de son mari, quitte le sien par son mariage. *Item rescripserunt mulierem,*
quamdiù nupta est ; & ibi, undè ori-
ginem trahit, non cogi muneribus fungi.
L. ult. §. 3, ff. *ad municip. Mulie-*
res honore maritorum erigimus, genere
nobilitamus, & forum ex eorum per-
sonâ statuimus, & domicilia muta-
mus, L. 13, C. *de dignit.* L. ult. C.
de incol.

La Loi 27, §. 1, ff. *ad municip.*,
décrit plus amplement le domicile. *Qui*
semper in domicilio agit, vendit, emit,
contrahit, foro, balneo, spectaculis

P ij

utitur , festos dies celebrat , honoribus & municipii commodis fruitur , ibi domicilium habet. L'on ne peut douter que ce ne soit-là ce qui constitue vraiment le domicile. En ce cas, il faut convenir que celui du sieur Peixotto est à Paris, puisqu'il remplit dans cette Capitale, & autant qu'il est en lui, toutes les conditions qu'impose la Loi. C'est à Paris qu'il réside absolument; c'est à Paris qu'il fait son commerce; c'est à Paris, en un mot, qu'il fait, aux yeux des habitans de cette Capitale, toutes les fonctions de Citoyen.

Le lieu de l'habitation, dit d'Argentré, sur l'article 447 de l'ancienne Coutume de Bretagne, qui est le 474e de la nouvelle, quoique la maison n'appartienne pas en propriété, fait le domicile, s'il y a des marques de l'intention d'y demeurer effectivement. En peut-on fournir de plus sensible que celle qui résulte de la continuité de demeure du sieur Peixotto depuis quatre ans, & d'un nouveau bail qu'il vient de souscrire moyennant 9000 livres par année? Y en a-t-il de plus sensible que celles qui résultent de l'état de maison qu'il y tient, & de la banque confidérable qu'il y fait, & pour laquelle il eft en correfpondance avec les plus importantes maifons de l'Europe entiere ? Si le domicile fe conftitue par le fait & l'intention, l'un étant conftant & avoué, eft-il poffible de douter de l'intention ? Ces deux circonftances réunies concourent pour déterminer la demeure du fieur Peixotto.

C'eft fans raifon que la demoifelle d'Acofta fuppofe que le fieur Peixotto n'a qu'un domicile momentané à Paris, fous le prétexte qu'il tient une maifon de commerce à Bordeaux. *Depuis le mois de Juillet 1775, le fieur Peixotto a abfolument renoncé au commerce qu'il fait à Bordeaux*; & il y a vraifemblablement renoncé pour toujours. Il a plu à la dame fa mere de reprendre le même commerce : cette circonftance ne change rien du tout à la fituation du fieur Peixotto. Si le domicile de fa mere eft à Bordeaux, c'eft que fes affaires l'exigent, c'eft que telle eft fon intention ; celui du fieur Peixotto eft, au contraire, à Paris, parce qu'il ne pourroit l'avoir

P iij

ailleurs, puifque c'eft le fiége de fon commerce ; *fon domicile eft à Paris*, parce qu'en un mot, *telle eft fon intention & fa volonté*, dont il ne doit aucun compte à la demoifelle d'Acofta. Si d'ailleurs le principal fiége d'un commerce auffi important que le fien étoit à Bordeaux, il feroit bien mal-adroit de fe fixer dans le lieu où il n'auroit qu'une branche de ce même commerce. Lui feroit-il poffible de régir d'auffi grandes affaires que celles qu'il avoit autrefois à Bordeaux, diftante de la ville qu'il habite aujourd'hui de cent cinquante lieues, à moins d'une réfidence fixe & permanente, telle qu'il l'a à Paris ?

Un domicile momentané eft celui d'un foldat, d'un voyageur, d'un Marchand qui va en foire, ou ailleurs, pour fait de marchandifes ; de ceux qui ne font dans un lieu que pour y faire quelques fonctions d'office ou de judicature, ou pour études, pour ambaffades, pour procès, qui fuient quelque maladie contagieufe, ou qui vont changer d'air, ou chercher quelque remede, comme ceux qui vont aux eaux; tous ceux-là ont une véritable intention de retourner à leur demeure ordinaire.

A l'égard du fieur Peixotto, en quittant Bordeaux & le commerce immenfe qu'il y faifoit, pour s'établir à Paris & y faire le même commerce, il a bien manifefté l'intention de fe fixer dans cette derniere ville, & celle de ne plus retourner dans la premiere. Un voyageur ne loue pas un hôtel du prix de 9000 livres; un voyageur ne contracte pas pour plufieurs années, & n'établit pas un commerce confidérable dans une ville où il ne fait que paffer, où il ne prend qu'une habitation momentanée.

Le véritable domicile eft celui que chacun s'eft établi & conftitué, & qu'il habite réellement & de fait. *Ubi fcilicet quifquam uxorem, liberos, tabulas, inftrumentum rei domefticæ habeat.* Quand toutes ces circonftances concourent, *quoique la femme dédaigne d'habiter avec fon mari*, il n'en réfulte pas que le domicile de fon mari ne foit pas, *ubi fcilicet quifquam liberos, tabulas inftrumentum rei domefticæ habeat.* La conteftation ac-

P iv

tuelle démontre plus que tout ce qu'on pourroit dire, l'intention formelle du mari, de se fixer dans le lieu où il appelle sa femme, & où il a un domicile de fait. L'intention avec le fait concourt ici pour ne laisser aucun doute sur le véritable domicile du sieur Peixotto.

C'est par l'établissement de la principale demeure en un lieu, qu'on y a son domicile; c'est par ce domicile qu'on devient habitant, & sujet aux charges du lieu : *Municipes dicimus suæ cujusque civitatis cives*. L. 1, §. 1, *in fine*. ff. ad municip.

Chacun a la liberté de choisir le lieu de son domicile, & de changer aussi sa demeure, pourvu que le lieu ne lui fût pas interdit, ou qu'il eût ordre du Prince de demeurer en un certain lieu : *Nihil est impedimento quominus quis ubi velit, habeat domicilium quod ei interdictum non sit*. L. 31, ff. ad municip. Le sieur Peixotto, d'après cette Loi, a donc pu changer la demeure qu'il faisoit à Bordeaux, pour se fixer à Paris, puisque le Prince ne trouve pas mauvais qu'il y habite, puisque la demeure ne lui en est pas in-

terdite : circonftance d'ailleurs dont
la demoifelle d'Acofta ne pourroit fe
prévaloir , puifque, quelle que foit ou
puiffe être la volonté du Souverain,
jamais elle n'a eu & n'aura jamais pour
objet de fouftraire la femme à l'autorité
légitime de fon mari.

Pour établir un véritable domicile,
dit la demoifelle d'Acofta, il faut ,
1°. une volonté marquée d'habiter un
lieu; 2°. une maifon ; 3°. fi c'eft un
homme marié , que fa femme habite
la même maifon, ainfi que fes enfans ;
4°. qu'il y ait établi le fiége principal
de fes affaires; 5°. enfin , qu'il n'ait
aucun efprit de retour. Toute habitation qui n'a pas ces caracteres effentiels, ajoute-t-elle, n'eft pas un véritable domicile; ce n'eft qu'une fimple
réfidence.

De fon propre aveu , fi toutes ces
circonftances concourent, excepté celles
qui font impoffibles, le véritable domicile eft démontré. En ce cas, le réglement de Juges eft décidé en faveur
du fieur Peixotto, 1°. parce qu'il n'eft
pas poffible de juftifier une volonté plus
marquée d'habiter un lieu, qu'en l'habitant réellement depuis quatre ans »

P v

avec de nouveaux engagemens, pour
y demeurer à l'avenir ; 2°. qu'en y
louant & oceúpant une maifon, moyennant 9000 livres de loyer; 3°. qu'en
y ayant établi le fiége principal & unique d'une banque & d'un commerce
fort confidérable ; 4ª. rien ne prouve
mieux que le fieur Peixotto n'a point
l'efprit de retour à Bordeaux, que le
commerce qu'il a établi à Paris, en
rompant abfolument celui qu'il avoit
dans la premiere ville, & en prenant
un hôtel de 9000 livres de loyer. Il
eft vrai qu'il eft marié, & qu'il n'a
avec lui ni fa femme ni fes deux enfans : mais ce n'eft pas à la premiere
à fe prévaloir de cette circonftance,
parce qu'elle devroit rougir d'avoir l'occafion de faire un pareil reproche à
fon mari ; elle devroit favoir qu'il ne
lui eft pas permis d'avoir un autre domicile que le fien, & qu'elle ne peut
tirer avantage d'une révolte répréhenfible à l'autorité légitime.

A l'égard de ces deux enfans, c'eft
inutilement que le fieur Peixotto les a
réclamés jufqu'ici : les fureurs de la
demoifelle d'Acofta les ont fouftraits à
l'autorité paternelle.

Elle est parvenue à persuader à ceux qui l'environnent, que les intentions du sieur Peixotto, par rapport à l'éducation des enfans, n'étoient pas conformes aux principes dans lesquels elle est née, & pour lesquels elle se suppose un respect qu'elle n'affecte qu'autant qu'il peut lui servir à contrarier les vûes intéressantes qui animent le sieur Peixotto par rapport à l'établissement futur de ses deux enfans.

Si donc le sieur Peixotto n'a point avec lui sa femme & ses deux enfans, il n'en est pas moins domicilié à Paris. Il en est de même & de la demoiselle d'Acosta & de ses enfans, parce qu'ils ne peuvent avoir d'autre domicile que celui de leur chef : *Incolas domicilium facit*, porte la Loi 7, *C. de incol. & ubi quisq.*

Pour établir que le véritable domicile du sieur Peixotto est à Bordeaux, la demoiselle d'Acosta dit qu'il y a une maison ; elle suppose qu'il y fait la banque, & que le siége principal de son commerce y a toujours été : toute sa famille y est, ajoute-t-elle, & sa femme habite avec leurs enfans dans cette ville.

P vij

Le fieur Peixotto convient qu'*il eft
propriétaire d'une maifon dans la ville
de Bordeaux* : mais dès qu'il ne l'habite pas, elle ne peut lui conftituer un
domicile ; celui qui a une maifon en
propre, dans un lieu où il ne réfide
point, n'y eft pas pour cela domicilié ;
ce font les propres termes de la Loi
17, §. 13, ff. *ad municip. Sola domus
poffeffio quæ in alienâ civitate comparatur, domicilium non facit.* Comme
le domicile eft le lieu de la réfidence,
il eft égal, pour ce qui regarde le
domicile d'une perfonne, qu'elle réfide
ou faffe fa demeure dans fa maifon
propre, ou dans la maifon d'un autre,
tenue à loyer, ou à autre titre : *domum
accipere debemus, non proprietatem
domûs, fed domicilium,* L. 5, §. 2,
ff. *de injur five in propriâ domo quis
habitaverit, five in conductâ, vel gratis.* D. §.

Le fieur Peixotto eft propriétaire
d'une maifon à Bordeaux, qu'il n'habite point ; il en loue une à Paris moyennant neuf mille livres par année, dans
laquelle il demeure ; ce n'eft donc pas
à Bordeaux qu'il fait fon domicile,
mais à Paris, aux termes de la Loi 7,

C. de incol. & ubi quifque. INCOLAS DOMICILIUM FACIT.

Il eft faux qu'il faffe la banque à Bordeaux, & que cette ville foit le fiége principal de fon commerce : depuis le mois de Juillet 1775, il n'y fait abfolument aucune affaire, foit de banque, foit de commerce ; c'eft une vérité qui eft à la connoiffance de tous fes Correfpondans. Une autre vérité qui n'eft pas moins importante dans la conteftation, c'eft que l'unique banque qu'il tienne dans le Royaume, & le feul commerce auquel il fe livre, fe font à Paris ; c'eft donc là le fiége de toutes fes affaires.

La demoifelle d'Acofta, qui a reconnu dans la perfonne du fieur Peixotto, fa qualité de Banquier à Paris, voudroit aujourd'hui la lui contefter, parce que, dit-elle, elle ne trouve point fon nom fur la lifte des Banquiers de la Capitale.

Celui qui tient banque & qui fait commerce d'argent en faifant des traités & remifes de place en place, *eft Banquier* ; la demoifelle d'Acofta convient *que le fieur Peixotto fait des affaires de banque dans la Capitale,*

& qu'il y a une maison particuliere de commerce ; donc elle avoue qu'il *est Banquier , & Banquier à Paris*, y ayant une maison particuliere & même *unique* d'un commerce considérable.

La demoiselle d'Acosta auroit dû nous apprendre quelle liste on tient des Banquiers de la Capitale. Voudroit-elle parler de celle qu'on lit dans l'Almanach Royal ? Mais elle devroit savoir que quiconque veut s'y faire comprendre, y est mis en envoyant son nom & sa demeure à l'Imprimeur.

Une Ordonnance du 7 Septembre 1581 , avoit défendu de faire l'état de Banquier sans en avoir obtenu la permission ; l'Ordonnance de Blois vouloit même qu'aucun étranger ne pût être Banquier, qu'il n'eût auparavant fourni une caution solvable , jusqu'à concurrence de quinze mille écus , & cette caution devoit être renouvelée tous les trois ans : mais , disent tous les Auteurs, ces Ordonnances sont tombées en désuétude ; & parmi nous , les Etrangers, aussi bien que les François, peuvent, indistinctement & sans permission , s'établir Banquiers, sans que les uns ni les autres puissent être obli-

gés à donner caution ; ce n'eſt point la
liſte que tient l'Imprimeur, de l'Almanach Royal, qui donne le droit de ſe
dire Banquier , mais l'état de banque
que l'on fait réellement. Il en eſt de
même de tous les autres états, qui n'exiſ-
teroient pas moins dans la perſonne de
ceux qui les exerceroient , quand bien
même il n'auroit pas plu à l'Imprimeur de les comprendre dans la liſte
de ceux qui tiennent le même état.
L'objection de la demoiſelle d'Acoſta
eſt donc ridicule.

La demoiſelle d'Acoſta affecte de
répéter que la ville de Bordeaux eſt le
lieu d'origine du ſieur Peixotto ; &
de là elle conclut qu'il ne peut avoir
d'autre domicile. Tous les Auteurs
diſtinguent le lieu de l'origine de chaque perſonne, & le lieu de ſon domicile : on appelle , dit *Domat* , le lieu
de l'origine, celui où étoit le domicile
du père, & cette origine ne reçoit aucun changement, *patris originem unuſ-*
quiſque ſequitur, L. 36. C. *de decur.*
& on appelle domicile , le lieu de la
demeure d'une perſonne.

Le ſieur Peixotto eſt originaire de
Bordeaux ; jamais il ne peut changer le

lieu de son origine : mais il demeure
à Paris, il y tient une maison considérable ; c'est là véritablement qu'est
son domicile, & non en la ville de
Bordeaux.

Le sieur Peixotto a si peu entendu,
dit la demoiselle d'Acosta, renoncer à
son domicile à Bordeaux, qu'il l'a lui-
même conservé par des énonciations les
plus précises & les plus formelles, dans
différens actes qu'il a faits depuis son
séjour à Paris. La preuve de cette vérité résulte, ajoute t-elle, du bail qu'il
a passé devant Notaire, de la maison
qu'il occupe rue Vivienne, où il déclare qu'il est Banquier, demeurant
ordinairement à Bordeaux, étant de
présent à Paris, logé chez M. Marin,
rue des Filles-Saint-Thomas, paroisse
Saint-Roch.

Lorsque le sieur Peixotto est arrivé à
Paris & qu'il a logé dans un hôtel
garni, il n'avoit pas encore de véritable domicile dans cette Capitale ; &
comme il ne lui convenoit pas de n'en
indiquer aucun, il a dû dire qu'il demeuroit ordinairement à Bordeaux,
parce que c'étoit alors une vérité : aussi-
tôt qu'il a été établi dans la maison

qu'il prenoit à bail rue Vivienne,
moyennant neuf mille livres de loyer,
il a pris tous ses arrangemens pour se
fixer absolument à Paris, & cesser d'habiter la ville de Bordeaux ; ce qu'il a
effectué très - peu de temps après :
*il y a quatre ans , le sieur Peixotto
avoit son domicile à Bordeaux ; &
depuis cette époque il a son domicile
à Paris.* Voilà tout ce qui résulte de
l'énonciation du bail qu'on lui oppose.

Nous trouverons une autre preuve,
dit la demoiselle d'Acosta, de l'intention constante du sieur Peixotto, dans
les deux significations qu'il a faites de
l'Arrêt qu'il a obtenu au Parlement de
Paris ; dans l'une & dans l'autre, il a
également déclaré qu'il demeuroit rue
Vivienne , & qu'il y faisoit élection
de domicile ; il a donc reconnu , ajou-
te-elle , dans le temps même qu'il
prétend avoir un domicile dans la Capitale , qu'il n'y en avoit point un véritable , puisqu'il s'en est choisi un dans
la maison qu'il habite.

Quand le sieur Peixotto a dit qu'il
demeuroit à Paris , il a suffisamment
annoncé qu'il ne demeuroit pas ailleurs ;
& s'il a ajouté qu'il faisoit élection de

domicile dans la maison qu'il habitoit ,
c'étoit afin que toutes les significations
que lui feroit la demoiselle d'Acosta ,
lui parvinssent directement. Il se trouvoit d'ailleurs forcé de faire cette énonciation, aux termes de l'article 2 du titre 2 des ajournemens de l'Ordonnance
de 1667 , *qui exige impérieusement ,
& sous peine de nullité & d'amende ,*
que l'Huissier fasse mention du *domicile* & de la qualité de la Partie. Par
un Arrêt du Parlement , du 5 Septembre 1710 , » faisant droit sur les con-
» clusions du Procureur - Général du
» Roi, la Cour enjoint à tous Huis-
» siers d'observer les Ordonnances , &
» de faire mention, dans les exploits d'a-
» journement & dans les saisies & exé-
» cutions, du *véritable & actuel domi-
» cile de la Partie ,* conformément à
« l'article 2 du titre 2 , & à l'article
» 3 du même titre de l'Ordonnance
» de 1667 «.

Le sieur Peixotto, en annonçant qu'il
demeuroit rue Vivienne , & qu'il faisoit élection de domicile en la maison
qu'il y habitoit, n'a donc fait que se
conformer à la Loi du Prince.

Nous convenons avec le sieur Peixotto, dit la demoiselle d'Acosta, que la femme n'a point d'autre domicile que celui de son mari : en ce cas, il faut qu'elle convienne que son véritable domicile est à Paris, & elle doit cesser d'argumenter de son séjour à Bordeaux, parce qu'il est réprouvé par les Loix. *Immò magis de uxore exhibendâ ac ducendâ pater, etiam qui filiam in potestate habet, à marito rectè convenitur.* L. 2 ff. *de lib. exh.* (a).

La femme est obligée de suivre son mari par-tout où il se fixe, parce que le premier effet du mariage est de soumettre la femme à l'autorité de son mari, *sub viri potestate eris, & ipse dominabitur tui.*

Que le sieur Peixotto se soit volontairement séparé de la demoiselle d'Acosta, ou que ce soit cette derniere qui fuie la société de son mari, cette circonstance ne fait rien aux yeux de la Loi, qui prononce, comme en convient la demoiselle d'Acosta, que *la femme*

_____

(a) M. Dumées, en son Traité de la Jurisprudence du Hainaut François, titre 2, des obligations en général, section 3, article premier, pag. 268 & 269.

n'a pas d'autre domicile que celui de son mari. Le sieur Peixotto se flatte que Sa Majesté, convaincue de la vérité de ce principe, se déterminera à ordonner l'exécution de l'Arrêt du Parlement de Paris, ce qui emportera celle de la Sentence obtenue par le sieur Peixotto au Châtelet de la même ville, sauf l'opposition de la demoiselle d'Acosta ou l'appel au Parlement de Paris ; & c'est dans l'un ou dans l'autre de ces Tribunaux qu'elle pourra, comme en la Sénéchaussée de Guienne, former toutes les demandes qu'elle avisera.

Par Arrêt du Conseil, rendu le 16 Juin 1777, les Parties ont été renvoyées au Châtelet.

Les motifs de l'exhérédation doivent-ils être exprimés dans le testament qui la prononce ?

L'EXHÉRÉDATION est, depuis l'abolition de la puissance paternelle, presque la seule arme qui soit restée dans les mains du pere pour châtier l'enfant qui l'outrage ou le déshonore : mais cette arme est bien redoutable ; ceux qui en sont frappés ne sont pas seulement réduits à leur légitime, ils sont exclus de toutes prétentions dans la succession de celui qui en a fait usage ; leur existence est nulle rélativement à cette succession : la Loi la défere en entier à ceux qui l'auroient partagée avec l'exhérédé ; & si la Nature ne lui a pas donné de cohéritiers, elle est transmise aux collatéraux, qui auroient été exclus si le pere ou la mere n'avoit pas prononcé l'anathême contre son enfant.

Cet enfant, ainsi disgracié, perd même le droit d'aînesse établi par les Coutumes : cette prérogative étant déférée *jure hœreditario*, cesse par le jugement paternel qui annulle la qualité d'héritier. Elle est d'ailleurs bien moins favorable que la légitime qui est fondée sur la Nature ; le droit d'aînesse au contraire n'est établi que par la Loi municipale, dirigée par des vûes particulieres qui importent fort peu à l'ordre social en général. L'enfant justement exhérédé ne peut même pas demander des alimens : la Loi l'a décidé ainsi contre un fils qui avoit été délateur de son pere. On trouve dans le Journal des Audiences, un Arrêt du 22 Décembre 1628, qui autorise le refus des alimens d'un pere à son fils.

Pierre Desfourneaux s'étoit marié contre le gré de son pere. Après avoir dissipé tout son bien & celui de sa femme, il demanda que son pere fût condamné à lui payer une pension alimentaire. Le Juge de Dorat, dans la Basse-Marche, par Sentence du 29 Septembre 1625, lui adjugea une pension annuelle de 220 liv. ; & attendu qu'il s'agissoit d'alimens, il fut ordonné que ce Jugement seroit exécuté nonobstant l'appel. Le fils, en conséquence, fait procéder par exécution sur les biens de son pere, jusqu'à la concurrence de la somme adjugée.

Sur l'appel, le pere disoit qu'il n'avoit rien épargné pour donner à son fils une éducation honnête ; qu'il n'en avoit reçu pour récompense que du mécontentement ; que ce fils ingrat avoit fini par contracter, contre la volonté paternelle, un mariage mal-honnête ; qu'il étoit majeur & en âge de se procurer lui-même sa subsistance.

Le fils, de son côté, invoquoit les sentimens de la Nature, qui ne permettent pas qu'un pere voie son enfant dans la misere sans accourir à son secours ; que, depuis son mariage, il avoit habité avec sa femme & sa famille, la maison paternelle ; que cette cohabitation étoit une véritable réconciliation, & une approbation tacite du mariage qu'il avoit contracté ; que d'ailleurs le pere ne s'en étoit plaint que deux ans après, & par forme d'exception, lorsqu'on lui avoit demandé des alimens ; que même, en faveur du mariage, le pere avoit promis à son fils sa terre de Château-Moulin ; enfin, que sa colere n'avoit d'autre principe que les suggestions du second fils, qui

ne cessoit de l'entretenir & de l'ani-
mer.

L'Arrêt mit la Sentence au néant,
déchargea le pere des demandes formées contre lui , déclara l'exécution
faite sur ses biens, injurieuse , injuste &
déraisonnable , condamna le fils à la
restitution des deniers qu'il avoit touchés , sans dommages - intérêts ni
dépens , attendu la qualité des Parties.

L'exhérédation est donc la peine la
plus rigoureuse qu'un pere puisse , de son
autorité , exercer contre l'enfant qui
l'a outragé ; mais la Loi qui a si fort
adouci le despotisme de la puissance
paternelle , n'a pas cru devoir abandonner ce châtiment au caprice & aux passions d'un homme irrité ou prévenu
contre un enfant innocent , ou coupable de quelques écarts qui ne méritent
qu'une réprimande paternelle , ou qu'on
peut arrêter en mettant celui qui s'y
abandonne dans des liens civils qui
préviennent la ruine dont son goût pour
la dissipation semble le menacer. La Loi
a disertement & dans le plus grand détail , établi les causes d'une juste exhérédation , & n'a pas permis aux Juges
d'en

d'en autorifer d'autres que celles qui auroient pour motif un des délits qu'elle a exprimés. Cette Loi eft le chap. 3 de la nov. 115 : ces caufes font au nombre de quatorze. Nous n'entrerons pas dans le détail de ces caufes. Celle qui a donné lieu à la conteftation dont nous allons rendre compte, eft ainfi exprimée dans la Loi : *fi cum maleficis hominibus ut maleficus converfatur.* C'eft la quatrieme caufe : les crimes compris en ce peu de mots font détaillés, novelle 22, chap. 15, § 1.

Cette caufe d'exhérédation eft fi grave, que le pere ne perd pas le pouvoir de l'exercer, quoique le crime qui l'a méritée ait été remis par la grace du Prince : cette grace n'a d'autre effet que de fouftraire le coupable à la peine corporelle qu'il méritoit ; mais non pas d'arrêter l'effet de la vengeance paternelle, pour la tache que le délit a imprimée fur toute la famille, & que l'indulgence du Prince n'efface pas : *qui liberat, notat.*

Mais on demande s'il eft néceffaire que la caufe d'exhérédation foit exprimée dans le teftament qui la prononce. La novelle 115, chap. 3, qui eft le

Tome VIII.   Q

siége de la matiere, décide cette queftion en termes formels : *Nifi forfan
probabuntur ingrati ; & ipfas nomina-
tim ingratitudinis caufas parentes fuo
inferuerint teftamento.* Elle eft encore
décidée au chapitre 4, où, en parlant
de l'éxhérédation des afcendans, il eft
dit : *Nifi caufas quas enumeravimus
in fuis teftamentis fpecialiter nomi-
naverint.*

C'eft donc une condition légale,
que la caufe foit nommément exprimée & prouvée : autrement, la Loi
qui contient exclufivement le détail
des caufes d'exhérédation, feroit illu-
foire; & cette peine feroit totalement à
l'arbitrage du pere, auquel il fuffiroit
de la prononcer, fans en expliquer le
motif.

Mais quelques Interpretes du Droit
ont élevé une autre queftion. Ils ont
prétendu que l'exhérédation eft indivi-
fible; c'eft-à-dire, qu'elle doit exclure
de toute la fucceffion, ou qu'elle doit
être inefficace; en forte que la plus petite libéralité faite à l'enfant exhédéré,
eft fuffifante pour le rappeler au moins
à la totalité de fa légitime. L'enfant
exhérédé, difent-ils, doit être regardé

comme mort : *Nam exheredatus pro mortuo habetur. L. 1, § 5, ff. de conjung. cum emancip. lib.* Or on ne peut pas regarder comme mort un enfant auquel son pere fait un legs.

Sans se livrer à une suite de raisonnemens abstraits, tirés de différentes dispositions du Droit ancien des Romains, & qui détruiroient ce système, on peut assurer que le testateur a le droit de faire quelque legs à son enfant, soit en propriété, ou pour alimens, sans donner atteinte à l'exhérédation, & sans que cette indulgence puisse autoriser l'exhérédé à demander sa légitime ; qu'il ne doit pas être regardé comme mort, mais seulement comme étranger à la famille relativement à la succession dont il est exclus. Mais, en le regardant comme étranger à la famille, n'est-il pas permis de lui faire quelque legs, comme il est permis d'en faire à ceux qui sont réellement, & sans fiction, hors de la famille ? Loin qu'il y ait aucun texte qui porte cette décision, il y en a une foule qui autorisent nettement le pere à faire quelques legs à l'enfant qu'il dés-

hérite, fans que l'exhérédation éprouve
la plus légere atteinte (a).

Cette peine n'eft en effet autre
chofe qu'une exclufion prononcée par
un pere juftement courroucé. Il dépend
donc de lui, ou de faire fubir la peine
qu'il a prononcée dans toute fa rigueur,
ou de la modifier & de l'adoucir
fuivant qu'il eft infpiré par la com-
paffion & par l'indulgence paternelle,
& fuivant que le fentiment qui l'anime
lui préfente l'outrage qu'il venge, plus
ou moins grave. Ainfi l'exhérédation
doit toujours avoir l'effet que l'offenfé
voudra lui donner.

Auffi trouve-t-on plufieurs Arrêts
qui l'ont ainfi jugé. Duperrier, t. 2,
liv. 4, n°. 342, en rapporte un du
Parlement de Provence, qui ratifie une
exhérédation prononcée par un pere
contre fon fils marié fans fon confentement. Cependant le teftament contenoit tout à la fois, & un legs, &

(a) *Loi* 4, ff. de dotis collat. L. 61, ff.
de hœred. inftit. L. 16, §. 2, ff. de cura-
tor. furiof. *& la Loi* 41, §. 3, de vulg. &
pupill. fubft.

l'exhérédation pour tout le surplus de
la succession.

Le Journal des Audiences en contient plufieurs autres du Parlement de
Paris, confirmatifs de teftamens qui,
en même temps qu'ils déshéritoient
des enfans, leur léguoient des penfions
viageres; & Bretonnier fur Henrys,
liv. 5, queft. 101, remarque qu'il eft
d'un ufage journalier de joindre l'exhérédation à une penfion alimentaire
au profit de l'exhérédé; & que les Juges
accueillent avec plaifir cet acte de douceur & de modération.

Bardet, tom. 2, liv. 8, chap. 16,
rapporte cependant un Arrêt rendu par
le Parlement de Paris, le 29 Mars
1639, qui femble avoir jugé qu'en
pays de Droit écrit, l'exhérédation &
le legs ne peuvent fe cumuler dans le
même teftament. Un pere, en exhé-
rédant fon fils, lui avoit légué une
fomme de 600 livres pour tous droits
qu'il pourroit prétendre, en cas que
l'exhérédation n'eût pas lieu. Le teftament fut déclaré nul; mais M. l'Avocat-Général Bignon obferva que le pere
étoit d'une humeur fort bizarre; que
fon teftament étoit conçu en termes

fort extraordinaires ; qu'il ne contenoit que des injures atroces & ne respiroit que la fureur ; que le testateur étoit même décédé dans la maison de son gendre, & que l'institution universelle stipulée au profit de la fille, étoit l'effet de l'empire qu'elle avoit usurpé sur l'esprit de son pere. Ainsi cet Arrêt ne peut être tiré à conséquence pour la question qui vient d'être examinée.

Venons à la cause qui a donné lieu à ces observations. Nous allons, suivant notre usage quand les Parties ne sont pas d'accord sur les faits, les rapporter successivement sous le point de vue où chacun des contendans les a présentés.

Le sieur D*** (a) est né de parens qui jouissoient d'une fortune assez considérable, & même supérieure à leur condition, disoit M. Marmotant, Défenseur de l'exhérédé. Son pere exploitoit, soit comme propriétaire, soit

_____

(a) Les Auteurs des Mémoires respectifs des Parties ont cru devoir taire leur nom, & celui du lieu de leur origine. On verra, dans le récit des faits, le motif de cette discrétion.

comme fermier, plusieurs moulins situés aux environs de P***. Entiérement occupé des travaux de son état, il abandonnoit à son épouse le gouvernement intérieur de la maison. Femme impérieuse & dure, elle sut bientôt profiter de l'indolence & de la facilité naturelle de son mari, pour l'asservir à ses volontés, & s'arroger une autorité absolue.

Mere de cinq enfans, elle sembloit avoir oublié qu'elle étoit celle de ses garçons; ses filles étoient l'unique objet de ses affections. Prodigue pour elles des plus riches superfluités, elle refusoit aux garçons, avec une dureté extraordinaire, les choses les plus indispensables. Le sieur D***, le plus jeune de tous, ressentit plus particuliérement les effets terribles de cette préférence injuste & bizarre; source des malheurs qui ont empoisonné tous les instans de sa vie. La foiblesse innocente de l'âge le plus tendre, qui intéresse ordinairement les plus indifférens, ne réveilla point les sentimens de la Nature. Délaissé comme un orphelin, ou plutôt traité comme un étranger, il manquoit de vêtemens; & à peine lui fournissoit-

Q iv

on les alimens nécessaires pour sa subsistance. Parvenu à l'âge de huit ans, ses parens ne songerent même pas à lui donner les premieres instructions les plus communes. Comme on vouloit seulement tirer de lui quelque utilité pour le bien de la maison, il fut employé à conduire les ânes du moulin qui alloient dans les marchés chercher & ramasser le blé. Cette vile fonction, réservée ordinairement aux derniers domestiques, fut exercée pendant 7 années entieres par le fils de la maison. Quoiqu'il consacrât tout son temps à ce travail humiliant & pénible, cependant il ne fut point assez heureux pour se concilier l'amitié de ses parens, qui lui refusoient toujours son entretien & sa nourriture, ou qui ne la lui accordoient que pour avoir l'odieux plaisir de l'humilier & de l'abaisser au dessous des domestiques, à la table desquels il n'étoit pas même jugé digne d'être admis. Des procédés aussi durs lui annonçoient clairement une aversion décidée, & lui présageoient l'avenir le plus triste.

Quelques habitans de P***, honnêtes & sensibles, daignerent s'inté-

reſſer au ſort pitoyable de notre infortuné. Ils repréſenterent au chef de la
maiſon, qu'un pere de famille ne peut
employer ſa fortune plus dignement
qu'à donner à ſes enfans une bonne
éducation. Ils l'engagerent à lui faire
apprendre au moins à lire & à écrire,
afin qu'il pût un jour remplir un état
utile à lui-même & à ſes concitoyens.
Ce chef de la maiſon répondit à ces
ſages & juſtes repréſentations, qu'il
n'étoit pas le *maître* de procurer à ſon
fils l'inſtruction qui lui étoit due; mais
il promit de ſolliciter vivement ſa
femme d'acquitter cette dette naturelle
& ſacrée. Il paroît que le foible D***
pere n'oſa faire les démarches promiſes,
ou qu'elles furent infructueuſes ; car
trois mois entiers s'écoulerent ſans
apporter le plus léger adouciſſement à
la ſituation fâcheuſe de D*** fils. Au
bout de ce temps, les perſonnes qui
avoient déjà eſſayé les premieres ten-
tatives en ſa faveur, renouvelerent
leurs inſtances. Ces ſollicitations, réitérées en préſence de la mere, furent
long-temps combattues par les obſer-
vations les plus indécentes & les plus
déplacées. Elle ne rougiſſoit pas d'al-

Q v

léguer *qu'il n'étoit pas raisonnable de dépenser l'argent pour les garçons; qu'il devoit être entiérement réservé pour l'éducation des filles, qui ne pouvoient parcître dans le monde sans ce secours; qu'enfin les garçons devoient savoir se former un état, sans que les peres & meres fussent obligés d'y contribuer.* Cependant la généreuse & compatissante persévérance des amis triompha du refus barbare & dénaturé de cette mere. Il fut enfin résolu que le jeune D*** seroit mis en pension à Craye, pour y apprendre à lire & à écrire. Il y est resté seulement dix-huit mois, pendant lesquels il a couté à ses parens 225 livres, à raison de 150 livres par an.

Comme la femme D*** n'avoit consenti qu'à regret à cette modique dépense pour l'éducation de son fils, elle ne tarda pas à exiger son rappel de la pension, & voulut absolument qu'il revînt à la maison, pour indemniser, par ses travaux, de la somme *exorbitante* qu'on avoit déboursée. Quant aux filles, rien n'a été épargné. Elles ont été élevées au couvent des Ursulines de P***, où elles ont de-

meuré plus de trois ans. Enfuite elles
ont appris le métier de Couturiere.
Leur entretien a toujours été très-
faſtueux & même au deſſus de leur
condition, tandis que les freres avoient
à peine les vêtemens néceſſaires pour
couvrir leur nudité. Enfin, parvenues à
l'âge de ſeize ans, elles ont obtenu
l'honneur de dominer dans la maiſon
paternelle : il falloit fléchir le genou
devant ces idoles, & obéir à leurs
caprices ſans murmurer. Si quelqu'un
avoit le malheur d'encourir la diſgrace
de ces nouveaux deſpotes, il attiroit
ſur lui la colere des pere & mere, &
étoit condamné à un exil éternel de
la maiſon.

Le jeune D***, revenu chez ſon
pere, oſoit ſe flatter qu'on s'occuperoit
du ſoin de ſon établiſſement, ou qu'au
moins on lui confieroit l'adminiſtration
d'un des moulins. Mais ſes eſpérances
furent trompées. En vain ſollicita-t-il la
grace d'apprendre le métier de Bou-
cher ou quelque autre ; ſes prieres furent
rejetées. Il étoit irrévocablement deſ-
tiné au ſervice de la maiſon dans les
fonctions les plus abjectes. En effet,
il fut encore employé, pendant trois

Q vj

années, à la conduite des ânes & à la quête du blé. Il souscrivit avec docilité aux volontés de ses parens, & n'opposa à leur rigueur & à leurs duretés que la soumission la plus entiere & l'assiduité la plus infatigable au travail. Néanmoins il ne put obtenir un meilleur sort. Il fut séparé de toute société ; ses habits étoient très-mauvais ; souvent même il n'avoit pas la portion d'alimens suffisante.

Ce malheureux jeune homme avoit dix-neuf à vingt ans, lorsque des circonstances particulieres forcerent ses parens de lui faire abandonner l'emploi de conducteur des ânes, pour le charger d'autres occupations plus avantageuses à la maison, & qui eussent occasionné une dépense assez considérable, s'il eût fallu les confier à un étranger. Son frere aîné, qui conduisoit alors le moulin de M***, ennuyé de travailler gratuitement, & de la misere dans laquelle ses pere & mere le laissoient languir, exigea d'eux les gages qui se payent ordinairement à un domestique. Cette proposition déplut à une mere qui avoit juré de profiter des travaux de ses garçons, sans leur accorder au-

cune rétribution ; ils chafferent leur fils
aîné, & mirent à fa place le jeune,
après l'avoir fait inftruire par fon frere,
pendant fix mois, dans la maniere de
conduire un moulin.

Le jeune D*** s'acquitta de fa charge
deux années entieres, avec intelligence
& fidélité égales. Mais fes fervices
continuels n'empêcherent pas qu'il n'é-
prouvât toujours les traitemens les plus
cruels & les privations les plus révol-
tantes : on lui refufoit & les gages &
les profits ordinaires de garde-moulin.
Il ofa fe plaindre ; il fut chaffé ; on
lui refufa même tout fecours pour fe
foutenir jufqu'à ce qu'il eût trouvé une
place.

Nous ne le fuivrons point chez les
différens Meûniers qui l'admirent chez
eux, avec de bons gages, en qualité
de garde-moulin. Ces changemens fréquens de condition étoient occafionnés
par les ordres de fes parens, qui le
fubftituoient aux domeftiques dont ils
étoient mécontens ; & lorfqu'il demandoit pour falaire de fes peines, qu'on
lui donnât au moins des vêtemens, on
le chaffoit.

Un accident avoit penfé lui faire

perdre un œil. Il fut panfé dans la maifon paternelle, & gardé pendant quinze jours fans travailler. Mais il lui fallut racheter cette complaifance par un fervice dur & pénible. Il ofa un jour demander à fa mere (car c'étoit en vain qu'on s'adreffoit au pere) des vêtemens. Pour réponfe, elle appelle fon mari, & en lui adreffant la parole, pleine de fureur, elle s'écrie : » Ton fils eft un fcélérat (ce font fes » propres expreffions), ton fils eft un » fcélérat, qui, après l'avoir fait guérir » & nourri à rien faire, ofe me de- » mander de l'argent & des habille- » mens : envifage cet effronté ; le » pourrois-tu croire affez audacieux ? » *tu ne douteras plus à préfent qu'il* » *eft indigne d'être notre fils ; il mé-* » *rite d'être déshérité* «. Puis fe re- tournant vers le jeune D***, elle pour- fuit : » Sors, gueux, de la maifon, & » n'y rentre jamais : *tu peux compter* » *que tu n'auras jamais rien, tant de* » *la fucceffion de ton pere que de la* » *mienne ; & je te le jure, foi de* » *mere, ou j'y perdrois mon nom* «. Il fort effectivement de la maifon pa- ternelle, pour n'y plus rentrer.

Voici enfin la cataftrophe qui a fervi de prétexte à l'exhérédation contre laquelle il imploroit l'autorité de la Justice.

Jufqu'alors D*** avoit trouvé, dans un travail affidu & opiniâtre, le foutien de fon exiftence; mais l'accident de fon œil ne lui permettant plus de travailler auffi fortement, il ne tarda pas à être privé de cette trifte & foible reffource. En proie aux inquiétudes, il s'adreffe à fes parens, & les conjure de ne pas le laiffer périr dans cet état effroyable d'abandon & de mifere, qu'il n'a point mérité. Sa mere eft fourde à fes prieres & à fes gémiffemens. Elle veut exécuter, dans toute fa rigueur, la fentence de profcription prononcée contre cet enfant encore innocent. Il eft impitoyablement banni de la maifon paternelle, n'ayant autre chofe que les mauvais habits qui le couvroient, & environ fept à huit livres. Cette modique fomme eft bientôt épuifée. Déjà il connoît les horreurs de l'indigence; il eft aux prifes avec la faim. Dans cette terrible extrémité, fubjugué par le fentiment invincible du befoin, ou plutôt aveuglé

par le délire du défefpoir le plus digne
de pitié , l'infortuné D*** s'oublie lui-
même ; il commet une faute, à laquelle
un opprobre éternel eft inféparablement
attaché. Il vole chez un fieur Batide, Meûnier à Saint-Germain , près
Arpajon, deux draps, un cheval, & une
vefte.

Chargé de ce funefte & chétif bu-
tin , il s'achemine vers Paris pour le
vendre. Arrivé dans cette Capitale ;
en vendant les draps , il fe trahit lui-
même. Le repentir & le regret étoient
déjà nés dans fon ame, qui fans doute
n'étoit pas formée pour le crime. Revenu à lui, il avoit fenti toute l'énor-
mité de fa faute. La douleur amere
dont fon cœur étoit vivement pénétré ,
peinte fur fon vifage pâle & défait ,
annonçoit affez clairement qu'il étoit
coupable. Il fut arrêté fur le Pont-
Neuf par les acheteufes , & conduit
chez le Commiffaire Chenon. Là , fur
l'interrogatoire qu'il fubit , il fit volontairement l'aveu de fon crime, en obfervant néanmoins que fon intention
n'étoit pas de voler à Batide fon cheval, qu'il avoit deffein de le lui ramener. Mais , comme les faits font

seuls soumis à la Justice humaine, qui ne peut sonder les dispositions intérieures, il fut envoyé en prison. Les Juges eux-mêmes furent touchés de sa douloureuse situation, & reconnurent facilement qu'il avoit été plutôt foible que criminel. Le Magistrat en l'interrogeant, daigna même lui laisser appercevoir sa compassion, qui vouloit, pour ainsi dire, le sauver malgré lui, en lui insinuant le désaveu d'une foiblesse que rien d'ailleurs ne pouvoit prouver, puisqu'elle avoit été commise sans témoins. Mais D*** persévérant toujours dans ses aveux, qu'il regardoit comme un devoir, les Juges, forcés par la sévérité de leur ministere, prononcerent à regret, contre lui, une condamnation que l'humanité, & surtout la plus juste commisération, désavouoient. Il fut condamné à être flétri, & à un bannissement de cinq ans.

Les parens de ce malheureux, qui n'avoient fait aucune démarche en sa faveur pendant l'instruction de la procédure criminelle, se réveillerent enfin, quand ils surent que la peine n'étoit qu'un bannissement, & que ce bannissement n'étoit que de cinq ans.

Ils lui préparent une punition encore plus févere & plus terrible, puifqu'elle enchaîne la liberté, fans laquelle la vie n'eft qu'un pefant fardeau, & puifqu'il eft impoffible d'en
appercevoir la fin. En vertu d'ordres
fupérieurs, ils le font renfermer dans
les *cabanons* de Bicêtre, dans ce lieu
dont l'afpect fait frémir la Nature, &
où la mort eft la plus douce efpérance.
Il a langui dans la captivité la plus rigoureufe pendant douze années entieres; & ce n'eft que depuis la mort
de fes pere & mere qu'il a enfin reçu
un léger adouciffement à fes peines.
Il eût recouvré fa liberté fans difficulté, fi elle eût été demandée; mais
fes bienfaiteurs ont penfé qu'elle feroit
un préfent au moins inutife, avant la
reftitution de tous fes droits de fils de
famille. Ils ont feulement follicité &
obtenu très-facilement fa tranflation
dans une demeure beaucoup plus honnête & moins affreufe, où ils payent
pour lui 600 livres de penfion. Tout
fait préfumer que l'ordre fera révoqué
auffi-tôt qu'il fera rétabli dans l'héritage de fes pere & mere.

Quoi qu'il en foit, fes pere &

mere, après avoir ravi à leur fils fa
liberté, ne fe fouvinrent plus de fon
exiftence, que pour lui porter encore
de nouveaux coups. Leur haine ne peut
être pleinement fatisfaite, qu'en éten-
dant fes effets jufqu'au delà du tombeau.

Le pere, dans fon teftament reçu
par Dulion, en préfence de témoins,
le 9 Décembre 1769, fept heures du
foir, inftitue d'abord fa fille aînée légataire univerfelle pour deux cinquiemes de tous fes biens, meubles & immeubles. Il laiffe à Barthélemi D***
fa portion héréditaire. Il réduit Charles
D***, l'aîné, & Angélique D***,
femme F***, à l'ufufruit de leurs
parts, & donne la propriété à leurs
enfans nés & à naître. Après avoir diftribué ainfi fa fortune entre quatre de
fes enfans, il legue à Charles D*** le
jeune 200 livres de rente viagere, dont
il charge l'aînée, légataire uuiverfelle,
de deux cinquiemes. Voici les termes
mêmes dans lefquels le pere prononce
enfuite la peine de l'exhérédation. » Je
» déclare que ledit Charles D***, mon
» fecond fils, a encouru envers moi
» la peine de l'exhérédation; pourquoi
» je déclare que j'exhérede, par ces

» préfentes, ledit Charles D***, mon
» fecond fils, & que je ne lui ai lé-
» gué la penfion viagere ci-deffus, que
» pour lui tenir lieu de nourriture &
» alimens «. On remarque fans doute
que la caufe de cette profcription n'eft
point exprimée : il eût été bien difficile d'alléguer un feul motif réel &
légal. Enfin, le teftateur nomme pour
exécuteurs de fes dernieres volontés fa
femme, & à fon défaut fa fille aînée,
& Me. Yvon, Procureur au Châtelet.

Le teftament de la mere, daté du
lendemain 10 Décembre 1769, neuf
heures du matin, c'eft-à-dire, fait environ douze heures après celui du mari,
répete exactement les mêmes difpofitions & dans les mêmes termes. Cependant on n'y laiffe abfolument rien à
D***, déshérité auffi entiérement, fans
expliquer aucune caufe.

Le pere eft décédé le premier au mois
de Mars 1772, dans fon moulin
d'O***. Après fa mort, les fcellés ont
été appofés à la requête du Procureur
d'office, & levés à la requête de la
veuve, tant comme commune, que
comme exécutrice teftamentaire. Alors
Charles D***, inftruit par des voies

indirectes de la mort de fon pere, chargea un Procureur d'affifter pour lui à toutes les opérations. Enfuite, ayant eu connoiffance du teftament, il a formé au Bailliage de P***, contre fa mere & fes freres & fœurs, fa demande en nullité de ce teftament & en partage des communauté & fucceffion ouverte. Depuis, comme il s'agit du fort d'un acte paffé fous le fcel attributif du Châtelet, cette demande fut évoquée, & il fut ordonné par Sentence du 28 Mars 1776, que les Parties procéderoient au Châtelet fuivant les derniers erremens.

Dans ces entrefaites, la mere eft auffi décédée. On a également procédé, après fa mort, à toutes les opérations préliminaires, en préfence des parties ou de leurs fondés de procuration. Il paroît que la fille aînée, quoiqu'avantagée, n'étoit pas encore contente de fon lot : car l'inventaire conftate que deux femmes prépofées par le Juge pour la fouiller, fur la réquifition de l'un des héritiers, ont trouvé dans fes poches plufieurs effets montant environ à 6000 livres. Elle a encore commis d'autres fouftractions à la mort du pere. Quoi qu'il en foit, le jeune D*** a formé auffi, les 1 & 20 Avril 1776, fa demande en nullité du teftament de fa mere, & en partage de fa fucceffion.

Paffons aux moyens que l'on fit valoir contre les teftamens.

M. Marmotant invoquoit d'abord une fin de non-recevoir.

Après la mort du pere, lorfque le Meûnier fon fucceffeur a voulu commencer l'exploitation du moulin d'O**, il a fait procéder à la prifée de ce moulin. D*** a affifté à cette opération comme héritier, par le miniftere d'un Procureur: il a pris & on lui a donné ce titre fans aucune réclamation, fans aucunes réferves, fans aucunes proteftations de la part de la veuve & de fes cohéri-riers. Par cet acquiefcement pur & fimple, il ont renoncé au bénéfice du teftament introduit en leur faveur; ils ont reconnu dans la perfonne de D*** la qualité d'héritier; ils ont confenti qu'il jouît de tous les droits attachés à cette qualité. La légataire univerfelle ne peut donc point aujourd'hui revenir fur fes pas, & difputer à fon frere une jouiffance qu'elle lui a déjà accordée. Elle eft abfolument non recevable à fe prévaloir d'une exhérédation dont elle a tacitement avoué le vice & con-

senti l'anéantissement. Les fins de non-
recevoir, toujours odieuses dans les
contestations ordinaires, reçoivent un
accueil bien différent dans certaines
matieres, quand il s'agit de décider sur
un acte de rigueur, d'enlever à un enfant le titre & les droits d'héritier qu'il
tient de la Nature & de la Loi, de le
réduire à l'indigence la plus affreuse,
de prononcer enfin sur une exhérédation qui doit être rejetée plutôt qu'ad-
mise ; puisque, suivant même l'expression des Loix, *exheredationes non sunt
adjuvandæ.* (*L.* 19 ; ff. *de lib. & posth.*)
Les Ministres de la Justice adoptent
avec plaisir tous les moyens qui peuvent écarter les discussions de ces matieres délicates, où l'humanité envisage
avec peine le Jugement que la Loi autorise. Ainsi, quand même on feroit
dans l'impuissance de présenter d'autres moyens, les Magistrats saisiroient
avec avidité la fin de non-recevoir fondée sur le fait d'une sœur, pour détruire
la Sentence d'exhérédation, cet acte
si contraire au vœu de la Nature. Mais
on n'est pas réduit à cette extrémité :
on peut sans crainte négliger cette res-

source , & descendre dans l'examen du mérite de l'exhérédation.

Les enfans sont, de droit, les héritiers de leurs pere & mere : *Filius , ergò hœres.* La transmission des biens des pere & mere à leurs enfans n'est qu'une continuation de propriété, & non une nouvelle acquisition de la part des enfans : *Dominium magis continuatum , quàm de novo acquisitum.* Aussi le ministere seul de la Loi leur défere-t-il , dans la succession de leurs pere & mere , une certaine portion indépendante de la disposition de l'homme Quoique toute la succession d'un pere soit en quelque maniere due à ses enfans (si l'on considere le seul esprit de la Nature), néanmoins la Loi rend le pere plus spécialement débiteur de la légitime. La Loi qui accorde la légitime aux enfans , peut être appelée *non scripta , sed nata Lex.*

Dans l'ancien droit civil , quoique les peres eussent la faculté d'exhéréder leurs enfans sans alléguer aucune cause, comme la Loi 11 , *ff. de lib. & posth.* ; nous l'apprend , cependant l'exhérédation devoit être fondée sur une cause légitime ;

légitime ; & fi les enfans prétendoient
avoir été injuftement exhérédés , ils
étoient reçus à attaquer le teftament
de leur pere, en prouvant qu'ils avoient
toujours confervé le refpect & l'obéif-
fance dus , à moins que les héritiers
inftitués n'aimaffent mieux prouver
l'ingratitude des enfans déshérités. *Li-*
beri de inofficiofo querelam contra tef-
tamentum parentum moventes proba-
tionem debent præftare, quòd obfequium
débitum jugiter , prout ipfius naturæ
religio flagitabat , parentibus adhibue-
rint ; nifi fcripti hæredes oftendere ma-
luerint ingratos liberos contrà parentes
extitiffe. L. 28. Cod. *de inoff. teftam.*
Si la Caufe d'exhérédation étoit exprimée dans le teftament, l'héritier devoit
en juftifier la vérité. L. 30 *eod. de*
inoff. teftam. Si tamen non ingrati l.-
gitimis modis arguantur, cum eos fci-
licet ingratos circà fe fuiffe teftator
dixerit. Dans l'origine de la Jurifprudence Romaine , les enfans déshérités
n'avoient donc d'autre reffource que
la plainte d'innofficiofité : encore étoient-
ils affujettis à démontrer l'injuftice
de l'exhérédation qu'ils attaquoient.

Tome VIII. R

Mais , comme, cette plainte injurieuse au testateur , & contraire à la liberté des testamens , devenoit trop fré-
quente , on donna aux peres un moyen
facile pour l'éviter , & pour assurer l'exécution de leurs dernieres volontés , en
leur permettant de disposer de tous leurs
biens , après avoir laissé la légitime à
leurs enfans.

On ne crut pas cependant devoir
ôter à un pere justement irrité la faculté de déshériter totalement un enfant coupable. Justinien a voulu que la
cause de toute exhérédation fût exprimée, qu'elle fût du nombre de celles
qu'il indique dans sa novelle ; qu'enfin elle fût prouvée par l'héritier institué. Cette novelle a été , en quelque
maniere , respectée par nos Ordonnances & par les Arrêts ; puisqu'il ne
paroît pas qu'on ait entrepris d'y ajouter aucune cause , si l'on excepte celle
du mariage d'un fils mineur de trente
ans , contre la volonté de son pere.
Cette Loi exige trois conditions principales & essentielles pour la validité
d'une exhérédation. Il faut que la cause
d'ingratitude soit *nommément exprimée*
dans le testament ; il faut qu'elle soit

légale, c'est-à-dire, du nombre de celles qui font indiquées par la novelle elle-même ; il faut enfin qu'elle foit *juftifiée par l'héritier inftitué.*

Tels font les principes généraux que le Droit Romain avoit établis fur cette matiere, & qui ont été adoptés dans nos mœurs. Comme les coutumes ne reglent point les caufes d'exclufion, on fuit en pays coutumier la novelle, parce que dans le filence des coutumes on confulte les Loix Romaines. Parmi nous l'exhérédation a lieu pour les mêmes caufes, & eft afujettie aux mêmes conditions. Leur inexécution annulle aufli les teftamens & la fucceffion eft déclarée ouverte *ab inteftat.* Ces vérités font écrites dans tous nos livres. Tous les Jurifconfultes veulent également l'*expreffion*, la *légitimité* & la *preuve* de la caufe d'ingratitude, pour foutenir une exhérédation.

Ricard (1), après avoir fait l'hiftoire des progrès du Droit Civil fur l'exhérédation, ajoute, » que plufieurs Loix du » code, & notamment la novelle 115,

_____

(a) Traité des Donations, partie 3, chap. 8, fect. 4,

R ij

» aboliſſant l'ancienne Juriſprudence
» Romaine, ont ordonné que ce ſeroit
» à celui qui voudroit prendre avanta-
» ge de l'exhérédation, de faire preuve
» de l'ingratitude du fils, *& que, pour*
» *cet effet , le pere devroit articuler*
» *préciſément les chefs d'ingratitude*
» *qui lui ont donné lieu de priver ſon fils*
» *de ſes biens ; ce que nous requérons,*
» pourſuit Ricard, *auſſi exactement par*
» *notre uſage* «. Il cite à ce ſujet, Bo-
niface, tom 2 , p. 50. Quelques lignes
plus bas , il reprend encore : » *Nous*
» *ſouhaitons donc , pour priver un fils*
» *de la ſucceſſion paternelle, ... que*
» *le chef d'ingratitude qui y a donné*
» *lieu ſoit differtement exprimé, &c.* «.
Enfin il obſerve » *que la Loi a arrêté*
» *les cauſes pour leſquelles elle a per-*
» *mis aux peres & aux meres d'exhé-*
» *réder leurs enfans , ... & que la no-*
» *velle* 115 *les contient toutes* «.

    Deſpeiſſes (1) , en faiſant l'énumé-
ration des différentes conditions requi-
ſes pour la validité d'une exhérédation,
s'explique ainſi : » En onzieme lieu , il
» faut que l'enfant que le parent veut

(a) Tome 2 , partie 1, ſection 4, n°. 49.

» exhéréder, ait commis quelqu'une des
» quatorze caufes d'ingratitude conte=
» nues en la novelle 115, chap. 3 «.
Plus loin (a) il dit : En quinzieme lieu,
» le parent qui veut exhéréder fon en-
» fant ; *doit inférer en fon teftament*
» *la caufe de l'exhérédation*, fuivant
» la novelle 115. *Que fi la caufe*
» *d'exhérédation n'eft pas exprimée au*
» *teftament*, continue toujours notre
» Auteur, *bien que l'héritier prouve*
» *que le fils exhérédé étoit ingrat*, *le*
» *teftament eft nul*, fuivant ladite no-
» velle 115, cap. 3, *in fine* ».

On ne finiroit pas, fi l'on vouloit
copier, ou fimplement citer tous les
Auteurs qui établiffent, & par leurs raifonnemens, & par l'autorité des Arrêts,
que toute exhérédation, dont la caufe
n'eft pas exprimée dans le teftament,
eft nulle.

En effet, comme l'exhérédation eft
la peine de l'ingratitude qui a produit
dans le fils une indignité, il eft jufte
de connoître la nature de l'offenfe, pour
décider fi la punition a été juftement
infligée. Les peres deviennent tout à

(b) *Ibid.* n° 68.

R iij

la fois les accusateurs & les Juges de
leurs enfans ; mais leur jugement est
soumis à la censure des Magistrats,
constitués par la Loi , Juges au dessus
d'eux. Il importe donc de connoître &
le titre de l'accusation , & le motif du
Jugement , pour prononcer ensuite sur
la gravité de l'une & sur la régularité de
l'autre.

N'est-il pas encore naturel que les enfans accusés par leurs peres , puissent
se défendre ? Et comment pourroient-
ils détruire ou combattre les motifs de
la Sentence de leurs peres , s'ils les
ignoroient ?

Examinons maintenant si les testateurs, en déshéritant leur fils, ont satisfait à toutes les conditions prescrites
par la novelle de Justinien. La raison a
dicté ces conditions, la Loi les a établies, notre usage les a autorisées. Quelle
est la cause qui a déterminé les pere &
mere de D***. En ont-ils exprimé aucune ? Celle que l'on prétend avoir été
le motif de leur disposition, est-elle
comprise dans la novelle ? Cela ne paroît pas soutenable ?

En effet, les testamens n'énoncent aucune cause. Les testateurs déclarent sim-

plement que Charles D*** , leur second
fils, a encouru envers eux la peine de l'exhérédation ; pourquoi ils le déshéritent.
Ils n'ont pas même annoncé vaguement
& généralement les raisons de leur conduite ; disons mieux , ils ne font pas
même le plus léger reproche à leur enfant ; encore une fois , ils se contentent
de déclarer qu'il a mérité la punition
qu'ils lui infligent. Mais faut-il donc
s'en rapporter à cette déclaration ? Sé-
duits par des impressions étrangeres ,
aveuglés par la haine , la prévention ou
la colere ne peuvent-ils pas tromper ou
se tromper eux-mêmes ? ne peuvent-ils
pas avoir déshérité sans cause , ou sans
cause approuvée par la novelle ? Comment donc la Justice pourra-t-elle prononcer sur la légitimité de l'exhérédation , puisqu'on ignore les motifs qui
l'ont déterminée ? Il est même impossible d'excuser ici le silence des deux testateurs , en alléguant qu'ils ont voulu
éviter à leur fils la honte du détail.
Car , si le fait que l'on dit être la cause
de châtiment l'eût été en effet , quels
menagemens pouvoit-il y avoir à garder sur une faute dont l'éclat étoit malheureusement fait depuis long-temps ;

ou plutôt une réticence affectée, une
déclaration insidieuse ne devenoient-
elles pas alors des ménagemens perfides ? Comme il n'eſt pas naturel de préſumer que des pere & mere, ordinairement avares de punitions, aient voulu
punir, par la privation de leur ſuccef-
ſion, une faute qui n'étoit point une
offenſe perſonnelle contre eux, qu'ils
faiſoient d'ailleurs expier par une longue & dure captivité, l'omiſſion des
motifs de l'exhérédation ne peut-elle
pas faire ſoupçonner que le fils eſt coupable des attentats les plus énormes envers ſes parens ? Les circonſtances, bien
loin de juſtifier le ſilence, rendoient
l'expreſſion de la cauſe encore plus néceſſaire.

Au ſurplus, quels qu'aient été les
motifs ſecrets du jugement domeſtique
des pere & mere, quels qu'aient été
même les crimes de l'exhérédé, la ſimple déclaration qu'ils ont faite dans
leurs teſtamens eſt inſuffiſante, parce
que la Loi ne les conſtitue pas ſeuls juges des mérites ou démérites de leur
fils vis-à-vis d'eux. Comme l'exhérédation eſt odieuſe, elle eſt aſſujettie ſcru-
puleuſement à toutes les formalités de

la novelle. On a soumis les peres &
meres à certaines conditions qui font
de rigueur, qui font inviolables, &
qu'on ne peut omettre fans rendre en
même temps l'exhérédation nulle &
inutile. Une de ces conditions essentielles, est l'énonciation expresse de la
cause ; & le seul défaut de cette énonciation entraîne & opere irrevocable-
ment, comme on l'a vu, la nullité de
l'exhérédation. Il y a plus ; dès que la
cause d'ingratitude n'est point exprimée
nominatìm dans le testament, l'héritier
ne peut être admis à la preuve d'aucune
autre. Il n'est plus permis d'écouter ses
allégations, quand même elles feroient
vraies & suffisantes pour soutenir l'exhérédation. *Etiamfi filius fuerit adver-*
sùs patrem ingratus, tamen, fi pater
non adjiciat fe eam ob caufam filium
exheredaffe, hoc non admittatur, ne-
que exheredatio fuftineatur.

Ainsi les testateurs ayant négligé d'exprimer *nominatìm* les causes d'ingratitude qu'ils vouloient punir, non seulement l'exhérédation est radicalement
nulle, mais la légataire n'est pas recevable aujourd'hui à propoſer des faits,
même vrais & capables d'exclure son

R v

frere des fucceffions des pere & mere
communs, pour défendre la difpofition
& faire valoir l'exhérédation. Dès que
D*** n'a point été privé légalement
des droits de fa naiffance par fes pere
& mere, il ne peut plus aujourd'hui
les perdre. Perfonne ne peut folliciter
l'exhérédation , parce qu'elle eft la
peine du mépris de l'autorité paternelle, que les pere & mere peuvent
feuls connoître, reprocher & punir.

Mais allons plus loin : examinons
fi la caufe qu'on prétend avoir fait prononcer l'exhérédation, eft légale.

Cette Loi fixe à quatorze le nombre
des caufes d'*ingratitude* , qui rendent
un fils indigne de la fucceffion de fes
pere & mere. Nous les avons adoptées
toutes , & nos Ordonnances en ont
même ajouté une quinzieme, qui eft
le mariage fans le confentement des
parens. Obfervons d'abord , que le
Légiflateur appelle toutes les caufes d'exhérédation, des caufes d'*ingratitude* :
*caufas autem ingratitudinis has effe
decernimus.* Il les qualifie de ce nom ,
fans doute parce qu'il regarde l'exhérédation comme la peine d'une offenfe

personnelle au pere ; fans doute parce
qu'il veut punir par l'indigence , principalement ces forfaits, qui , bleffant le
devoir des enfans envers leurs parens ,
ont vraiment les caracteres de l'ingratitude la plus monftrueufe & la plus
criminelle , puifqu'ils font l'oubli des
bienfaits, que nous recevons ordinairement des auteurs de nos jours. Il faut
donc bien prendre garde à la qualité
de la caufe reprochée. Si elle n'attaque
point directement l'autorité paternelle ,
fi elle ne peut être appelée avec raifon
un fait d'*ingratitude* , n'étant point
alors condamnée dans l'efprit de la Loi,
elle ne peut produire d'effet. L'exhérédation étant une peine , ne peut être
étendue à des cas pour lefquels elle n'a
point été établie.

Il eft fuperflu de s'arrêter à répondre
férieufement à la caufe, *fi gravem aut
inhoneftam injuriam eis injecerit*, alléguée au hafard. Il eft évident que cette
Loi ne s'applique qu'au cas où les enfans ont fait *outrage*, ou quelque grie-
ve *offenfe* à leurs peres & meres. Les
égaremens d'un fils caufent fans doute
la douleur la plus jufte & la plus vive

R vj

aux parens ; ils leur occasionnent les chagrins les plus amers & les peines les plus sensibles. Néanmoins ils ne sont pas un *outrage* & une *offense* directes proprement dites , car toutes les fautes ne sont point des *outrages* ou des *offenses.* Ces mots signifient seulement des mauvais traitemens par voies de fait ou par paroles , une attaque directe contre quelqu'un ; soit dans sa personne , soit dans ses biens ; un tort considérable fait à quelqu'un particulièrement : *Si gravem & inhonestam injuriam eis injecerit.* Le mot *injuriam* ne signifie ni *peine* , ni *douleur* , ni *chagrin* : il veut dire simplement *injure* , *insulte* , *offense.* Tout annonce & assure donc que Justinien n'a point eu en vue ici les écarts des enfans qui , quelque affligeans qu'ils soient , quelque ignominie qu'ils répandent sur toute la famille , n'attaquent point directement les peres & meres , & ne sont point pour eux personnellement une injure grave.

Ces simples observations suffisent pour écarter absolument cette cause citée , vraisemblablement sans croire beaucoup

à la justesse de son application. Passons
à la discussion de celle qui est invoquée
avec plus de complaisance.

On oppose aussi la quatrieme cause
conçue en ces termes : *si cum maleficis
hominibus , ut maleficus , versatur.*
Si on en croit la légataire , son frere
est du nombre des scélérats que cette
Loi proscrit , parce qu'il a eu le malheur de commettre la faute dont nous
avons parlé. Suivant elle , un seul vol
commis dans le secret & comme malgré soit , est décidé , par la Loi citée ,
être cause valable d'exhérédation.

Ne pourrions-nous pas nous dispen-
ser d'examiner le mérite de la cause
proposée par cette avide légataire , &
la repousser par un seul argument puisé
dans la novelle même ? Quelques lignes
plus bas , elle prononce la peine d'exhérédation contre une fille qui préfere
une vie libertine au mariage: Mais elle
ajoute que la débauche ne sera point
un sujet d'exhérédation , si les parens
ont refusé de marier leur fille à l'âge de
vingt-cinq ans. La raison que le Législateur nous donne de cette derniere décision , est qu'alors les parens pourront
être regardés comme les auteurs des dé-

sordres de leur fille : *quia non suâ cul-*
pâ, sed parentum id commisisse cog-
noscitur. Ne pourroit-on pas opposer
la même raison pour anéantir l'exhérédation lancée par les testateurs contre leur fils, si elle avoit une existence
légale ? D*** a commis, il est vrai,
une faute ; mais n'a-t-elle pas été pré-
parée, occasionnée, nécessitée par ses
parens, qui lui ont refusé tout à la fois
& l'éducation & la subsistance ? Sa foiblesse est devenue leur crime. Doivent-
ils donc être admis à venger une faute
dont ils sont les véritables auteurs, &
qu'on ne peut imputer à leur fils ?
Quia non suâ culpâ, sed parentum
id commisisse cognoscitur. Comment
pourroient - ils donc réclamer le triste
droit de la punir ? La Loi enchaîne
leur autorité ; parce qu'il ne seroit pas
juste de donner l'essor à toute sa rigueur
contre une faute qu'ils auroient pu prévenir, qui a été causée par leur abandon, & dont l'enfant ne peut être regardé comme le vrai coupable : *quia*
non suâ culpâ, sed parentum id com-
misisse cognoscitur.

Cette exception péremptoire n'est pas
la seule qui pût détruire l'effet de l'ex-

hérédation , si elle avoit une cause
réelle & juridique. Les peines multipliées & excessives , infligées à D***
par la Justice & son pere, ont suffisamment expié le crime, & ont consommé
le pouvoir du pere. Tout le monde sait
qu'il n'est pas permis de cumuler les
peines ; on ne peut prononcer deux
condamnations pour le même délit ,
suivant la célèbre & constante maxime
en matiere criminelle : *non bis in idem.*
C'est sur le fondement de ce principe
si précieux pour l'humanité , que les
auteurs rejettent l'exhérédation , lorsqu'elle a été précédée d'une autre peine
proportionnée au crime.

Despeisses (*a*), à l'endroit déjà cité,
s'exprime ainsi : » En quatorzieme
» lieu, afin que l'enfant soit juste-
» ment exhérédé, *il faut que son in-*
» *gratitude n'ait pas été punie par*
» *quelque autre peine capable d'expier*
» *sa faute* ; car s'il est assez puni d'ail-
» leurs , le parent a de quoi se con-
» tenter, *soit que l'ingratitude re-*
» *garde indirectement le pere , soit*

(*a*) Tome 2 , part. premiere des Testamens, sect. 4, n°. 67.

» qu'elle s'adresse directement contre
» le pere «.

Nous lisons la même doctrine dans
Lebrun (b), » Si le pere qui a dés-
» hérité son fils, dit-il, s'avise de le
» poursuivre en Justice pour une ré-
» paration de la même injure qui a
» donné lieu à l'exhérédation, &
» qu'il lui fasse subir quelque peine,
» il est présumé lui remettre son ex-
» hérédation, parce que non bis in
» idem ; & dès que le pere s'est sou-
» mis à l'arbitrage du Juge, il a re-
» noncé à sa jurisdiction domestique,
» & au droit qu'il avoit de punir
» son fils pour ce délit particulier «.

On voit que les Auteurs, appuyés
sur les notions criminelles élémentaires,
refusent aux peres le pouvoir d'exhéréder leurs enfans, lorsqu'ils ont déjà
usé de leur autorité pour venger l'injure qui leur a été faite, ou même
lorsque cette injure a été punie indépendamment d'eux. Ici D*** a déjà
essuyé plusieurs punitions. Si son pere
ne l'a point poursuivi en Justice, il

_____

(a) Taité des Successions, liv. 3, chap.
10 sect. 4.

n'a pas arrêté ses coups. Le fils a d'abord été frappé par le glaive de la Justice; ensuite le pere, non content de cette premiere disgrace, a encore armé l'autorité royale contre lui : il a sollicité & obtenu du Prince une punition infiniment plus rigoureuse que celle qui avoit été infligée par la Justice; car, au lieu de subir un simple banissement de cinq ans, il a été détenu dans les prisons de Bicêtre pendant douze années entieres. L'exhérédation est donc un second jugement, une seconde condamnation que son pere a prononcée contre lui par son testament; condamnation qui viole ouvertement la maxime *non bis in idem.*

Ainsi, quand bien même la cause alléguée seroit une cause valable d'exhérédation, les testateurs n'auroient jamais pu balancer ce foudre de l'autorité paternelle, *fulmen parentum*, suivant l'expression des Auteurs, soit parce que la faute est provenue de leur négligence, de leur abandon, de leur mépris des devoirs de la Nature, *quia non suâ culpâ, sed parentium id commisisse cognoscitur;* soit parce que la faute est déjà expiée par des peines féveres & cumulées ; *quia non bis in idem*. En négligeant d'accorder à leurs fils les foins & les fecours qu'ils lui doivent, fes pere & mere ont mérité de perdre, & ont perdu réellement tous leurs droits : en attirant la colere du Prince fur leur fils, ils ont renoncé à leur jurifdiction domeftique ; en un mot, ils ne peuvent aujourd'hui revendiquer l'exercice d'une autorité dont ils fe font rendus indignes, & qu'ils ont même déjà pleinement confommée.

Mais il faut aller encore plus loin, & détruire la prétendue exhérédation jufque dans fon principe, en prouvant que l'interprétation de la Loi oppofée eft fauffe, & conféquemment qu'il n'y a ici aucune caufe légitime d'exhérédation.

La Loi citée porte : *Si cum maleficis hominibus, ut maleficus, verfatur.* Il paroît que les Auteurs ont diverfement interpreté ce texte. Plufieurs penfent que le Légiflateur a entendu parler feulement des magiciens & des empoifonneurs. Manzius (a) dit que

____

(a) De teftamento valido vel invalido, tit. 10, queft. 6, n°. 19.

cette cause d'exhérédation , introduite par la novelle , est uniquement fondée sur l'horreur que les Romains avoient pour le crime de sortilége ou d'empoisonnement ; horreur qui éclate de toutes parts dans le titre du code concernant les magiciens & les empoisonneurs. Ce titre , auquel Manzius renvoie, confond les uns & les autres, parce qu'en effet, à Rome , ceux qui faisoient le métier de *diseurs de bonne aventure* , attentoient souvent à la vie de leurs concitoyens par le poison. Il les appelle *Mathematicis* , parce que, selon la Glose , ils décoroient leurs folies du beau nom de mathématique. *Venticinatoribus , qui mathematicarum liberali nomine adumbrantes suas ineptias , profitentur se fata cujusque nosse & natales syderum observationes.* Despeisses, Lacombe, & plusieurs autres , disent pareillement, d'après la novelle dont ils citent les termes , que l'enfant peut être exhérédé , *s'il est sorcier ou magicien.*

Cette explication , enseignée par le plus grand nombre des Docteurs, est favorisée par le texte original grec , μετα φαρμακα , c'est-à-dire , *cum venefi-*

cis , avec les empoisonneurs. Elle est
justifiée aussi dans le paragraphe 2 du
chap. 4 de la même novelle , où l'Empereur détaille les diverses causes pour
lesquelles les enfans peuvent exhéréder
leurs parens. La premiere cause indiquée est l'attentat à la vie par le
poison , ou par les sortiléges , ou d'une
autre maniere. *Si venenis , aut maleficiis , aut alio modo , parentes filio-
rum vitæ infidiati probabuntur.* Cette
Loi prouve que les termes *maleficiis*
ou *maleficis* désignent uniquement le
crime de sortilége ou les magiciens,
puisqu'après avoir rappelé le poison &
le sortilége , comme des moyens particuliers d'attenter à la vie , on se
sert ensuite d'une expression générale,
qui comprend toutes les autres manieres
de faire périr quelqu'un : *Venenis , aut*
maleficiis , aut alio modo , porte le
texte. Il faut encore observer que les
mots *maleficis* ou *veneficis* sont employés dans le titre du code , où
il n'est parlé que de cette espece
de gens ; ce qui doit naturellement
faire présumer que Justinien , en répétant dans sa novelle le même mot , a
voulu également prononcer l'exhéré-

dation, feulement contre la même efpece de gens. Enfin, il n'eft pas étonnant que les Loix Romaines, qui
avoient voué à l'exécration & à la
vengeance publiques les magiciens ou
empoifonneurs, aient auffi autorifé les
peres à févir contre leurs enfans qui
exerçoient cet infame & ridicule métier.

Cependant il faut convenir que quelques Auteurs appliquent le texte à tous
ceux qui menent une mauvaife vie,
à tous les malfaiteurs indiftinctement.
Mais, en adoptant même ce dernier
fens contraire à la lettre, que de conditions font requifes par la Loi, pour
être rangées dans la claffe des profcrits!
*Si cum maleficis hominibus, ut ma-
leficus, verfatur.* Remarquons la force
& l'énergie de ces expreffions toutes
pittorefques. Il ne fuffit pas d'avoir
commis une feule mauvaife action,
dans le particulier, pour encourir la
peine d'exhérédation, il faut être dans
une affociation de brigands, de gens
familiarifés avec le crime, dont la vie
foit un tiffu de forfaits, *cum maleficis
hominibus*; il faut être continuellement dans leur compagnie, vivre ha-
bituellement avec eux, *verfatur*; en-

fin, il faut être soi-même un scélérat
déterminé, *ut malificus*; en un mot,
il faut être enrôlé dans ces sociétés in-
fames, destinées aux brigandages, & en
partager les abominables occupations.
*Si cum maleficis hominibus, ut ma-
leficus, versatur. Quod non ita intel-
ligendum est*, remarque encore Manzius, *ut continuò damnandus sit, qui
inter malificos in itinere vel hospitio
repertus fuerit, sed si se in societatem
dederit*. Encore une fois, prenons garde
à tous les termes de la Loi, si énergi-
ques & si précieux. On diroit que le
Législateur a cherché à rassembler tous
les traits caractéristiques de ces monstres, qui semblent n'exister que pour le
crime ; comme s'il eût craint qu'on
ne se trompât sur ceux qu'il marquoit
du sceau de la réprobation. Tout per-
suade qu'il n'a pas voulu armer les
peres de leur foudre contre une simple foiblesse souvent involontaire, contre un seul vol forcé quelquefois par
la nécessité la plus urgente, contre une
faute qui annonce un désespoir bien
excusable, plutôt qu'une scélératesse
décidée & dangereuse. D'ailleurs,
comme nous l'avons déjà dit, suivant

l'intention du Légiflateur, l'exhérédation eſt plus fpécialement la punition
d'une offenſe perſonnelle au pere. Le
vol, lorſqu'il n'a pas été commis chez le
pere, n'eſt point une injure qui lui foit
perſonnelle ; il n'eſt point un crime qui
réfléchiſſe contre lui perſonnellement ;
il n'attaque point directement l'autorité paternelle : *nihil ad patrem atti-
net.* Il n'eſt donc point dans l'eſprit
de la Loi un crime digne de l'exhérédation.

Auſſi les Juriſconſultes & les Arrêts
n'ont jamais mis les crimes publics au
rang des cauſes d'exhérédation. Furgole (a), en examinant la queſtion de
ſavoir fi un indigne peut être privé de
la légitime, diſtingue d'où procede
l'indignité. Si elle a été produite par
un crime qui ne ſoit pas une des cauſes
inférées dans la novelle, il décide que
la légitime ne peut être refuſée ſous
prétexte de cette indignité.

On trouve dans le Journal des Audiences un Arrêt du 16 Avril 1654,
qui a jugé que les débauches & mauvais
déportemens d'un fils en de mauvaiſes

_____

(a) Traité des Teſtamens, chap. 6, ſect. 3.

compagnies, ne font pas une jufte caufe d'exhérédation. Un nommé Huron, maître de la Croix blanche de Chambly, ayant un fils très-mauvais fujet, fit, le 25 Janvier 1653, fon teftament, dans lequel il déclara qu'il exhérédoit Pierre Huron, fon troifieme fils, pour fes débauches continuelles, fréquentation de cabarets & mauvais lieux, *affociation avec des fcélérats*, & abfence de la maifon paternelle depuis long-temps, ne fachant même l'endroit où il habitoit. Il y a lieu de croire que le pere étoit inftruit du vol & de l'affaffinat commis dès-lors par fon fils, & que s'il ne dénommoit pas expreffément le crime dans fon teftament, c'étoit pour ne pas livrer fon fils à la vengeance de la Juftice. Quoi qu'il en foit, le pere décéda peu de temps après. En Février 1653, on fit le procès à quelques vagabons arrêtés fur le foupçon d'un vol & meurtre commis envers la perfonne d'un fieur François, fils d'un Notaire de Pontoife. Ils confefferent leur crime, & nommerent Pierre Huron comme étant un de leurs complices. Ils furent tous condamnés, contradictoirement ou par contumace,

mace, au supplice de la roue, & on adjugea à la mere de l'homicidé, Partie civile au Procès, 4000 livres de dommages-intérêts. En exécution de cette Sentence du Prévôt des Maréchaux de Pontoise, la mere fit assigner les freres de Pierre Huron en payement de la somme de 4000 livres, sur la part & portion héréditaire de leur frere dans la succession du pere commun. Les freres Huron défendirent à cette demande, en faisant valoir l'exhérédation fondée sur le crime prouvé par la Sentence de condamnation. Ils n'oublierent pas de vanter beaucoup la légitimité d'une cause aussi grave, qui avoit accablé le pere de la douleur la plus amere, & qui l'avoit fait descendre au tombeau. On leur répondoit que les causes d'exhérédation portées au testament, n'étoient point du nombre des quatorze introduites par la novelle, c'est-à-dire, une injure du fils envers son pere, ou une des trois qui regardent l'impiété ou les *maléfices*. (Ceci annonce qu'on entendoit alors la Loi *si cum maleficiis* seulement de ceux qui usent de sortilége ou de *maléfices* ; ce qui revient au même). On

Tome VIII.   S

difoit encore que le pere ne pouvoit jamais fonder l'exhérédation fur le vol & l'affaffinat dont fon fils avoit été complice, parce que ce crime bleffant principalement la difcipline publique & l'autorité du Roi, & non la piété ou révérence paternelle, en cela *nihil ad patrem attinebat*. Ces moyens furent adoptés par M. l'Avocat-Général Bignon, qui porta la parole. Conformément à fes conclufions, il intervint Arrêt, qui, fans avoir égard à l'exhérédation, ordonna que la réparation civile feroit prife fur les parts & portions héréditaires de Pierre Huron, ès fucceffions de fes pere & mere.

Soëfve (*a*), qui rapporte auffi cet Arrêt, obferve que les circonftances n'ont pas influé fur la décifion, & que le point de droit a été jugé; » étant » certain, dit-il, que la caufe fur la- » quelle l'exhérédation étoit fondée, » n'étant point du nombre de celles que » le Droit civil a introduites, tout » ainfi que le fils déshérité, ceffant cette » mauvaife action, c'eft-à-dire, *la mort* » *civile*, eût pu la contefter & en de-

(*a*) Centurie 4, chap. 64.

» mander la caſſation ; de même ſes
» créanciers avoient droit de la diſpu-
» ter contre les freres de l'exhérédé,
» puiſque c'eſt une maxime conſtante
» que les créanciers peuvent exercer
» toutes les actions qui appartiennent
» à leur débiteur «. L'Arrêtiſte, en em-
ployant ces termes, *ceſſant cette mau-*
vaiſe action, ne s'eſt pas-exprimé tout-
à-fait juſtement. Car ſi le crime du
fils eût été en ſoi-même un obſtacle
réel à ſa réclamation, ſi l'exhérédation
eût été véritablement prononcée contre lui, à cauſe de ce crime, il auroit été retranché de la famille ; il n'y
auroit point eu de part pour lui en la
ſucceſſion de ſon pere ; & dès-lors ſes
créanciers n'auroient pu rien prétendre
à ſa place dans les biens du pere.
L'Arrêt, en adjugeant 4000 livres ſur
la portion du fils, a décidé qu'il faiſoit tête ; & conſéquemment que l'exhérédation fondée ſur ſon crime n'étoit
pas valable. La mort civile, qui étoit
une ſuite de ſa condamnation, pouvoit
donc ſeule lui ôter le droit de con-
teſter l'exhérédation, & non la mauvaiſe action en elle-même. Auſſi Soëfve
ſe corrige-t-il lui-même, & explique-

t-il les mots , *ceſſant cette mauvaiſe action* , en ajoutant ceux-ci , *c'eſt-à-dire , la mort civile.* Ces derniers mots expliquent le véritable ſens des premiers.

Ainſi la lettre & l'eſprit de la Loi, le ſentiment des Auteurs , l'autorité de la choſe jugée , tout ſe réunit pour aſſurer que le vol n'eſt point une cauſe valable d'exhérédation. Si on s'attache au ſens littéral du texte original de la novelle , il eſt abſolument impoſſible d'adapter ſa diſpoſition à tous les crimes publics ; elle ne peut être étendue à tous les malfaiteurs indiſtinctement ; elle eſt viſiblement & néceſſairement reſtreinte aux *maléfices* ; elle ne concerne que ceux qui uſent de ſortilége ou de poiſon, comme on le ſoutenoit , lors de l'Arrêt de 1654. Si au contraire on donne au mot *maleficiis* la ſignification la plus étendue , la Loi ne condamne point encore à la peine d'exhérédation un ſeul crime ; elle ne peut-être appliquée qu'à ces malfaiteurs inſignes , ligués entre eux pour être la terreur & le fléau de la Société. Par conſéquent , de quelque maniere qu'on veuille interpréter la novelle , il eſt certain qu'elle n'a aucun trait à notre eſ-

pece. Le vol de D*** n'a point été
commis dans une compagnie de brigands; il n'a point été prémédité & résolu dans ces assemblées monstrueu-
ses; il n'est point, si l'on peut s'exprimer ainsi, l'anneau d'une chaîne de
crimes successifs & non interrompus.
Il est l'erreur d'un instant; ou plutôt,
le besoin a fait tout le crime de D***.
Il n'est donc point du nombre de ces
malfaiteurs désignés par la novelle. Ah !
si en 1654, les Magistrats n'ont pas
cru devoir confirmer le Jugement d'un
pere contre un fils vagabond, associé
à une troupe de scélérats, convaincu
d'un crime atroce, proscrit par la Justice; pourroit-on aujourd'hui sceller du
sceau de l'autorité publique la Sentence barbare prononcée par D*** &
sa femme contre leur fils, parce qu'il
a été foible un moment, parce que le
besoin a égaré sa raison, parce qu'il
a eu faim ? Puisqu'il faut le dire, sa
faute n'est-elle pas plus digne de compassion que d'indignation ?

D'ailleurs, observons que la Justice,
en ne le condamnant qu'à un bannissement de cinq ans, lui a conservé
toute l'intégrité de son état, les droits

du Citoyen, la qualité du fils de famille, & les prérogatives attachées à ce titre. Ses pere & mere n'ont pas pu être plus féveres que la Loi & les Magiſtrats, ni lui infliger une peine dont l'effet feroit de le retrancher de leur famille, & de lui faire perdre des priviléges que la Juſtice a en quelque forte refpectés. Les Juges eux-mêmes ne peuvent plus actuellement ordonner l'exécution de l'exhérédation pour le vol, parce que ce dernier jugement feroit une nouvelle condamnation plus rigoureufe, & en même temps contradictoire avec l'ancienne. De quelque maniere qu'on envifage la faute de D***, elle ne peut donc jamais être le prétexte d'une exhérédation. Elle n'a pas pu autorifer fes pere & mere à déclarer leur fils indigne de leur fucceſſion, & à l'exclure du nombre de leurs enfans.

Auſſi cette faute n'a-t-elle pas été le vrai motif de l'exclufion. Ils n'ont exprimé aucune caufe, quoiqu'ils y fuſfent obligés, parce qu'ils ne pouvoient reprocher à leur fils aucun chef d'ingratitude réel, qui méritât une punition fi terrible. En gardant le filence, ils ont peut-être efpéré dérober la con-

noiffance des raifons fecretes de leur
conduite : mais fans doute ils fe font
trompés. On pénetre facilement l'ini-
quité de leurs deffeins ; on découvre,
dans l'enfemble des mauvais traitemens
qu'ils ont exercés envers leur fils , le
motif de l'exhérédation. On reconnoît
l'exécution de ces menaces tant de fois
réitérées fans fujet & long-temps avant
la faute de D*** ; on apperçoit, dans
la proximité de l'époque des deux teftamens & dans la reffemblance parfaite
de leur texte, un concert, un complot de la haine à laquelle ils avoient
voué leur malheureux enfant dès le
berceau , & dont ils lui ont fait reffentir les funeftes effets pendant toute leur
vie. On voit qu'ils ont voulu lui affurer, même après leur mort, la mifere
& l'infortune qu'ils lui avoient données
en partage dès leur vivant. Enfin on
préfume toujours avec la Loi, contre la
fageffe & la juftice de leurs difpofitions, par cela feul qu'ils ont craint
de rendre compte des motifs qui les
avoient dictées. Toutes les circonftances
de cette trifte affaire, & même l'omiffion des caufes d'ingratitude dans les
teftamens, trahiffent l'illégitimité de

S iv

l'exhérédation, en décelant les vrais & coupables fentimens qui animoient les teftateurs.

Paffons à la défenfe de la légataire univerfelle.

Un enfant, l'opprobre de fa famille, difoit M. Carouge, Défenfeur de Marie D...., condamné pour crime, & que la Juftice a marqué du fceau de l'infamie, a-t-il encouru l'exhérédation ? Ses pere & mere ont-ils pu la prononcer ? Peut-il s'en faire relever, en demander la nullité ?

C'eft aux circonftances, aux principes, à nos mœurs à fixer l'opinion fur cette affaire.

Barthelemi D... avoit eu de fon mariage avec Marie-Anne B..., un grand nombre d'enfans ; cinq d'entre eux ont furvécu à leurs pere & mere.

Remplis l'un & l'autre d'honneur & de probité, jouiffant de la confiance & de l'eftime univerfelle, réguliers dans leur conduite & dans leurs mœurs, ils s'occuperent effentiellement de l'éducation de leurs enfans, autant que leur état & leur fortune le permirent : les filles furent mifes au couvent, & les garçons en penfion.

Rentrés dans la maison paternelle, ils furent occupés, savoir, ceux-ci à la profession de leur pere, celles-là au soin du ménage; & ni les uns ni les autres ne manquerent jamais de rien; ils étoient nourris & entretenus chez lui.

De tous ces enfans, un seul, Charles D...., donna du chagrin à ses parens, remplit de douleur & d'amertume les dernieres années de leur vie; &, en se déshonorant lui-même, en se couvrant de honte & d'opprobre, leur fit l'affront le plus grand, l'outrage le plus sensible que jamais des ames honnêtes & des peres de famille puissent essuyer.

Pour satisfaire ses passions, il fuyoit, les mains pleines, emportoit le blé, la farine de son pere, en disposoit, en recevoit le prix & le dissipoit; il ne rentroit que lorsque sa santé étoit épuisée & qu'il étoit sans ressource. Il compte lui-même jusqu'à six absences: il en donne des causes qui, loin d'être prouvées, n'ont pas même le mérite de la vraisemblance.

Mais si, comme il le suppose, il n'éprouvoit pas de bons traitemens,

S v

pourquoi ces retours si fréquens? Que
ne restoit-il chez les Meûniers où il
se trouvoit bien, où il recevoit, dit-
il, quarante à quarante cinq livres par
mois, outre le logement & la nourriture?

Les repréfentations de ses parens, dictées par l'amitié, la conduite exemplaire de ses freres & sœurs, la tendreffe qu'on lui témoignoit, rien ne
put le faire changer; il abandonna pour
toujours la maison paternelle : on le
fit chercher inutilement ; ce n'étoit
plus dans des maisons honnêtes qu'on
pouvoit le trouver.

Enfin, âgé de plus de trente-deux ans,
il est arrêté pour vol, & constitué pri-
sonnier au grand Châtelet, le 6 Juin
1764; Sentence le 20 Juillet suivant,
& Arrêt confirmatif le 26, qui le con-
damnent *au fouet*, *à la marque*, *& au*
banniffement pour cinq ans : il a été
exécuté le 22 Mai 1765, & transféré
le même jour, en vertu d'ordres supérieurs, au château de Bicêtre.

Telle est la cause pour laquelle ,
plus de quatre années après, ses pere
& mere l'ont exhérédé par leurs testamens séparés, des 9 & 10 Décembre

1769. On a rapporté plus haut les termes de ces testamens.

En 1772 & 1775 ils sont décédés : il y a eu des inventaires ; & la légataire s'est abstenue de leurs successions, pour s'en tenir aux legs.

C'est en cet état que Charles D*** demandoit la nullité des exhérédations ou des testamens de ses pere & mere, comme faits *ab iratis* ; en conséquence, qu'il fût procédé, à sa requête, tant aux recouvremens qu'aux liquidations, comptes & partages des successions.

La légataire conclut, au contraire, à l'exécution des testamens, aux offres de lui payer la rente viagere ; & à ce que les comptes d'exécution testamentaire & de communauté, les liquidations, recouvremens partages & licitation entre ses autres freres & sœurs, soient faits à sa poursuite & diligence.

A en croire Charles D***, l'exhérédation est nulle de trois manieres ; soit parce que la cause n'en est point inférée dans les dispositions testamentaires, soit parce que la cause alléguée par la sœur de l'exhérédé n'est pas du nombre de celles qui sont détaillées dans la novelle 115, soit enfin parce

S vj

qu'il a fubi une autre peine de la faute qu'on lui reproche , & *non bis in idem.*

D'abord , s'il eft vrai qu'il faille exprimer dans les teftamens , la caufe de l'exhérédation , quelle en eft la raifon ? C'eft afin que l'on fache pourquoi les pere & mere ont lancé ce foudre , & fi le fait qui les a déterminés emportoit avec lui la peine de l'exhérédation , pour que l'héritier ne puiffe être admis à prouver que la caufe même inférée dans les teftamens ; c'eft pour interdire à l'héritier qui foutient la validité de l'exhérédation , la preuve de toute autre caufe que celle qui eft énoncée , fût - elle du nombre de celles dont parle la novelle 115.

Cette réflexion , difoit M. Carouge , détruit toute l'érudition dont l'exhérédé a fait parade dans fa défenfe.

D*** obferve dans fes écritures , que » fi les peres & meres n'étoient point » aftreints à rendre compte des motifs » de leurs jugemens , s'ils pouvoient » dépouiller leurs enfans de droits qu'ils » tiennent de la Nature & de la Loi , » quels inconvéniens ne réfulteroient » pas d'une liberté auffi illimitée ,

» auſſi indéfinie ! Les peres & meres
» ne ſeroient-ils pas alors les maîtres de
» ſatisfaire leurs reſſentimens ? Et com-
» ment les Magiſtrats pourroient-ils
» diſtinguer s'ils avoient uſé de leur
» autorité ſuivant les regles , ou ſi au
» contraire ils avoient été emportés
» par les mouvemens déréglés de leur
» paſſion , ou ſéduits par des impreſſions
» étrangeres ? C'eſt ſans doute la crainte
» de ces abus énormes & multipliés , qui
» a déterminé les Légiſlateurs Romains
» à établir la néceſſité de l'expreſſion des
» cauſes d'exhérédation. C'eſt auſſi
» ſans doute dans le même eſprit , que
» ces conditions eſſentielles ont été ad-
» miſes parmi nous «.

Mais ſi tels ſont les inconvéniens qui
peuvent réſulter du défaut d'expreſſion
dans le teſtament du chef d'ingratitude
relatif à l'exhérédation , n'eſt-il pas évident que ces inconvéniens ne ſont point
à craindre ici ? Il n'y a point à équivo-
quer ſur la véritable cauſe pour laquelle
les pere & mere de D*** l'ont exhérédé. Cette cauſe eſt publique ; elle
n'eſt malheureuſement que trop connue.

Il ſuffit, pour en être inſtruit, de jour-

dre aux teſtamens, & la Sentence du
Châtelet du 20 Juillet 1764 , & l'Arrêt confirmatif du 26 , & le procès-verbal d'exécution du 26 Mai 1765. La
cauſe d'exhérédation eſt écrite & prouvée tout enſemble. Il eſt impoſſible de
ſe tromper ſur le motif pour lequel Charles D*** a été exhérédé. Il y a ſur ce
fait une notoriété contre laquelle il
ne peut revenir une preuve légale , une
conviction abſolue , un jugement contradictoire. Lui-même porte l'empreinte
de l'infamie , & conſéquemment de la
cauſe d'exhérédation : & il oſe reprocher aux teſtateurs de ne l'avoir point
inſérée dans leurs teſtamens !

Lorſqu'on exige que des pere & mere
expriment la cauſe pour laquelle ils ex-
héredent , c'eſt pour ne point tomber
dans l'arbitraire ſur la preuve qui en
doit être faite ; c'eſt afin qu'on ne s'attache qu'à prouver le motif inſéré dans
le teſtament ; c'eſt afin qu'on ne puiſſe
pas ſubſtituer une des cauſes admiſes
par les Loix à une haine injuſte de la
part du teſtateur.

Or ici qu'étoit-il beſoin de nommer le fait d'ingratitude dont l'exhérédé s'étoit rendu coupable ? N'étoit-ce

donc pas affez que fes pere & mere dé-
claraffent dans leurs teftamens , *qu'il
avoit encouru envers eux la peine d'exhérédation , pourquoi ils l'exhéré-
doient ?* Ils indiquoient par-là fon crime
& l'Arrêt rendu contre lui.

Revenons aux principes. L'exhérédation eft réguliere toutes les fois que la
caufe en eft connue & prouvée. Or
ces deux caracteres fe rencontrent ici.

Mais cette caufe doit-elle emporter
la peine d'exhérédation ? C'eft ce qu'il
s'agit d'examiner.

L'exhérédation ayant pour objet de
retrancher l'exhérédé de la famille ,
il faut fans doute des caufes graves
pour la prononcer. La novelle 115 en
indique plufieurs , & en diftingue de
deux fortes ; celles qui regardent la perfonne des parens ; celles qui , fans les
bleffer directement , méritent néanmoins leur indignation.

Qu'un enfant ofe lever la main fur
eux , attenter à leur vie , que même il
leur faffe quelque outrage , quelque injure déshonorante , *gravem & inhoneftam* , qu'il refufe de les tirer de prifon, de la captivité , qu'il les empêche

de tester, &c. &c. &c. ce font autant de caufes directes & perfonnelles qui les autorifent à lancer contre lui le foudre de l'exhérédation.

S'il fe mêle & s'affocie avec les malfaiteurs, avec les fcélérats pour mener la même vie qu'eux, *fi cum maleficis hominibus ut maleficus verfatur*; s'il embraffe une profeffion infame qui ne fut pas celle de fon pere ; s'il s'enrôle dans une troupe de bateleurs & monte fur les planches; *fi præter voluntatem parentum inter arenarios vel mimos fefe filius fociaverit, & in hâc profeffione permanferit, nifi forfitan etiam parentes ejufdem profeffionis fuerint* ; ces caufes pour n'être pas directes & perfonnelles aux parens, n'emportent pas moins contre l'enfant la peine de l'exhérédation.

Eft-il maintenant difficile d'appliquer ces principes à l'efpece ? L'application ne s'en fait-elle pas d'elle-même ?

En effet, quelle injure plus grave Charles D*** pouvoit-il faire à fes pere & mere, que de tenir une conduite baffe, aviliffante, que de commettre une action qui, en le couvrant de honte & d'opprobre, lui a fait encourir une condamnation afflictive & infamante ? D'après nos préjugés, le fils coupable ne peut être frappé par la Justice, que le coup n'en rejaillisse aussitôt sur sa famille. On la rend, pour ainsi dire, garante & responsable de son crime, de maniere qu'on rougiroit même d'épouser le parent, la sœur, le fils, le frere de celui qui auroit été repris de Justice ; qui auroit essuyé une peine capitale, qui auroit été fouetté, marqué & banni.

La cause *si gravem*, objecte l'Adversaire, ne s'applique qu'au cas où les enfans ont outragé personnellement leurs pere & mere.

Mais peut-on donc se permettre une pareille défense ? Quoi ? le fils qui profere des injures contre ses parens mérite d'être exhérédé, & il n'encourroit pas cette peine lorsqu'il commet un crime dont la honte & la condamnation réfléchissent sur eux !

La novelle ne limite pas l'offense aux propos injurieux & déshonorans du fils contre le pere. L'offense est plus directe, plus considérable, plus sensible,

lorfqu'elle dérive d'une baffeffe d'ame,
d'un crime pour la réparation duquel la
Juftice eft obligée d'armer fon bras,
de condamner le coupable, de prononcer une peine qui le couvre d'infamie. Un enfant avili à ce point, qui
ne peut faire un pas fans porter avec
lui la marque du déshonneur, en butte
aux regards méprifans de fes proches,
de fes concitoyens, du Public, qui ne
peut vivre avec perfonne d'honnête,
que la Société fuit, n'eft-il pas pour fes
pere & mere un objet perpétuel d'outrage & d'infulte? Il femble les offen-
fer, les déshonorer fans ceffe.

Si l'on ajoute la caufe *fi gravem* à
la caufe *fi cum maleficis*, peut-on fe
diffimuler que les teftateurs n'aient
dû déshériter leur fils? N'a-t-il pas
commis l'action d'un malfaiteur, d'un
malheureux qui a étouffé en lui tout
fentiment d'honneur?

D***, qui fent bien que la caufe *fi
cum maleficis* s'applique à lui, voudroit en détourner le fens en tradui-
fant le mot *maleficus*, *par forcier*, *magicien* ou *empoifonneur*. Il cite des autorités.

Mais il eft dans l'erreur. La caufe *fi*

cum maleficis n'est proposée dans la novelle que pour exemple. Le mot *maleficus* est générique. S'il étoit limitatif, si on devoit l'entendre comme l'exhérédé voudroit qu'on l'entendît, il en résulteroit que d'autres scélérats que les magiciens & empoisonneurs seroient affranchis de la peine de l'exhérédation : il s'ensuivroit qu'un enfant qui seroit enrôlé dans une troupe de bandits pour voler dans les maisons, sur les grands chemins, ou pour commettre des crimes non moins graves, ne pourroit être exhérédé. Il s'excuseroit en disant : *Je ne suis ni magicien ni empoisonneur*.

Aussi le terme *maleficus* s'applique-t-il à tous les scélérats : il est indéfini. Il s'entend de ceux qui menent une vie répréhensible ; qui nuisent au Public, à leurs Concitoyens ; qui leur font tort dans leurs personnes, dans leur honneur & dans leurs biens ; qui commettent des crimes quelconques, dont la réparation emporte note d'infamie.

C'est ce que dicte la raison, le bon sens : c'est l'avis de plusieurs Jurisconsultes éclairés ; c'est en particulier celui de Furgole (a), l'Auteur favori de Charles D***.

» Il y a des Auteurs, dit-il, qui en-
» tendent ce texte (*si cum maleficis*)
» des enfans qui s'affocient avec des
» perfonnes qui ufent de fortilége ;
» d'autres l'entendent de ceux qui me-
» nent une mauvaife vie, comme font
» les voleurs, les brigands & au-
» tres gens de même forte : mais
» l'efprit de la nov. comprend l'affocia-
» tion avec toutes fortes de perfonnes
» qui menent une mauvaife vie, & qui
» font quelque commerce infame &
» défendu par les Loix, comme le dé-
» figne le mot *maleficus*, qui com-
» prend toutes fortes de malfaiteurs «.

Forcé de fe rendre fur ce point, de convenir que le texte s'applique à tous les malfaiteurs indiftinctement, D*** fuppofe qu'il ne fuffit pas d'avoir com- mis une feule mauvaife action pour en- courir la peine d'exhérédation, qu'il faut être continuellement avec des bri- gands, & partager leurs abominables occupations.

_____

(a) Des Teftam. t. 3, c. 8, fect. 2, n. 46.

Il suffit sans doute de présenter ce nouveau génre de défense pour en appercevoir toute la foiblesse ; car de ce raisonnement de l'Adversaire, il faudroit conclure que la Justice ne devroit punir que les crimes d'habitude ; que tel qui n'auroit commis qu'un vol, un assassinat ou autre crime quelconque, seroit exempt de punition, qu'il faudroit le renvoyer absous, sauf à ne le condamner qu'après un certain nombre de récidives.

Mais sans nous appesantir sur ce système révoltant & sur ses dangereuses conséquences, remarquons que souvent le coupable n'est pris qu'après plusieurs crimes qui sont restés ignorés & impunis ; aussi n'est-ce pas sur le nombre des délits, dont la plupart du temps il n'y a point de preuves, qui ne sont pas même connus, mais sur la nature & la gravité du crime pour lequel le coupable est arrêté & convaincu, que la Justice mesure ses coups : or, dès que l'action commise par Charles D*** lui a mérité une peine afflictive & infamante, l'a couvert d'ignominie, dès qu'il est le déshonneur de sa famille, il n'en faut pas davantage pour

autorifer fes parens à le déshériter, à le
retrancher du nombre de leurs enfans.
Avant d'en venir à cette baffeffe, ne
s'étoit-il pas familiarifé avec le crime?
N'en avoit-il pas commis d'autres? La
préfomptoin eft contre lui : il eft néceffai-
rement dans le cas prévu par la novelle;
on peut lui oppofer la caufe *fi cum
maleficis*.

Et dans quelles circonftances le fils
encourroit - il l'exhérédation, fi Charles D*** ne l'avoit pas encourue ? Il
eft des crimes qui font punis de mort,
ou des peine emportant mort civile : or
l'une & l'autre condamnation difpen-
fent les pere & mere de prononcer l'exhérédation. Le mort civilement ne fuc-
cede pas.

Pourquoi celui qui s'affocie avec des
fcélérats pour mener la même vie qu'eux,
pourquoi même celui qui fait le métier de bateleur, fon pere ne l'étant pas,
encourent-ils l'exhérédation ? Dans le
fyftême de D***, il n'y a rien là de
direct ou de perfonnel aux pere & mere.
Quelle peut donc être la raifon de la
Loi, finon parce que la vie infame du
fils rejaillit fur le pere ? Il fe déshonore lui & fa famille : c'eft une offenfe,

un outrage plus fenfible, que les propos infultans qu'il pourroit tenir.

Et on ne voudroit pas qu'un condamné à une peine afflictive & infamante fût méconnu de fes parens, déshérité par eux ! Dans quel fiecle vivons-nous donc, & quelles font nos mœurs, fi le fils qui pour caufe d'injure contre fes parens, qui pour querelles domeftiques encourt l'exhérédation, en étoit néanmoins exempt lorfqu'il commet un crime dont les fuites font cent fois plus injurieufes à fa famille, à fes pere & mere, dont la condamnation les humilie, les prive ou d'établiffe-mens pour les autres enfans, ou de l'avantage de remplir des charges honorables, autorife leurs Concitoyens à n'avoir plus pour eux le même degré d'eftime, d'affection & de confiance qu'ils avoient auparavant ?

Quoi ! un enfant qui couvrira toute fa famille d'opprobre, ne pourra point en être retranché par fes pere & mere ? Ne feroit-il donc leur enfant que pour avoir fa portion héréditaire ? Et lui feroit-il permis de ne pas l'être, lorfqu'il faudroit en remplir les devoirs ?

Concluons que si Charles D*** n'é-
toit pas dans l'un des cas exprimés par
la novelle, il n'en auroit pas moins mérité l'exhérédation. Les efforts qu'il fait
dans son Mémoire imprimé, pour soutenir qu'on ne peut exhéréder que pour
les causes dont elle parle, sont ici su-
perflus, puisqu'il est démontré que les
causes *si gravem* & *si cum maleficis*
s'appliquent à lui.

Convaincu du principe incontestable
que, lorsqu'il y a des causes aussi considérables que celles qui sont exprimées
en droit, elles doivent servir pour autoriser l'exhérédation, D*** prétend que
ni le délit qu'on lui reproche, ni l'Arrêt flétrissant rendu contre lui, ne sont
une cause suffisante pour l'exhéréder.
Il argumente d'un Arrêt du 6 Avril
1654.

Mais *non exemplis, sed Legibus ju-
dicandum est*. Que peut faire un préjugé isolé dans une affaire ? La moindre circonstance peut en changer l'espece.

Mais il n'y a nulle analogie entre la
contestation jugée par l'Arrêt & celle-
ci. En 1654, l'exhérédation étoit causée
pour

pour débauches continuelles, fréquentation de cabarets & mauvaises compagnies. Si l'on opposoit à ceux qui stipuloient les droits de l'exhérédé, un assassinat & une condamnation par contumace à la roue, ni l'accusation ni le jugement n'avoient été connus du pere; il étoit décédé avant l'un & l'autre; de sorte que le crime & la peine capitale n'avoient point déterminé l'exhérédation.

Il y avoit de plus cette circonstance favorable qui ne se rencontre point ici; savoir, que c'étoit la mere de l'assassiné qui réclamoit sur la portion de l'exhérédé, dans les biens de la succession de son pere, les intérêts civils qui lui avoient été adjugés. La faveur que méritoit cette mere affligée, a pu faire donner à la condamnation un effet rétroactif.

On peut voir cet Arrêt au Journal des Audiences, & se convaincre que ce préjugé est dans une espece absolument différente de celle-ci.

D*** prétend enfin que, si on laissoit subsister l'exhérédation, ce seroit le punir deux fois de la même faute. Il a été condamné en Justice pour son crime ; & il fuppofe que fes parens l'ont fait renfermer à Bicêtre , au lieu de lui laiffer fubir le banniffement prononcé contre lui : or *non bis in idem* , conclue - t - il ? C'eft le fentiment des Auteurs.

D'abord ce n'eft pas fon pere qui l'a dénoncé à la Juftice ou qui l'a pourfuivi : il n'a pas même été le maître d'arrêter ni le Miniftere public ni la Partie civile.

En fecond lieu , ce n'eft pas par le fait du pere que la peine du banniffement du fils a été commuée en une prifon à Bicêtre : le Gouvernement , fur les repréfentations des Juges , a voulu ôter au condamné la liberté de faillir de nouveau.

Or il eft certain que la vindicte publique n'empêche pas le Tribunal domeftique de prononcer la peine d'exhérédation contre le coupable ; & c'eft précifément parce que Charles D*** a été la honte de fa famille , qu'il a encouru l'exhérédation.

Les Auteurs ne difent pas même affirmativement que , lorfque l'enfant a été condamné en Juftice , il eft exempt de l'exhérédation ; ils difent que le pere

eft préfumé l'avoir remife : c'eft l'expreffion dont fe fert *le Brun*, que D***
cite. Mais ce qui tranche, c'eft que la
pourfuite judiciaire n'a point été faite
à la requête de fes pere & mere ; l'on
doit même préfumer que s'ils euffent pu
arrêter les coups, ils l'auroient fait ; on
n'eft pas jaloux d'avoir un enfant qui
ait fur le corps l'empreinte de l'infamie. La maxime *non bis in idem*
ne peut donc pas s'appliquer ici.

Ce n'eft point affez pour Charles
D*** de demander la nullité des teftamens de fes pere & mere, quant aux
exhérédations ; il voudroit encore qu'on
lui donnât fa portion héréditaire entiere,
& que la pourfuite des liquidations,
partages & recouvremens, fe fît à fa
requête.

On pourroit fe difpenfer de réfuter
ces deux articles, puifqu'enfin il eft valablement exhérédé. Au refte, ne peut-
on pas lui dire fubfidiairement qu'il ne
pourroit exiger que fa légitime ? Il ne
faut pas confondre les principes du
Droit écrit avec ceux du pays coutumier.

« En pays coutumier, dit *Lacombe*,
un teftament, quoiqu'infirme pour

T ij

» ce qui eft de la caufe de l'exhéré-
» dation, fubfifte néanmoins, quant
» au legs univerfel des meubles & ac-
» quets, & quint des propres & au-
» tres legs, fauf néanmoins la légiti-
» me de droit. *V. Arrêt*, 16 *Janvier*
» 1625, *J. A.* «.

A l'égard de la pourfuite, tout en
exclueroit Charles D***, & les Jugemens rendus contre lui, qui le déclarent
infame, & fa détention au château de
Bicêtre. Eft-ce donc dans un particulier repris de Juftice, que les Magiftrats peuvent mettre leur confiance ?
Ses freres & fœurs pourroient-ils jamais
en avoir en lui ? Et quand il dit qu'il ne
touchera aucuns deniers, qu'il en confent le dépôt, leve-t-il par-là l'infamie
qui le rend incapable de ftipuler jamais
les intérêts d'autrui ? Pourroit-il être
tuteur en offrant de n'avoir à fa difpofition aucun des biens de fon pupille ?

La pourfuite eft due au contraire
à plus d'un titre à Marie D***, foit
parce qu'elle a la plus forte portion dans
les deux hérédités, & en eft légataire de
deux cinquiemes ; foit parce qu'elle eft
exécutrice teftamentaire, ce qui lui

donne une faisine légale de plus qu'à ses freres & sœurs ; soit parce qu'elle a différens comptes à rendre , qui doivent entrer dans la liquidation & le partage , compte de communauté , compte d'exécution testamentaire.

Par Sentence du Châtelet du premier Juillet 1777 , l'exhérédation a été confirmée.

Alimens demandés pour des enfans au berceau, que leurs peres & meres en mourant ont laiſſés ſans reſſource.

CETTE Cauſe qui intéreſſe l'humanité, a été agitée en 1777 au Parlement de Paris. Nous ne pouvons mieux en faire connoître l'importance, qu'en tranſcrivant l'exorde du plaidoyer du Défenſeur des enfans infortunés (*a*) qui réclamoient l'autorité de la Juſtice pour obtenir des alimens.

» Je viens (diſoit-il aux Magiſtrats) vous propoſer une queſtion bien étrange. Je viens vous demander ſi des enfans au berceau, qui ont perdu leur pere & leur mere doivent avoir des alimens, ou s'il faut les laiſſer périr ?

» Nous avons quelques Coutumes en France qui ont pourvu à leur ſort ; & les autres gardent ſur un point ſi important, un ſilence qui fait frémir l'humanité.

(*a*) M. Duvergier.

» Ceux que je défends font nés dans une ifle qui, au commencement de ce fiecle, étoit marche commune entre le Poitou & la Bretagne & qui eft maintenant annexée au Poitou. Mais on y avoit toujours fuivi l'article 533 de la Coutume de Bretagne, qui donne une action, pour les alimens des mineurs en bas âge, contre tous leurs parens, & fubfidiairement contre la Fabrique des Paroiffes.

» Il s'eft trouvé des hommes qui ont eu l'indignité de refufer une légere contribution de 30 ou 40 fols pour un objet fi facré; & ce qu'il y a de plus étonnant, la Sénéchauffée de Poitiers a favorablement accueilli la prétention de ces parens barbares. En privant trois orphelins des alimens qui leur étoient dûs, elle a prononcé une Sentence de mort contre eux, &, par une conféquence néceffaire, contre des milliers d'innocens comme eux.

» C'eft à vous à voir aujourd'hui, MESSIEURS, fi vous devez confirmer ce Jugement, ou fi vous devez l'anéantir.

» Quelques-uns de mes moyens font particuliers aux habitans de l'ifle de

T iv

Boüin, où la contribution entre les parens pour les alimens des orphelins, est un usage qui leur a été transmis par leurs peres, & auquel plusieurs de ces habitans doivent la conservation de leurs jours.

» Mes autres moyens seront puisés dans la Nature même. Je m'appuierai sur des principes qui sont vrais dans tous les pays de la terre. C'est la cause de l'humanité que je plaiderai devant le plus auguste des Tribunaux. Je n'ai pas besoin, dans un sujet si intéressant, de vous demander une attention favorable «. Après avoir ainsi annoncé l'importance de cette Cause, M. Duvergier rendit compte des faits qui y avoient donné lieu. Nous les puiserons dans son plaidoyer, qui a été imprimé.

Le nommé Remi de la Prée, & Gillette Gueret sa femme, moururent en 1771 à l'Hôtel-Dieu de Boüin, laissant trois enfans en très-bas âge & sans aucun bien. Les plus proches parens des mineurs s'étant assemblés au nombre de douze suivant l'usage, leur donnerent pour tuteur Jean de la Prée leur oncle, & l'autoriserent *à mettre ces enfans au bail à rabais, à la maniere accoutumée en l'isle, aux risques, périls & fortunes des parens nominateurs.*

Cet avis de parens ayant été homologué en Justice, fut exécuté. René de la Prée, âgé de quatre ans, fut adjugé à Louis de la Prée pour l'espace de six ans, à raison de 48 livres par an; Gervais de la Prée, âgé de de dix-huit mois, à Jacques Vrignaud, pour l'espace de huit ans & demi, à raison de 55 livres par an ; & Marie de la Prée, âgée de six ans, à Simon Barreau, pour l'espace de quatre ans, à raison de 58 livres par an.

Les adjudicataires contracterent, pour ces sommes modiques, l'engagement de nourrir & de soigner ces enfans, en santé & en maladie, jusqu'à ce qu'ils eussent atteint l'âge de dix ans.

Les parens nominateurs firent un rôle de répartition entre tous ceux qui tenoient aux mineurs par les nœuds du sang & des alliances. Ils remirent au tuteur la liste des contribuables, & lui donnerent les pouvoirs les plus étendus pour assurer le payement des pensions.

T v

Ce premier rôle étant défectueux, parce que plusieurs de ceux qui y étoient compris n'étoient pas parens des mineurs, on en fit un second, dans lequel le poids de la contribution se trouva un peu augmenté. Elle ne se montoit cependant, pour chacun des contribuables, qu'à trois livres 5 sols 7 deniers. Ce léger tribut suffisoit pour payer les pensions, les frais de Justice, & ceux que l'erreur contenue dans le premier rôle de répartition avoit occasionnés. Il devoit diminuer considérablement d'année en année, parce que les mineurs devoient successivement sortir de bail à l'âge de dix ans, & qu'il n'y avoit plus de frais à faire, si les parens eussent été plus dociles à la voix de la Nature & de l'humanité.

Le tuteur & les receveurs nommés dans les différentes parties de l'isle pour recevoir les contributions, éprouverent des difficultés qui avoient d'abord pour objet les frais inutiles, qu'ils prétendoient ne devoir pas supporter, & qui tomberent ensuite sur la contribution, même aux pensions, pour laquelle ils soutinrent que la Justice ne devoit pas donner d'action contre eux.

Ils interjeterent appel en la Sénéchauffée de Poitiers , du rôle de répartition , & de la Sentence du Juge
de Boüin , qui l'avoit homologuée.

Les parens nominateurs, aussi-tôt
qu'ils furent instruits de ces obstacles ,
s'assemblerent pour soutenir leur ouvrage , & constituerent un Procureur
en la Sénéchauffée de Poitiers. Ils ap-
prouverent de nouveau tout ce que
le tuteur avoit fait, & lui donnerent
un pouvoir général de suivre la contestation qui venoit de s'élever, *en
leur nom & à leurs risques , périls
& fortunes.*

A peine cet acte étoit-il passé, &
les pieces parvenues au Procureur à
Poitiers , que la plupart des parens
nominateurs changerent tout à coup
de langage. Ils étoient liés par le sang
avec ceux qui avoient refusé de contribuer. L'occasion les réunit dans un
cabaret, comme c'est l'usage parmi les
hommes de cette classe. Un Praticien
vint, qui subtilisa sur la Coutume de
Poitou, qui leur dit que l'usage de
la contribution, pour faire subsister les
pauvres orphelins, étoit bon sous la

Coutume de Bretagne, mais qu'on pouvoit s'en difpenfer en Poitou. Il leur apprit qu'ils pouvoient abandonner ces innocentes créatures à leur malheureux fort. Ces hommes fimples & faciles à fe laiffer entraîner, s'abandonnerent à fes dangereux confeils. Il les engagea à fe joindre à leurs Parties adverfes, & leur fit prendre des lettres de refcifion contre les engagemens qu'ils avoient contractés en faveur des mineurs de la Prée.

Mais ce qui prouve que les différens rôles des Parties de cette Caufe leur font prefque entiérement étrangers, c'eft que les premiers qui l'ont fait naître, qui ont refufé leur part des contributions, ont depuis confenti à payer, de forte qu'il ne refte plus dans la Caufe que les parens nominateurs. Le tuteur, le propre oncle des mineurs, s'eft même joint à leurs adverfaires.

On voit que cette Caufe ne doit le jour qu'aux manœuvres d'un Praticien qui a abufé de fa funefte fcience pour égarer des hommes groffiers loin des routes que leur traçoient la Religion,

l'humanité, la voix du fang, des fentimens qui étoient & qui font encore
dans leur cœur.

L'intérêt pécuniaire qu'on leur faifoit pourfuivre n'étoit prefque rien ;
mais la Juftice n'eut jamais une plus
grande queftion à juger.

Le premier Septembre 1774, il
fut rendu une Sentence en la Sénéchauffée de Poitiers, dont il faut rendre compte.

Elle étoit conçue en forme de réglement ; ce qui paffoit les bornes du pouvoir attaché à une Jurifdiction inférieure. Elle défendoit au Juge de l'ifle
de Boüin de faire à l'avenir de pareils
baux ; elle entérinoit les lettres de refcifion obtenues par les parens nominateurs contre leurs engagemens, comme
s'ils euffent été contraires aux bonnes
mœurs ; elle condamnoit le fieur Gour-
raud, Notaire & Procureur à Boüin,
en tous les dépens envers toutes les
Parties, quoiqu'il n'eût point été mis
en Caufe, & qu'il n'eût fait que prêter fon miniftere à des actes qui avoient
pour bafe un ufage obfervé de tout
temps dans le pays, des avis de parens
homologués en Juftice, les principes

les plus évidens de l'équité naturelle,
& la néceffité la plus urgente.

Une Sentence fi irréguliere & fi injufte ne pouvoit pas fe foutenir : en-
trons dans l'examen des queftions que
cette conteftation préfente.

Sous le regne féodal, l'ifle de Boüin,
défendue par une mer orageufe, &
qui n'offroit d'ailleurs aucun appât à
l'avidité des conquérans, après avoir
été long-temps négligée, tomba à la
fois fous le joug de deux Seigneurs, l'un
Breton, l'autre Poitevin.

Ils y établirent chacun une Juftice,
mais fans partager entre eux le terri-
toire. La prévention y avoit lieu comme
en marche commune de Poitou & de
Bretagne. Les appels du Juge Breton
étoient portés au fiége de Nantes,
& enfuite au Parlement de Rennes;
ceux du Juge Poitevin, au fiége de
Poitiers, & de là au Parlement de
Paris. Les habitans de Boüin ne favoient
s'ils devoient obéir à la Coutume
de Bretagne ou à la Coutume de
Poitou. Le peu d'importance des objets qu'ils avoient à difputer, l'obfcu-
rité de leurs conteftations, la reffemblance des deux Coutumes fur plufieurs points, déroboient aux yeux de

la puiffance légiflative les inconvéniens de cette finguliere incertitude.

En 1714, M. le Comte de Pontchartrain, qui avoit acquis les deux Jurifdictions, fit réunir toute l'ifle à la Province de Poitou ; mais il y eft refté des traces de la Coutume de Bretagne , & fur-tout dans un point bien effentiel , qui eft la maniere de pourvoir aux alimens des mineurs en bas âge , des imbécilles , des eftropiés de tous les membres , & en général de tous les hommes qui , fe trouvant dans l'impuiffance de payer à la Société le tribut de leurs travaux , ont néanmoins , par leur feule qualité d'hommes , un droit imprefcriptible à fes fecours & à fa protection.

Voici ce que porte l'article 533 de la Coutume de Bretagne.

» Tous enfans doivent être pourvus » fur les biens du pere ou de la mere, » au cas qu'ils n'euffent jugement & » moyen de pourvoir à leurs néceffités; » & s'ils n'avoient rien , juftice doit » les faire pourvoir fur les biens de » leurs prochains lignagers «. L'article 534 ajoute : » Et fi on ne favoit fur » qui faire pourvoir les enfans , comme

» s'ils avoient été jetés & expofés, les
» gens de la Paroiffe où ils font trou-
» vés doivent faire pourvoyance par
» les Tréforiers & Fabricateurs d'icelle,
» & y doivent être contraints par Juf-
» tice «.

Le Parlement de Bretagne ne s'eft
pas borné à maintenir, avec une exactitude fcrupuleufe, l'obfervation de ces
Loix. Il a ajouté encore à la fageffe
& à l'humanité de leurs difpofitions;
il a pris des précautions falutaires pour
prévenir les abus qui pourroient réfulter des baux qu'on fait de la perfonne des mineurs; il a écarté des
adjudications tous ceux qu'on pourroit
foupçonner n'y avoir été conduits que
par l'appât du gain, & a réglé que
l'adjudicataire feroit toujours choifi
parmi les parens.

Les Magiftrats ont cru, dans une
matiere auffi importante, devoir encore
porter plus loin leur vigilance.

Ils ont d'abord chargé fpécialement
le Miniftere public de veiller au fort
des orphelins & à la conduite des adjudicataires; ils ont de plus autorifé
tous les parens, à quelque degré que ce
fût, à folliciter la vengeance de la

Juftice contre ceux qui, faifant d'un miniftere de charité, l'objet d'un indigne trafic, mettroient en danger la vie ou la fanté des mineurs confiés à leurs foins. Enfin, ils ont rendu les Juges des lieux refponfables en leur propre nom des événemens funeftes qui pourroient arriver par la barbarie des adjudicataires.

Ils ont élevé, par toutes ces précautions, un afile, dans lequel les orphelins les plus abandonnés croiffent & s'élevent en fûreté, deviennent des citoyens capables de fervir la patrie, & de lui rendre avec ufure le prix de la protection qu'elle a accordée à leur enfance.

Ces fages réglemens font renfermés dans un Arrêt du Parlement de Rennes de l'année 1737. Il ne faifoit que rappeler la pureté des principes, & confacrer une Jurifprudence antérieure.

C'eft dans l'efprit de cette ancienne Jurifprudence, que les mineurs de la Prée ont été adjugés à leurs parens, qu'on n'accufera pas de s'en être chargés par les vûes d'un fordide intérêt. La modicité des penfions en fournit une première preuve. La conduite qu'ils ont

tenue depuis , rend un témoignage
encore moins équivoque en leur faveur.

Ce n'étoit pas pour abolir de tels
usages , que M. de Pontchartrain sol-
licitoit , en 1714 , la réunion de toute
l'isle sous une même Loi. L'intention
paternelle du Monarque étoit de déterminer le code suivant lequel ils devoient être jugés , & non de leur enlever les Coutumes qui leur avoient été
transmises par leurs ancêtres.

L'attachement des peuples pour leurs
anciennes Coutumes a toujours été refpecté par nos Rois. Ils les ont consa-
crées par leur autorité , quoique la plupart fussent nées sous l'usurpation des
Seigneurs particuliers.

Nos Rois ont traité les pays conquis
par leurs armes avec la même indulgence ; ils y ont laissé régner toutes les
anciennes Loix , & se sont engagés eux-
mêmes à les suivre.

Comment une simple distraction de
ressort produiroit-elle un changement
dans les Loix , que le changement
même de Souverain ne produit pas ?
Si on laisse à des ennemis vaincus leurs
anciens usages , comment les enleveroit-

on a des citoyens irréprochables? Si l'intention du Législateur étoit d'accorder
un bienfait, comment se changeroit-
il en une peine qui n'auroit point eu
d'exemple?

Il n'y a point dans notre Droit public, de principe plus certain que cette
forte de stabilité éternelle qu'il a attachée aux anciennes Coutumes des peuples. L'immensité du recueil qui les
contient en fournit la preuve. On n'a
considéré ni l'inconvénient de leur mul-
tiplicité, qui forme comme un nombre prodigieux d'Etats séparés dans un
même Royaume, ni leur diversité qui
embarrasse la Justice dans sa marche,
ni la bizarrerie de plusieurs de leurs
dispositions qui portent l'empreinte de
la barbarie des siecles où elles ont pris
naissance, ni les révolutions que le
temps a amenées dans le droit politique & dans les mœurs de la Nation,
& qui sembloient exiger de nouvelles
Loix civiles. Toutes ces considérations
si puissantes ont cédé à ce principe,
qu'il faut que les citoyens vivent sous
les usages qu'ils ont vu suivre dès leur
berceau, & qui ont acquis à leurs yeux

une forte de caractere facré, par l'antiquité de leur origine.

Croira-t-on donc que Louis XIV, en annexant au Poitou l'ifle de Boüin, ait voulu abolir un ufage cher à l'humanité, & vraifemblablement auffi ancien dans l'ifle que l'ifle même ?

Cette Loi, ouvrage de la bienfaifance du Monarque, ne doit-elle pas être interprétée fuivant les vûes de cette bienfaifance augufte ? *Beneficium imperatoris quàm pleniffimè Interpretari debemus.*

» Mais pourquoi m'arrêté-je (s'écrioit M. Duvergier) à ces objets, qui feroient grands dans une autre Caufe, & dont l'importance difparoît devant les queftions d'un ordre fupérieur, qui me reftent à traiter. Il eft temps, Messieurs, que le cri de l'humanité retentiffe dans cette enceinte, & que je faffe fortir du fond de vos cœurs l'oracle qui affurera la vie à des milliers d'innocens, qu'une Sentence cruelle a livrés à la mort.

» Je vais établir ici deux propofitions qui méritent toute votre attention.

» La premiere, c'eft qu'on ne peut

pas douter que si des orphelins sans
asile, placés dans des campagnes éloignées, sont abandonnés au secours incertain de la charité, ils périront presque tous.

» La seconde est une conséquence
de la premiere. Donc la Justice doit
pourvoir à leurs alimens, par toutes
les voies que les Loix & la raison indiquent «.

» Il suffit (continuoit M. Duvergier) d'exposer la premiere, pour qu'elle
paroisse certaine à ceux qui connoissent les hommes ; & il est affreux
que la seconde soit aujourd'hui en
question «.

D'abord, il n'est pas douteux que
si des orphelins sans asile sont abandonnés au secours incertain de la charité, ils périront presque tous. En effet,
les Loix, qui ont tant de peine à prévenir les crimes entre les hommes,
ont-elles jamais pu compter sur leur
vertu ? L'expérience de tous les temps
nous prouve que, pour une ame charitable & compatissante, il y en a cent
qui sont dures & impitoyables. Si, d'un
autre côté, nous considérons le tableau
de la Société, nous verrons que, pour

un homme riche, il y en a cent qui, loin de pouvoir tendre aux autres une main secourable, ont besoin eux-mêmes de secours. Suivant les calculs les plus probables, il meurt au moins chaque année 400,000 personnes dans ce Royaume ; certainement il y a dans ce nombre beaucoup de peres de famille qui laissent après eux de malheureux orphelins, à qui ils étoient absolument nécessaires. Qu'on juge du nombre des victimes, par le grand nombre des pauvres, par le petit nombre de ceux qui peuvent se croire assez riches pour entreprendre d'arracher des enfans étrangers aux horreurs de l'indigence & de la mort, par le nombre incomparablement plus petit de ceux qui sont en effet disposés à s'attendrir sur le sort de ces infortunés. Qu'on suive ce calcul, il fera trembler.

On y a pourvu, il est vrai, dans cette Capitale & dans quelques autres grandes villes. On a élevé des asiles pour les enfans abandonnés à la compassion publique. C'est le plus beau triomphe qu'ait obtenu l'éloquence des Orateurs Chrétiens, & le monument le plus précieux de la charité des Fideles. On s'est fait dans la plupart de ces hôpitaux, une loi de ne refufer aucun des enfans qui y font offerts.

Mais cette loi, fi digne de la piété des Fondateurs, n'entraîne-t-elle pas auffi de grands abus, qui font inféparables d'une adminiftration immenfe? Ne voit-on pas encore, avec effroi, que, depuis quelques années, le nombre des enfans trouvés s'eft multiplié très-fenfiblement dans cette Capitale? Quel préfage en doit-on tirer? Eft-ce un excédent de population, qui avertit le Gouvernement de faire partir des colonies pour peupler de nouveaux déferts? ou feroit-ce que le fentiment de l'amour paternel auroit perdu, dans ce fiecle de dépravation, quelque chofe de fa force & de fa douceur? ou n'eft-ce pas plutôt parce que les grandes fortunes fe multiplient tous les jours, & que le nombre des miférables s'accroît dans la même proportion?

De là il réfulte qu'il eft très-important de ne pas trop furcharger les afiles de la charité, & d'adopter tous les autres moyens qui font offerts, pour parvenir au but de leur établiffement.

Mais il ne fuffit pas de recueillir les enfans qui font dans ce premier âge, où ils ne peuvent encore que crier,

pour demander du lait ; il faut auſſi
aſſurer la ſubſiſtance de ceux qui ne
ſont pas en état de gagner leur vie.
Il ſeroit affreux que la Loi n'offrît que
la reſſource de la mendicité à un enfant de quatre ou cinq ans, qui vient
de perdre les auteurs de ſes jours. Il
ne peut que contracter des vices funeſtes dans l'exercice de ce vil métier,
& devenir incapable d'en exercer un
plus honnête. Il eſt à craindre que de
la mendicité il ne paſſe au brigandage ;
& la Société devra ſe féliciter s'il y
eſt ſeulement inutile, & s'il n'en devient
pas le fléau.

C'eſt à quoi on n'a pas pourvu,
même dans les villes où il y a des
hôpitaux d'enfans trouvés ; & c'eſt un
inconvénient terrible : c'eſt l'origine de
la plupart des malfaiteurs, ſur qui
la Juſtice eſt obligée de déployer la
ſévérité des Loix pénales.

Mais, à l'égard des enfans de ſix
mois, un an, dix-huit mois, à quoi leur
ſert-il qu'il y ait des aſiles pour eux
dans les villes éloignées ?

Qu'on conſidere ce qui ſe paſſe dans
ces réduits écartés, où un malheureux
pere de famille expire au milieu des

horreurs

horreurs de la pauvreté. Par le dénue-
ment absolu où se trouve le pere, dans
la force de l'âge, qu'on juge de celui
où se trouveront les héritiers de sa misere, dans la foiblesse de leur enfance.
Qui ira essuyer les larmes de ces infortunés ? qui ira appaiser leurs cris ? Ils
n'ont pour voisins que d'autres pauvres
dont l'ame est resserrée & flétrie par
les besoins urgens auxquels ils sont
en proie. Le Prêtre qui rend au mort
les derniers devoirs de la Religion,
est le plus souvent un Curé ou un Vi-
caire à portion congrue. C'est-là le témoin le plus distingué des malheurs
de cette déplorable famille. Hé ! que
peut-il faire pour elle ? Cependant, si
ces enfans passent vingt - quatre heures
sans être secourus, ils sont morts. Si
on n'a soin d'eux que pendant quelques jours, que pendant quelques
mois, ils sont morts. Ils ont besoin que la charité prenne des ailes pour
voler à leur secours, aussi-tôt qu'ils sont
privés de ceux de leurs parens, &
qu'elle continue d'avoir soin d'eux pendant tout le temps de leur enfance.
Dans qui se flattera-t-on de la trouver
cette charité active & persévérante ?

Tome VIII.   V

Si on parle de porter ces enfans aux hôpitaux, qui les conduira, qui entreprendra un voyage de trente, cinquante, soixante lieues, & quelquefois plus long ? car il y a beaucoup de grandes villes, & de Capitales de Province, qui n'en ont point. Que de dépenses ! que d'embarras ! que de difficultés !

Mais dans l'isle où s'est élevée la contestation présente, il y a des obstacles bien plus insurmontables. C'est peut être le lieu de la France le plus éloigné des secours de la charité. Tous ses habitans sont pauvres. Leur isle est environnée d'une mer orageuse, qui empêche quelquefois d'aborder le continent pendant des mois entiers. Ce sont presque tous des Pêcheurs, des matelots exposés, sur un élément terrible, à des périls continuels. Il y a par conséquent beaucoup d'orphelins parmi eux. Que deviendront-ils pendant ces hivers où l'isle est séparée du reste du monde, lorsque les tempêtes regnent sur la mer, lorsque les chemins sont impraticables sur la terre ? comment les portera-t-on aux hôpitaux ? Où les portera-t-on ? Il n'y en a pas dans la Capitale de la Province, qui est à une diſtance de trente lieues. Ils périront donc, ſi la Juſtice ne vient à leur ſecours, en répartiſſant une contribution ſur tous leurs parens, ſuivant l'uſage antique.

Ils périront ; car ſi la contribution n'eſt que volontaire, elle ſera très-inſuffiſante, ou même il n'y en aura point du tout. C'eſt ce que cette Cauſe prouve. Ces hommes ſimples & groſſiers ne ſont pas éloignés de faire le bien. Ils y ſont mieux diſpoſés peut-être que la plupart des gens riches : mais ils en ſont facilement détournés. Ils ſeront attendris ſur le ſort de leurs parens infortunés ; ils promettront de les ſecourir, mais ils ne tiendront pas leur promeſſe.

Enfin, un dernier trait qui achevera de montrer l'illuſion de ceux qui croient qu'il ſe trouve toujours quelque ame charitable qui recueille un enfant aban-donné, c'eſt que tous les Hiſtoriens qui ont fait mention de l'établiſſement de l'hôpital des Enfans-trouvés à Paris, atteſtent qu'avant qu'il exiſtât, c'étoient preſque autant de victimes que la mort dévoroit, ſans que perſonne penſât à les ſecourir. La conſéquence ſe présente d'elle-même. S'ils périssoient à Paris, dans ce séjour de l'opulence, où existoit ce même fonds d'humanité & de bienfaisance, qui depuis a fait fonder un asile pour eux ; qu'on juge de ce qui arrivera dans des campagnes éloignées, habitées par la pauvreté, dont un propriétaire absent recueille tous les fruits.

Il est donc démontré que si des orphelins sans asile, sont abandonnés aux secours incertains de la charité, ils périront presque tous.

» Il faut maintenant (disoit M. Duvergier) établir que la Justice doit y pourvoir. La voix de l'Humanité, de la Patrie, de la Religion, sollicite en leur faveur. Seroit-il possible que les Loix civiles se trouvassent ici en opposition avec les Loix naturelles, & qu'elles fissent violence aux sentimens pour contraindre à fouler aux pieds ces principes de justice universelle, qui sont les premieres de toutes les Loix ?

» Je sais que les Loix sont dures quelquefois, & que dans plus d'une occasion les Magistrats les ont suivies en gémissant. Il est des cas où elles peu-

vent contraindre à prononcer un Arrêt
qui dépouille une famille honnête de
l'héritage de ſes peres , & qui la pré-
cipite dans un abîme d'infortunes.
Nous-mêmes, qui ſommes auſſi les or-
ganes de la Loi, nous ſommes obligés de vous affermir dans l'exercice de
ce rigoureux miniſtere, & de vous dire :
Durum eſt , ſed ita Lex ſcripta eſt.

» Mais lorſqu'il s'agit de la vie d'un
homme , de la vie de pluſieurs milliers
d'hommes innocens, lorſque nous venons dire aux Magiſtrats : leur vie ou
leur mort eſt dans vos mains, la Loi
vous forceroit à prononcer ce terrible
Arrêt, *qu'ils meurent* ! Non, Meſſieurs,
cela n'eſt pas poſſible. Quel ſeroit
le Légiſlateur qui auroit oſé tracer
une Loi ſi barbare ? N'auroit - il pas
craint d'être écraſé par la foudre , ou
accablé par l'indignation des hommes ?
Quel eſt le peuple qui ſe ſeroit ſoumis
à cette horrible Loi ? Quels ſeroient
les Juges qui ſe ſeroient aſſis ſur le
Tribunal pour la faire exécuter ? Non,
encore une fois, cette Loi n'exiſte point,
elle ne peut pas exiſter. Sur quel affreux fondement les Adverſaires peuvent-ils donc établir leur défenſe ?

Sur le silence de la Coutume de Poitou?
» Mais parlons, sur cette matiere,
le langage le plus connu dans les Tribunaux. Il est vrai que la Coutume de
Poitou ne donne pas d'action pour les
alimens des mineurs sans fortune; mais
elle ne refuse pas non plus cette action:
elle ne contient aucune disposition sur
ce sujet. On ne dira pas sans doute,
que toute action doit être fondée sur
une Loi. Nous n'avons de Loix, proprement dites, que les Ordonnances
de nos Rois, & nos Coutumes; & cependant nous connoissons une infinité
d'actions qui ne dérivent ni de l'une
ni de l'autre de ces deux sources. Nos
Loix étant très-insuffisantes, on a ordinairement recours au Droit Romain,
pour les cas qu'elles n'ont pas prévus.
Le Droit Romain n'a point cependant
force de Loi parmi nous, ce n'est qu'une
simple autorité; on l'appelle la raison
écrite : mais si la raison ne s'y trouve
pas toujours, elle ne perd pas pour cela
son auguste caractere. La raison portant
avec elle la lumiere de l'évidence,
écrite dans les cœurs en caracteres de
feu, vaut bien la raison écrite dans le
Droit Romain. Ce n'est pas le Droit

naturel qui emprunte son autorité du Droit Romain ; c'est le Droit Romain qui emprunte son autorité du Droit naturel.

» S'il est infiniment raisonnable de donner une action pour arracher au danger de la mort des orphelins abandonnés, vous avez le même droit d'autoriser cette action, que si vous la trouviez écrite dans les Loix Romaines. Mais pourquoi ne trouve-t-on pas de Loix Romaines qui puissent recevoir une application directe à un objet aussi intéressant ? Pourquoi la plupart de nos Coutumes gardent-elles le même silence fait pour étonner tous les hommes qui pensent ? En voici la raison : c'est qu'il y avoit des esclaves chez les Romains.

» Un enfant étoit toujours assuré de trouver un maître intéressé à la conservation de ses jours. La voix de l'intérêt, plus puissante que celle de l'humanité, appelloit l'avarice même à son secours, & ne pouvoit jamais manquer d'être entendue.

» Sous le Gouvernement féodal, les habitans des campagnes, & alors il n'y avoit presque point de villes, étoient esclaves de la glebe. Leur nom-

bre faifoit la richeffe de leur Seigneur.
Il y avoit un intérêt fenfible à n'en laiffer périr aucun.

» Tout a changé depuis. La Religion, l'Humanité, & la Politique même s'applaudiffent de ne plus voir d'efclaves dans ce Royaume. Mais peu-
vent-elles s'énorgueillir de cette victoire remportée fur la cupidité, tant
qu'on n'adoucira pas le fort de la derniere claffe des citoyens, de celle qui
fertilife nos campagnes, & qui porté
le poids du jour & de la chaleur ? C'eft
fans doute un avantage pour eux de
n'être pas expofés à devenir à chaque
inftant les jouets ou les victimes des
caprices d'un maître barbare ou infenfé.
Mais il n'eft pas moins vrai que leur
fort eft fouvent plus déplorable que
celui de beaucoup d'efclaves. Les befoins dévorans auxquels ils font en
proie, font auffi des tyrans impérieux qui
tuent le corps & qui flétriffent l'ame.

» A l'égard des enfans en bas âge,
la liberté n'eft pour eux qu'un mot
vuide de fens. C'eft un préfent funefte, horrible, fi elle ne produit d'autre effet que de les ifoler dans la fociété, & de leur enlever l'appui qui

étoit néceſſaire à leur foibleſſe. Oui,
Meſſieurs, s'il étoit poſſible que tout
ce que j'ai dit juſqu'ici n'eût pas fait
ſur vos eſprits une impreſſion aſſez profonde, & qu'il fût en votre pouvoir
de changer des Loix qui depuis quelques ſiecles ſont regardées comme fondamentales dans cette Monarchie, je
recueillerois mes forces pour vous dire
avec toute la véhémence dont je ſuis
capable : Ordonnez que ces orphelins
abandonnés par les Loix, ſoient ven-
dus pour cultiver nos colonies de l'A-
mérique. Par pitié, par humanité, ré-
duiſez-les à la condition des negres,
plutôt que de les laiſſer périr. Il ſera
moins cruel de prononcer l'Arrêt de
leur eſclavage, que de prononcer l'arrêt de leur mort.

» Vous ne pouvez pas, Meſſieurs,
rendre un tel arrêt. C'eſt une maxime
conſacrée parmi nous, que nous ha-
bitons le Royaume des Francs, qu'il
n'y a point d'eſclaves en France. Mais
ces maximes d'ailleurs ſi reſpectables
ſemblent n'être qu'une dériſion & un
jeu, cruel lorſqu'on les rapproche de la
ſituation de ces infortunés dont je défends la Cauſe. A quoi leur ſert qu'on ne

V v

puisse pas attenter sur leur liberté,
lorsque les besoins de la Nature les
consument & les conduisent au tombeau par le chemin le plus douloureux ?
Les Loix qui ont brisé les chaînes des
esclaves, auroient donc dû pourvoir au
sort des enfans qui ne peuvent point encore subsister par leur travail. Mais s'il
faut une Loi nouvelle en leur faveur,
sollicitez-la Messieurs, obtenez-la de la
Justice & de la bienfaisance du Roi.
Remplissez dans cette occasion, qui
pourra devenir mémorable, la plus no-
ble partie des augustes fonctions qui
vous sont confiées. Peignez à un digne
successeur d'Henri IV, les périls des
plus foibles de ses sujets. Faites percer
jusqu'à son trône les cris de leur enfance délaissée, & livrée à un sort
plus cruel que celui des esclaves de nos
isles. Présentez-lui les moyens que votre sagesse vous fera regarder comme
les plus efficaces pour assurer la conservation de leurs jours. Il répondra avec
empressement à vos vœux (ses vertus
nous en sont un garant assuré) ; &
vous, Messieurs, vous recueillerez les
applaudissemens de la Nation, & vous
acquerrez des droits éternels à la reconnoissance du genre humain.

» Mais le pouvoir dont vous êtes revêtus suffit pour consacrer l'usage que je viens recommander à votre Justice. Considerez combien la Loi a été prodigue de ses soins envers les mineurs. Elle a pourvu avec une tendresse paternelle à tous leurs besoins ; elle les couvre de son bouclier ; elle s'arme pour les défendre contre l'injustice, des traits les plus redoutables de sa vengeance. Lorsqu'ils sont parvenus à l'âge où l'on commence à les compter au rang des hommes, elle remet entre leurs mains le dépôt de la fortune de leurs peres, de leurs titres, & des avantages les plus brillans dont ils ont joui dans la société. Quelquefois même un enfant se trouve revêtu de la puissance souveraine. Les fronts les plus superbes s'inclinent devant son berceau, & tous les complots de l'ambition viennent échouer auprès de son trône, défendu par la seule force des Loix qui protegent l'innocence & la foiblesse. Tel est l'effet de la raison, ce présent céleste qui a été fait aux hommes, principalement pour les unir par les liens de la Justice.

» Les Loix ne se sont pas conten-

V vj

tées de défendre les mineurs dans l'â-
ge des befoins ; elles ont encore travaillé à les foutenir contre l'ardeur des
paffions, & contre toutes les illufions
de la jeuneffe. Elles ont élevé autour
d'eux une multitude de barrieres ,
pour empêcher qu'ils ne diffipent leur
patrimoine ; elles leur ont en quelque
forte facrifié jufqu'à l'intérêt public ,
qui exige que les propriétés foient fixées
par des partages irrévocables. Elles ont
voulu que la moindre léfion fuffît pour
les autorifer à faire anéantir leurs engagemens.

» Elles ont porté l'excès de leur fol-
licitude jufqu'à refufer de les confier
à la tendreffe paternelle. Elles ont établi des peines féveres contre les peres
& meres qui négligent les formalités
prefcrites pour affurer la fortune de
leurs enfans.

» C'eft un grand & magnifique
fpectacle de voir les Loix armer ainfi
d'une force prefque invincible , contre le torrent des paffions humaines ;
ceux que la Nature condamne à une
extrême foibleffe. Mais par quelle fatalité inexplicable ces Loix fi prévoyan-
tes, fi attentives en faveur des mi-

neurs qui ont joui, en naiffant, des faveurs de la fortune, ne contiennent-
elles aucune difpofition qui tende,
je ne dis pas à adoucir le fort, mais
même à affurer la vie de ceux qui,
nés dans la pauvreté, ont encore
éprouvé ce furcroît de malheur d'être
privés, dès leur enfance, du foible appui des auteurs de leurs jours ? Ce
feroit faire injure à nos Légiflateurs, de
croire que leur intention étoit de les
abandonner à leur malheureux fort.
Non, Meffieurs, gardons-nous d'outrager à ce point la mémoire de ceux
à qui nous devons ces Loix falutaires,
à l'ombre defquelles nous jouiffons
des biens ineftimables de la juftice &
de la paix, & de la tranquille poffeffion de l'héritage de nos peres. C'eft
un des objets qui ont échappé à leur
attention, & pour lefquels on eft
obligé d'avoir recours à des Loix étrangeres. Mais fi le Droit Romain, qui
devient alors notre guide le plus ordinaire, fe trouve muet fur la queftion
qui s'eft élevée, à quel Droit aura-t-on
recours ?

Les Loix Romaines elles-mêmes,
ces Loix immortelles, remplies de lu-

miere & de fageffe, qui renferment
fouvent, comme le difoit un illuftre
Magiftrat, les principes de la décifion
des cas même qu'elles n'ont pas prévus, vous diront qu'il faut confulter
les Coutumes voifines (a).

Nous avons quelques Coutumes qui
ont pourvu au fort des mineurs en
bas âge & fans fortune ; d'autres coutumes les ont oubliés. Il faut adopter
les difpofitions des Coutumes qui en
parlent, & les faire obferver dans le
reffort de celles qui n'en parlent pas.
Certainement il eft impoffible de propofer un feul cas où la Loi que l'on
vient de citer puiffe recevoir une application auffi jufte & auffi néceffaire.

Les difpofitions de la Coutume de
Bretagne, qui ont fervi de fondement
à l'ufage de l'ifle de Boüin, font
dignes d'être adoptées dans le refte du
Royaume.

Elle oblige tous les parens à la contribution aux alimens, & fubfidiairement la Fabrique des Paroiffes. Il fe-

(a) De quibus caufis fcriptis Legibus non
utimur, id cuftodiri oportet quod moribus
& confuetudine introductum eft ; & fi quâ
in re hoc deficeret, tunc quod proximum,
& confequens ei eft. 32, ff. de Legib.

roit difficile d'imaginer un moyen d'y pourvoir, qui fût plus équitable ou plus efficace.

Quoique tous les hommes soient originairement issus d'une seule famille, & qu'ils se soient souvent approchés encore, durant le cours des siecles, par des alliances, ceux qui ont conservé la trace de la parenté ont entre eux des devoirs particuliers à remplir. Un parent, à quelque degré d'éloignement qu'il soit, peut recueillir la succession de son parent. Mais de quel front celui qui auroit refusé de faire un léger sacrifice pour sauver la vie d'un enfant son parent, viendroit-il recueillir la succession de ce même parent, qui étant échappé au naufrage dont son enfance étoit menacée, & devenu homme, auroit fait une fortune considérable?

Il est vrai que cette espérance est presque chimérique pour des parens éloignés, & que les plus proches ne doivent pas s'y livrer. Mais il ne doit pas moins exister entre eux un commerce de services & de bienfaits, & rien n'est aussi propre à l'entretenir que l'institution dont il s'agit. Un enfant nourri par les secours de tous ceux qui composent sa parenté, verra un pere dans chacun d'eux. Les calamités qui affligeront une famille devenant, pour toutes les familles collatérales, un signal qui les avertira d'accourir à son secours, réuniront encore une image douce & attendrissante à celle des plus terribles fléaux.

On objectera que souvent les parens de ces pauvres orphelins sont déjà trop chargés eux-mêmes du fardeau de leur pauvreté.

On répondra, 1°. qu'il y en a presque toujours dans le nombre qui jouissent de l'aisance ou même de la richesse. Ceux-là ont un grand penchant à oublier leurs parens, souvent même à les méconnoître. La nécessité de faire contribuer toute la parenté pour les alimens d'un orphelin, est une excellente occasion de leur rappeler leur origine. Le respect humain obtient d'eux alors ce qu'ils n'auroient pas accordé à la compassion, ni à la voix du sang.

2°. Ces parentés pauvres sont ordinairement nombreuses. Dans l'affaire présente, il y a près de cent parens qui contribuent à des pensions qui ne se montent, pour trois enfans, qu'à 161 livres. Ils ne peuvent point être accablés d'une telle charge, qui devient le prix du même secours qui sera accordé à leurs enfans, s'ils en ont besoin un jour.

3°. Le recours accordé par la Loi sur la fabrique des Paroisses, acheve de prévenir tous les inconvéniens qui pourroient mériter quelque considération.

» Je n'entrerai point (disoit M. Duvergier en finissant) dans le détail d'autres moyens. Le Magistrat (a), héritier des vertus & des talens de ses peres, qui portera la parole dans cette Cause, où son ministere est si essentiellement intéressé, vous présentera des réflexions dignes de ses sentimens, dignes de ses lumieres, & dignes de votre sagesse. Quelque parti que vous preniez, je le jugerai le meilleur, pourvu que la vie soit assurée aux innocens dont j'ai entrepris la défense.

» J'ai moins plaidé jusqu'ici la Cause de trois enfans d'une isle du Poitou, qui me sont inconnus, que la Cause

_____

(a) M. l'Avocat-Général d'Aguesseau.

commune de tous les orphelins qui se
trouvent livrés au même abandon. Il faut
finir en vous peignant la situation des
Parties qui paroissent dans cette Cause.

» Il y a six ans qu'elle est commencée : elle a été suivie avec la lenteur
ordinaire dans les affaires des misérab-
bles. Deux de ces enfans ont atteint
l'âge de dix ans , & sont sortis de bail.
Le troisieme, qui n'avoit que dix huit
mois , a aujourd'hui sept ans & demi ;
ils sont par conséquent échappés au
danger de la mort.

» Il ne reste presque plus de question que celle de savoir si les adjudicataires de leurs pensions seront obligés de restituer le prix qu'ils ont perçu
en vertu d'un Arrêt provisoire. Leur
conduite est certainement digne d'élo-
ges. Malgré l'orage qui s'est élevé dans
leur famille , & qui les a privés du
prix de leur bail pendant des années
entieres , ils ont été fermes dans le
devoir que l'humanité leur imposoit ;
ils n'ont point fermé leur cœur à ces
enfans dont les jours étoient menacés,
& qui tendoient vers eux des bras
innocens. S'il leur falloit restituer une
somme qui monte à environ cent

écus pour chacun d'eux, ils seroient ruinés, ils seroient accablés. Ils verroient les exécuteurs inflexibles des jugemens, leur enlever le peu qu'ils possedent, arracher le pain de la main de leurs propres enfans, pour prix du secours généreux qu'ils ont accordé à d'autres enfans, qui n'étoient que leurs parens éloignés. Pourroient-ils donc être condamnés, dans le plus équitable des Tribunaux de la terre, à recueillir des fruits si amers de l'humanité & de la vertu?

» A qui se fera cette restitution? à près de cent parens; ce ne sera presque rien pour chacun d'eux, ce ne sera même rien du tout. Les frais de justice excéderont la somme qu'ils pourroient retirer. Qui sont ceux qui demandent cette restitution? ce sont les parens nominateurs, ceux qui ont contracté un engagement authentique pour les alimens de ces mêmes mineurs. Sur quel absurde fondement les Juges de Poitiers ont-ils pu entériner des lettres de rescision prises contre cet engagement? Etoit-il contraire aux bonnes mœurs? Il eût été contraire aux bonnes mœurs de ne le pas prendre, & il n'y en eut jamais qui fût plus digne de la faveur & de la protection de la Justice.

» Y a-t-il eu de l'erreur, du dol, de la fraude? Il y en a eu sans doute dans cette Cause, mais c'est de la part du Praticien qui a égaré des hommes grossiers, qui leur a fait jouer un rôle d'inhumanité & de barbarie, qui n'est pas dans leur cœur. Vous avez vu que tous ceux qui ont paru dans la Cause, ont passé tour à tour dans des partis opposés, tantôt tendant une main secourable à ces pauvres orphelins, & tantôt conjurés contre eux. C'est à ces traits, Messieurs, qu'on reconnoît une véritable séduction. Vous rendrez toutes les Parties aux sentimens d'humanité, d'affection pour leur propre sang, qui ne leur sont point étrangers : leurs propres enfans auront peut-être un jour besoin de ces mêmes secours qu'on leur a fait refuser à leurs collatéraux, & ils se féliciteront en mourant, de l'Arrêt qui aura condamné leur injuste prétention «.

Par Arrêt rendu le 7 Juillet 1777, sur les conclusions de M. l'Avocat-Général d'Aguesseau, la Sentence du

Sénéchal de Poitiers a été infirmée en ce qui concernoit l'entérinement des lettres de refcifion obtenues par les parens nominateurs contre leurs enga-gemens. & les défenfes de faire de pareils baux ; le fieur Gouraud a été déchargé des condamnations contre lui prononcées, & les Intimés ont été con-damnés en tous les dépens.

Fin du Tome huitieme.

478

TABLE

DES CAUSES

Contenues dans ce huitieme Volume.

Fin de la Table du huitieme Volume.

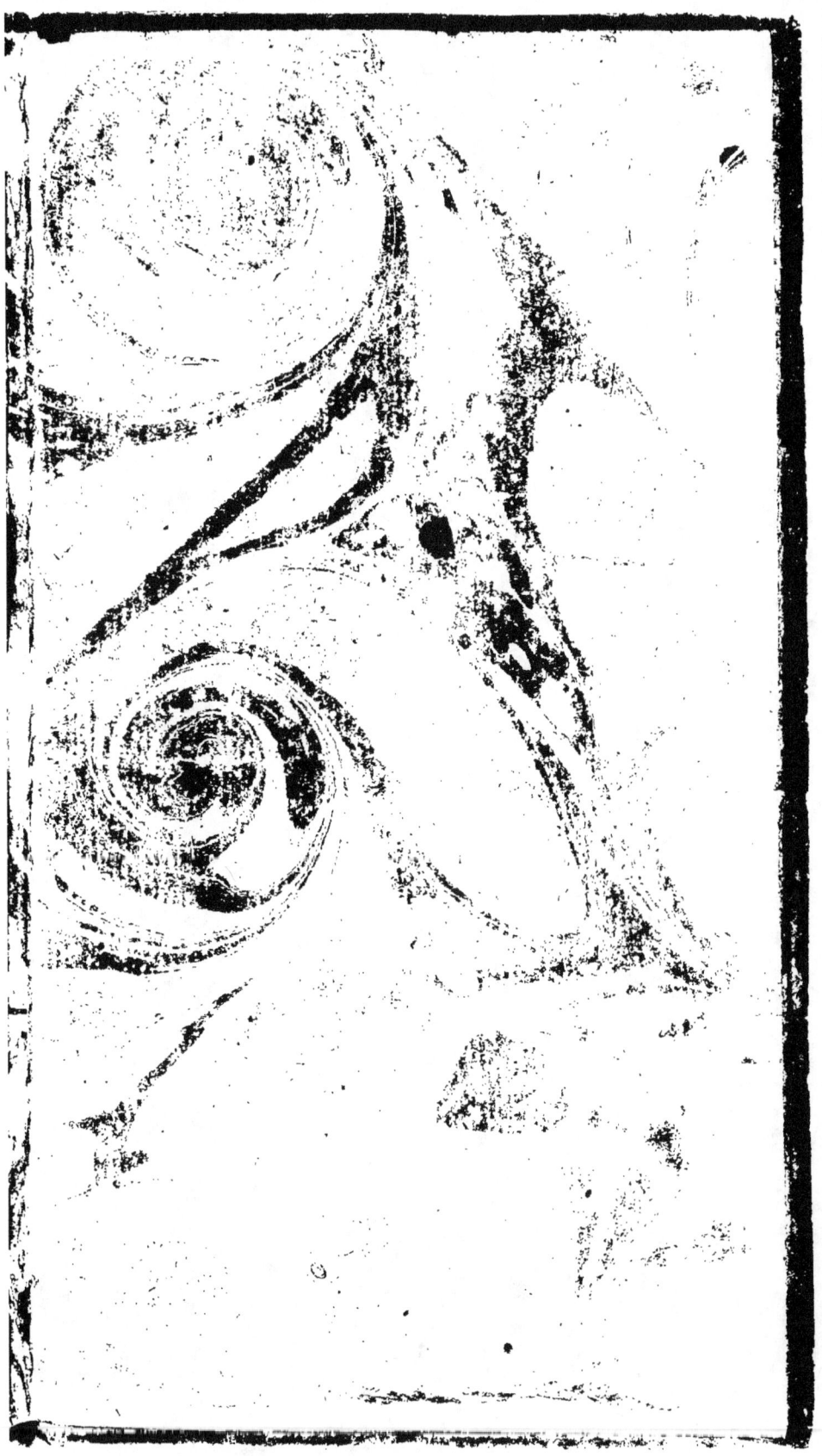

www.ingramcontent.com/pod-product-compliance
Lightning Source LLC
Chambersburg PA
CBHW061326050726
47504CB00013B/331